대
大魔宗
마
종

임영기 新무협 판타지 소설
FANTASTIC ORIENTAL HEROES

대마종 3

임영기 新무협 판타지 소설

초판 1쇄 찍은 날 § 2008년 6월 10일
초판 1쇄 펴낸 날 § 2008년 6월 20일

지은이 § 임영기
펴낸이 § 서경석

편집장 § 문혜영
편집책임 § 이재권
편집 § 서지현 · 문정흠

펴낸곳 § 도서출판 청어람
등록번호 § 제1081-1-89호
등록일자 § 1999. 5. 31
어람번호 § 제2-1509호

주소 § 경기도 부천시 원미구 심곡1동 350-1 남성B/D 3F (우) 420-011
전화 § 032-656-4452 팩스 § 032-656-4453
http://www.chungeoram.com
E-mail § eoram99@chollian.net

ⓒ 임영기, 2008

ISBN 978-89-251-1351-7 04810
ISBN 978-89-251-1307-4 (세트)

大魔宗

대마종

③

천하쟁패(天下爭霸)

임영기 新무협 판타지 소설

FANTASTIC ORIENTAL HEROES

도서출판 청어람

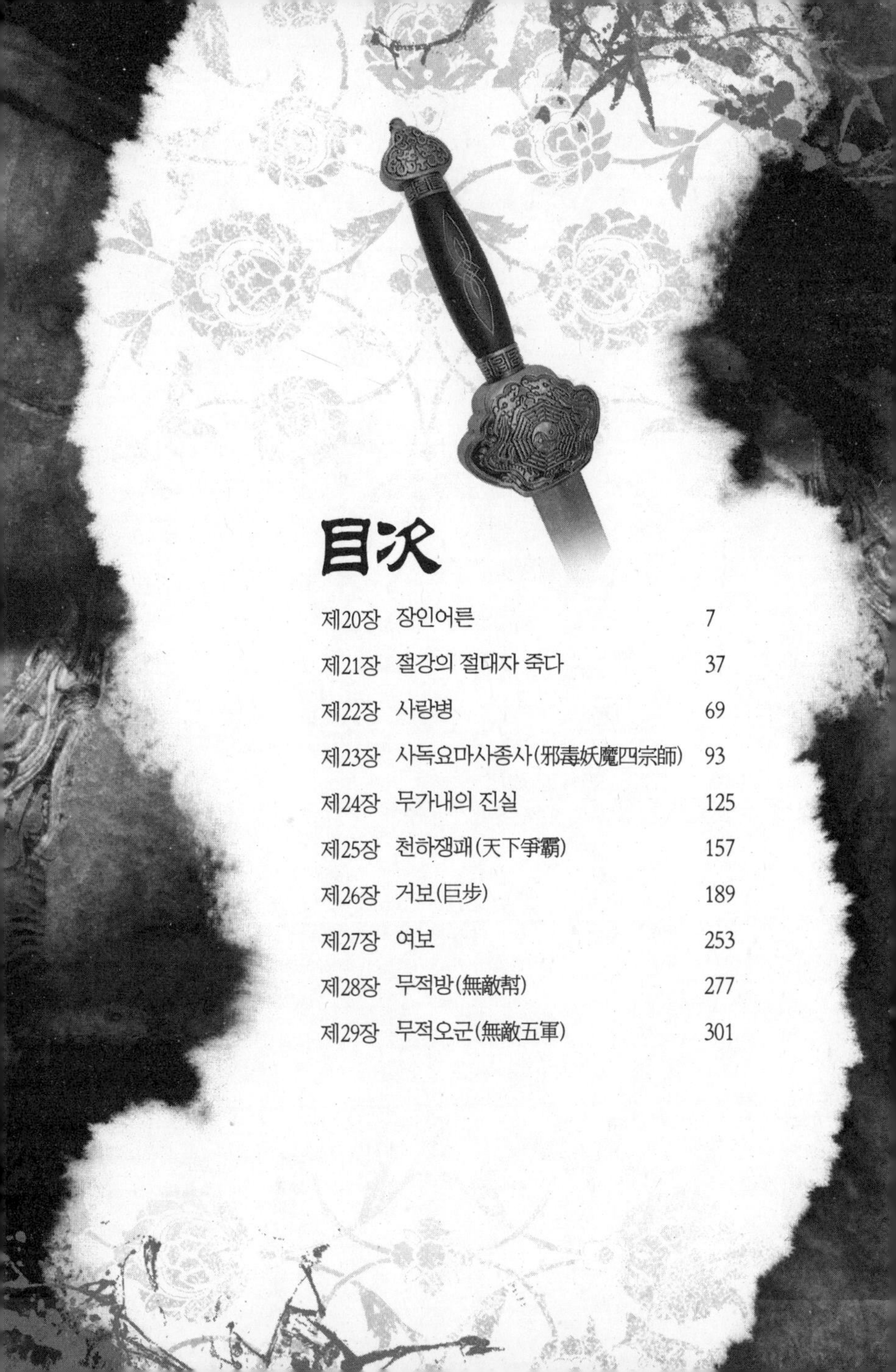

目次

第二十章

장인어른

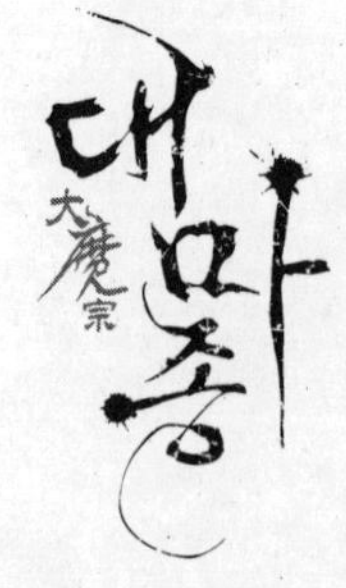

대마쫑
大慶宗

묘시(卯時:새벽 6시).

무가내와 은예상은 방에서 나와 나무 계단을 내려왔다.

"누굴 찾아?"

은예상이 두리번거리자 무가내가 물었다.

"냉 무사가 보이지 않아요."

숭검문이 멸문한 이후 충직한 호위무사인 냉운월은 한시도 은예상 곁을 떠난 적이 없었다.

그러나 지금 그녀는 너무 큰 충격 때문에 제정신이 아니어서 은예상을 호위할 겨를이 없었다.

"운월은 먼저 가던데?"

“네……."

　무가내의 말에 은예상 얼굴에 설핏 불안함이 떠올랐다.

　그녀를 자신의 부인으로 삼으려고 물불을 가리지 않는 조진우가 언제 어느 곳에서 그녀를 납치할지 모른다는 공포심 때문이었다.

　만약 조진우가 나타난다면 냉운월의 능력으로는 결코 은예상을 지키지 못할 것이다.

　그래도 은예상은 냉운월이 곁에 있으면 혼자 있는 것보다 한결 안심이 됐다.

　그것은 냉운월을 보호자로서가 아닌 동료로 여기고 있기 때문일 것이다.

　"간다. 이따 보자."

　무가내는 손을 들어 보이더니 은예상이 뭐라고 할 새도 없이 몸을 돌려 전각 모퉁이를 돌아섰다.

　마치 달콤한 꿀만 실컷 빨아먹고는 꽃을 버리고 횡하니 가 버리는 벌이나 나비 같았다.

　"가가!"

　은예상이 몇 걸음 따라가며 급히 불렀다.

　"응? 왜?"

　무가내가 다시 모퉁이 쪽으로 나와서 의아한 표정을 짓자 은예상은 무슨 말인가 하려는 듯 머뭇거리다가 이윽고 고개를 가로저었다.

"아무것도 아니에요. 잘 다녀오세요."

은예상이 두 손을 앞에 모으고 약간 고개를 숙이자 무가내는 헤벌쭉 웃으며 기분이 좋아져서 손을 흔들어 보이고는 다시 모퉁이를 돌아갔다.

"오냐, 다녀오마."

두 사람의 모습을 다른 사람이 본다면 마치 외출하는 남편을 배웅하는 아내라고 여길 터이다.

하지만 그런 것을 알 길 없는 무가내지만, 왠지 이것 역시 기분이 좋았다.

은예상은 쪼르르 달려가서 모퉁이 옆에 바짝 붙어서 얼굴만 내밀고 벌써 저만치 광장을 가로질러 휘적휘적 걸어가고 있는 무가내의 뒷모습을 말끄러미 바라보았다.

그때 마침 맞은편에서 우표두가 마주 다가오다가 무가내에게 넙죽 허리를 굽혔다.

"어~ 그래."

무가내는 고개를 끄덕이며 계속 걸었다.

우표두는 모퉁이 가에 서 있는 은예상을 발견했다.

은예상은 우표두와 눈이 마주치자 가볍게 목례를 보내고는 몸을 돌려 별채로 걸음을 옮겼다.

조금 전과는 달리 은예상의 발걸음이 무거웠다. 무가내에게 마음이 급속도로 기울고 있는 자신을 느끼고 있으면서도 그에 대해서 이름밖에는 아무것도 모르고 있다는 사실이 왠지 불안했다.

또한 그가 은예상 자신에 대해서 아무것도 묻지 않는 것이 서운했다.

'그는 나를 어떻게 생각하고 있는 것일까?'

그래서 그녀는 혼자서만 애면글면 속을 태우고 있었다.

"그래?"

무가내는 걸음을 멈추고 조금 전에 돌아 나온 모퉁이 쪽을 쳐다보았다.

이미 은예상의 모습은 보이지 않았다. 그렇지만 무가내는 그곳에 그녀가 다소곳이 서서 자신을 바라보고 있는 듯한 느낌이 들었다.

"광천패도 조진우라는 놈이라고?"

무가내는 모퉁이를 주시하며 중얼거리듯 물었다.

"그렇습니다."

"건방진 놈. 감히 내 여자를……."

무가내는 이를 드러내며 노골적으로 분노를 표시했다.

혼인을 한 사이도 아니고, 은예상에게 무슨 약속 같은 것을 받은 것도 아니면서 그녀가 자신의 여자라고 거침없이 말하는 무가내였다.

우표두는 무가내와 은예상이 다정하게 함께 있는 장면을 봤었다.

그리고 또 방금 전에도 그녀가 무가내의 뒷모습을 바라보면서 배웅을 하고 있는 듯한 광경을 목격했기에 무가내의 말을 액면 그대로 믿었다.

우표두는 광장을 가로질러 걸어가는 도중에 무가내에게 은예상이 누구며, 왜 이곳에 있는지에 대해서 간략하게 설명을 해주었기 때문에 무가내가 분노하고 있는 것이었다.

여태 은예상에 대해서 아무것도 모르고 있었던 무가내의 놀라움은 컸다.

그리고 그는 두 가지 사실을 깨달았다. 자신이 누군가에게 관심을 갖고 있다면 그 사람에 대해서 알아야 한다는 것과 그 사람을 지켜야 한다는 사실이다.

"조진우라는 놈이 상아의 부모님과 가문을 몰살시키고 여기까지 쳐들어올 것이라는 말이지?"

무가내는 황룡전 돌계단 아래에 서서 미간을 좁히며 물었다.

"그렇습니다."

"그놈이 이곳에 오면 모가지를 비틀어 죽여 버리겠다!"

무가내는 분노해서 이를 갈 듯이 내뱉었다.

그가 지금처럼 누군가에게 분노를 느끼는 것은 생전 처음 있는 일이었다.

오악도의 네 마물에게 된통 당하고 나면 반드시 앙갚음을 해주겠다는 생각 때문에 속이 부글부글 끓었지만 그것은 분노가 아니었다.

"조진우라는 놈이 호남성 사해방의 소방주라고?"

"그렇습니다."

우표두는 무가내의 물음에 대답을 하면서 그가 기억력이 매우 좋다는 사실을 깨달았다.

우표두는 조진우를 설명하면서 그저 스쳐 지나듯이 사해방을 한차례 언급했을 뿐인데 무가내는 그것을 똑똑히 기억하고 있었던 것이다.

"그런데……."

무가내는 황룡전 대전 입구를 쳐다보았다. 또 한 가지 사실을 깨달았기 때문이다.

"표국주가 상아 아버지의 친동생이라고?"

"그렇습니다."

우표두가 은예상에 대해서 무가내에게 설명해 준 것은 그를 진심으로 좋아하고 따르기 때문이었다.

그는 무슨 일이 있어도 무가내를 주인이나 상전으로 모시겠다고 이미 마음속으로 결심을 하고 있었다.

"그럼 상아가 표국주를 뭐라고 부르지?"

"숙부라고 부릅니다. 표국주의 부인에게는 숙모라 하고, 자녀들과는 사촌지간입니다."

"음… 상아는 이제 부모님이 죽고 없으니까 표국주가 아버지나 다름이 없겠군."

“그렇지요.”

무가내는 여러 가지 사실들을 배우고 있었다.

“그렇다면 상아가 내 여자니까 나는 그녀의 숙부인 표국주에게 함부로 하면 안 되겠군?”

“당연합니다.”

무가내의 얼굴에 자못 엄숙한 표정마저 감돌았다. 조금 전까지만 해도 자신이 이곳의 수석 표두니까 그 자리를 잃지 않기 위해서 황룡표국을 지켜야 한다고만 여겼었다.

그런데 지금은 전혀 다른 이유, 그보다 훨씬 중요한 은예상에 대한 책임과 의무 때문에 황룡표국을 반드시 지키고 돌봐야겠다는 생각이 들었다.

그는 정말로 은예상을 좋아하고 있었다.

“나… 여태껏 표국주에게 잘못한 것이나 실수한 것 없었나?”

그래서 괜히 그런 걱정까지 들었다.

우표두는 크게 손을 저었다.

“잘못은커녕 수석 표두께선 표국주에게 큰 은혜를 여러 차례 베풀었습니다. 다만……”

“다만 뭐?”

“수석 표두의 말투가 좀 그렇습니다.”

“내 말투가 어째서?”

“아무에게나 하대를 하시는 것은 괜찮습니다만, 수석 표두

께서 은 소저를 진실로 사랑하고 또 자신의 여자로 여기신다
면 그녀의 숙부인 표국주에게까지 하대를 하시는 것은 좀 곤
란하지 않은가 하는 생각입니다."

"하대? 그게 뭔데?"

"하대를 모르십니까?"

무가내는 고개를 가로저었다.

"몰라."

"그럼 존대도 모르시겠군요?"

"존대는 또 뭐야?"

오악도에서의 다섯 사람은 서로에게 욕설과 하대만을 하
면서 생활했었다.

그러니 무가내가 존대라는 것이 있는 줄도 모르는 것이 당
연한 일이었다.

무가내와 우표두는 황룡전 돌계단 아래에서 일각 정도 더
머물렀다.

무가내가 우표두에게 존대에 대해서 배우기 위해서였다.

대전 안에는 이미 표국주 은기도를 비롯한 여러 사람들이
모여서 무가내를 기다리고 있었다.

오늘 아침에 무가내가 구룡방에 직접 쳐들어가겠다고 호
언장담했기 때문이다.

태사의에 앉아 있던 은기도는 대전 입구 안으로 들어서는

무가내와 우표두를 발견하고는 반가운 표정으로 벌떡 일어나 단하로 내려섰다.

은기도는 무가내를 수석 표두로 발탁하기는 했지만 깊이를 헤아리기 어려운 초절정고수인 그를 수하라고 인정하지 못한 채 어려워하고 있었다.

은기도와 양신웅, 표두와 표사 등은 성큼성큼 걸어오고 있는 무가내를 일제히 쳐다보았다.

"어서 오게."

은기도는 무가내에게 다가가며 환한 미소를 지었다.

무가내는 은기도 앞에 멈추고 두 손을 모아 쥐며 어색한 자세의 포권을 만들더니 깊숙이 허리를 굽혔다.

"수… 석 표두……."

은기도는 무가내의 난데없는 행동에 놀라서 크게 당황했다.

그러고 그는 무가내가 허리를 굽힌 자세에서 공손히 하는 말에 아예 혼비백산하고 말았다.

"잘 잤습니까, 장인어른?"

"……"

은기도뿐만 아니라 모든 사람들이 놀란 얼굴로 무가내를 주시했다.

아무에게나 반말을 찍찍 하던 그가 느닷없이 포권지례에 허리를 굽히더니 존대까지 했기 때문이다.

제대로 된 존대는 아니지만, 그가 존대를 사용했다는 사실은 놀라운 일이었다.

그러나 무가내가 자신을 '장인어른' 이라고 부른 것 때문에 더욱 놀랐다.

순간 은기도의 뇌리에 퍼뜩 한 가지 가능성이 떠올랐다. 그에게는 아들과 딸이 한 명씩 있는데, 무가내가 그 딸을 마음에 두고 있기 때문에 자신을 '장인어른' 이라 불렀을 것이라고 추측한 것이다.

그렇지만 그 딸은 이제 겨우 열네 살이다. 아직 시집을 보낼 나이가 아닌 것이다.

그럼에도 불구하고 은기도는 만약 무가내가 그 아이와 혼인을 하겠다고 하면 쌍수를 들어 환영하고, 오늘 당장이라도 혼인을 시키고 싶을 정도였다.

무가내는 허리를 폈지만 두 손은 아직 포권을 한 채 빤히 은기도를 쳐다보았다.

예를 갖추는 것을 끝내고 나면 포권을 풀어야 한다는 사실을 우표두가 가르쳐 주지 않았던 것이다.

은기도는 당장 뭐라고 말해야 할지 생각이 나지 않아 어색한 표정으로 무가내를 쳐다보다가 문득 그 옆에 서 있는 우표두에게 시선이 옮겨졌다.

우표두는 담담한 미소를 머금은 채 은기도에게 약간 고개를 숙여 보였다.

그래서 은기도는 무가내가 변한 것이 우표두의 작품일 것이라고 생각했다.

이유야 어찌 됐든 은기도는 무가내가 장인어른이라고 부르고, 존대를 하는 것에 기분이 좋아져서 고개를 끄떡였다.

"그래, 자네도 잘 잤나?"

"장인어른, 한 가지 의논할 일이 있습니다."

무가내는 불과 일각이라는 짧은 시간 동안 우표두에게 존대에 대해서 배웠지만 거의 완벽하게 구사하고 있었다.

"음, 뭔가?"

은기도는 자신의 어린 딸에 대해서 무가내가 말할 것이라고 예상하면서 고개를 끄떡였다.

"사해방의 소방주인 조진우라는 놈이 상아를 납치하려 이곳에 올지도 모른다고 들었습니다."

"조진우가 상아를?"

은기도는 고개를 갸웃거렸다. 그의 어린 딸 이름은 은소상(殷素祥)이고, 은예상과 끝 자가 같아서 부를 때는 두 사람 다 '상아' 라고 한다.

그때 우표두가 공손하게 덧붙였다.

"은예상 소저를 말씀하시는 것입니다."

"아……!"

은기도는 나직한 탄성을 터뜨리고는 곧 의아한 표정을 지으며 물었다.

“자네가 상아를 어떻게 알고 있나?”

“전에 우연히 만난 적이 있었는데, 어제 상아가 내 방으로 찾아와서 다시 만났습니다.”

무가내가 예전에 은예상과 만난 적이 있었다는 사실도 놀라웠지만, 그녀가 무가내의 방으로 직접 찾아갔었다는 말은 더욱 놀랄 만한 일이다.

은예상이 누구며, 그녀가 왜 이곳에 있는지는 은기도와 양신웅, 그리고 표두들만 알고 있는 사실이었다.

은기도는 잠시 놀라움을 가라앉힌 후 조심스럽게 물었다.

“자네… 상아하고는 어떤 사이인가?”

“무슨 뜻입니까?”

은기도를 ‘장인어른’ 이라 부르는 것으로 미루어 무가내가 혹시 은예상과 깊은 관계까지 간 것이 아닌가 하는 생각에 물은 것이다.

그러나 은기도는 차마 은예상과 깊은 관계를 맺었느냐고는 물을 수가 없었다.

“음… 상아와 같이 잤나?”

무가내는 고개를 끄떡였다.

“네, 어젯밤에 내가 안고 잤습니다.”

그는 있었던 일을 곧이곧대로 대답했다.

은예상에 대해서 알고 있는 사람들의 얼굴에 해연히 놀라움이 떠올랐다.

“음…….”

은기도는 뜻 모를 신음을 흘렸다. 결국 그의 예상이 들어맞았다. 어찌 된 일인지는 알 수 없지만, 무가내와 은예상은 이미 떨어질 수 없는 사이가 된 것이 틀림없었다.

무가내는 거짓말을 하지 않았다. 그는 분명히 어젯밤에 은예상을 안고 잤었다.

“그래서 말인데…….”

무가내는 은기도를 똑바로 쳐다보았다.

“조진우라는 놈이 쳐들어오면 장인어른이 상아를 지켜줄 수 있습니까?”

에두르지 않은 단도직입적인 물음에 은기도는 약간 당황했으나 곧 고개를 가로저었다.

“본 표국의 능력으로는 지켜주지 못하네.”

그렇게 말하면서 은기도는 몹시 착잡했다.

하지만 무가내는 그의 마음 같은 것은 신경 쓰지 않았다.

“나는 지금 구룡방에 가야 하는데 그사이에 조진우라는 놈이 들이닥치면 곤란하지 않습니까?”

“그렇네. 그래서 나는 상아를 피신시킬 생각일세.”

사실 은기도는 줄곧 그 점을 염려하고 있다가 어젯밤에 결국 그런 결정을 내렸었다.

“그러지 마십시오.”

“무슨 좋은 방법이라도 있나?”

무가내가 고개를 가로젓자 은기도는 기대 어린 표정을 지었다.

무가내는 약간 고개를 들고 비스듬히 허공을 응시했다.

"균현."

은기도 등은 무가내가 갑자기 허공을 바라보면서 누군가를 부르자 의아한 표정을 지으며 그가 쳐다보는 곳을 일제히 쳐다보았다.

"하명하십시오."

그런데 느닷없이 무가내의 발 앞 바닥 쪽에서 낯선 사람의 굵직한 목소리가 들려오자 사람들은 급히 그곳을 쳐다보다가 크게 놀라고 말았다.

한 명의 흑포인이 무가내 바로 앞쪽 바닥에 부복하고 있는 모습을 발견했기 때문이다.

그가 나타나는 것을 발견한 사람은 무가내뿐이었다.

"들었느냐?"

무가내는 뒷짐을 지며 흑포인, 즉 균현에게 물었다. 자신과 은기도의 대화를 들었느냐는 뜻이다.

"들었습니다."

무가내는 자신이 거처에서 잠을 자고 있을 때나 이곳으로 오는 동안 균현이 줄곧 주위에 은둔하고 있다는 사실을 감지하고 있었다.

"조진우가 누군지 아느냐?"

“알고 있습니다.”

무가내의 물음에 균현은 더욱 머리를 조아렸다.

“상아를 지킬 수 있겠느냐?”

“가능합니다.”

“그럼 내가 돌아올 때까지 상아를 지켜라.”

“명을 받듭니다.”

두 사람의 대화를 듣고 중인은 크게 놀랐다.

조진우가 누군가. 당금 무림의 후기지수 중에서 가장 고강한 열 명, 즉 강호십패(江湖十覇) 중의 한 명이며, 중원삼십육 태두인 사해방의 소방주다.

즉, 그는 혼자로서도 강하지만, 황룡표국에 쳐들어올 때에는 사해방의 고수들을 대거 이끌고 올 것이라는 뜻이다.

그런데도 그에게서 은예상을 지킬 수 있다고 서슴없이 대답하는 흑포인을 중인은 크게 놀란 표정으로 쳐다보았다.

더구나 그가 지금 취하고 있는 자세는 주종지례(主從之禮)였기 때문에 무가내와 그가 대체 어떤 관계인지 궁금하기 짝이 없었다.

“일어나라.”

무가내의 말에 균현은 조심스럽게 일어섰다.

균현이 일어나 우뚝 서서 어깨를 쭉 펴자 중인의 표정이 일제히 변했다.

순간적으로 그의 전신에서 극강한 패도적인 기도가 파도처럼 뿜어졌다가 사라지는 것을 느낀 것이다.

균현이 무가내에게 공손한 자세를 취하자 패도적인 기운은 씻은 듯이 사라졌다.

무가내는 은기도를 가리켰다.

"그는 내 장인어른이다. 그의 명령을 잘 따르라."

"알겠습니다."

균현이 허리를 깊숙이 숙일 때, 무가내는 몸을 돌려 대전 입구로 향했다.

"소주, 구룡방에는 무슨 일로 가십니까?"

무가내와 은기도의 대화를 들은 균현이 무가내의 뒷모습을 보며 공손히 물었다.

"구룡방이 다시는 황룡표국을 건드리지 못하게 만들어놓으려는 거야."

무가내는 걸음을 멈추고 균현을 돌아보았다.

그리고 균현의 얼굴이 가볍게 굳어지는 것을 발견했다.

"할 말이 있느냐?"

균현은 잠시 머뭇거리다가 조심스럽게 입을 열었다.

"구양중겸(歐陽仲兼)을 죽일 수 있으십니까?"

"그자가 누구냐?"

"구룡방 대방주입니다."

"소기와 그자 중에 누가 강하냐?"

소기가 구주사황 잔극이라는 사실을 알고 있는 균현은 망설임없이 대답했다.

"물론 소기님께서 훨씬 강하십니다. 그분이시라면 구양중겸을 십 초식 안에 죽일 수 있으실 것입니다."

은기도 등은 도대체 '소기'라는 인물이 누구기에 중원삼십육태두 중의 한 명인 구양중겸 같은 거물을 단 십 초식 만에 죽일 수 있다고 하는 것인지 크게 놀라는 중에도 궁금하기 짝이 없었다.

무가내는 균현에게 고개를 끄덕여 보였다.

"그렇다면 나는 구양중겸이라는 자를 삼 초식 안에 죽일 수 있을 거야."

균현은 가볍게 놀라는 표정을, 은기도와 모두는 말도 되지 않는다는 표정을 지었다.

무가내가 황룡표국의 하쟁자수가 된 이후 지금까지 보여 준 일들은 표국 사람들 모두를 경악시켰으며, 불가능한 일들을 성사시킨 것은 사실이다. 하지만 상대가 구양중겸이라면 사정이 많이 다르다.

구양중겸은 말 그대로 절강무림의 절대자이다. 절대자라는 것은 불패자(不敗者)를 뜻한다.

당금 무림에서 절대자이며 불패자인 구양중겸을 삼 초식 안에 죽일 만한 인물이 있느냐 없느냐는 차치하고라도, 그를 죽일 수 있는 인물이 천하에 과연 몇 명이나 있을까 하는 것도 의문이었다.

무가내가 구주사황의 제자라고 철석같이 믿고 있는 균현은, 구주사황은 구양중겸을 십 초식에 죽일 수 있는데, 자신이 불과 삼 초식에 죽일 수 있다는 호언장담하는 무가내의 말에 적잖이 놀랐다.

하지만 균현은 어젯밤에 무가내를 처음 만났을 때, 그가 펼쳐 보인 혈옥섬강이 과거 구주사황이 펼쳤던 것보다 두 배 가까이 위력적인 것을 보고 크게 놀랐으며 청출어람(靑出於藍)이라고 생각했었다.

"그렇다면 구양중겸을 죽여주십시오."

균현은 애써 놀라움을 삭인 후 공손히 허리를 굽혔다.

구룡방 대방주인 극신도황(極神刀皇) 구양중겸을 죽여달라는 것이다.

균현은 사도십존의 한 명으로 사혼보의 보주다.

이십 년 전, 흔천대전 이후 사독요마, 즉 사마총혈계는 거느리고 있던 전력(戰力)의 대다수를 잃은 채 극도로 약화된 상황에서 진명유림의 거센 핍박을 받기 시작하여 작금에 이르고 있다.

흔천대전 직후, 절강무림에 근거지를 두고 있는 사혼보는 휘하에 오십칠 개 사도방문파를 거느리고 사마절강혈계(邪魔浙江血界)를 이끌었다.

그러나 그동안 진명유림에게 대다수가 토벌당하고 현재는

겨우 여섯 개의 사도방문파만 거느린 채 근근이 명맥을 유지하고 있는 실정이다.

절강무림에서 진명유림을 이끌고 있는 최상층의 방파가 구룡방이며, 그 휘하에는 무려 백이십여 개의 방, 문파들이 망라되어 있다.

지금도 구룡방은 사마절강혈계의 여섯 개 방, 문파를 발본색원(拔本塞源)하려고 혈안이 되어 있다.

그러니 균현이 구룡방 대방주인 극신도황 구양중겸에게 원한이 골수에 맺혀 있는 것은 당연한 일이 아니겠는가.

중인은 균현의 말에 놀라고도 어이가 없는 표정으로 무가내와 균현을 쳐다보았다.

절강무림의 절대자인 구양중겸을 죽여 달라는 말을 마치 한 마리 닭 모가지를 비트는 것처럼 대수롭지 않게 말하는 사람은 천하에 아무도 없을 것이다.

"그렇게 하지."

그런데 무가내는 아무렇지도 않게 고개를 끄덕이고는 대전 입구로 걸어갔다.

중인은 얼이 빠진 표정으로 무가내를 쳐다보았다.

무가내의 뒤를 따르는 사람은 우표두뿐이었다. 용담호혈이나 다름이 없는 구룡방이라서 누구도 따라가겠다고 나서는 사람이 없었다.

무가내가 대전 밖으로 나가고 난 후에도 사람들은 한동안 그 자리에 서서 생각에 잠겨 있었다.

그들은 과연 무가내가 구양중겸을 죽일 수 있을 것인가, 라는 공통된 의문을 품고 있었다.

그리고 여태껏 그래 왔던 것처럼 이번만큼은 아무리 무가내라고 해도 불가능할 것이라고 예상했다.

다만 균현 한 사람만이 조심스럽게 가능하다는 쪽에 무게를 더 주고 있었다.

'소주께서 어젯밤에 보여주셨던 혈옥섬강의 위력을 내가 제대로 본 것이라면, 구양중겸 정도는 충분히 죽일 수 있으실 것이다.'

무가내와 우표두는 항주성 남문을 나서 관도로 들어섰다.

무가내는 구룡방의 위치를 모르기 때문에 우표두를 데리고 왔다. 알고 있었다면 데리고 오지 않았을 것이다.

"구룡방은 이 길 끝 전당강 강가에 있습니다. 여기서 약 십오 리 정도만 가면 됩니다."

우표두는 관도 끝을 가리키며 설명했다.

"그래? 알았다."

무가내는 우표두의 손가락 끝이 가리키는 곳을 바라보며 고개를 끄덕였다.

쉬이익!

다음 순간 우표두는 귓전에서 한줄기 바람 소리가 이는 듯한 느낌을 받았다. 그는 그것이 갑자기 불어온 바람일 것이라고만 생각했다.

그러나 그는 다음 순간 옆에 서 있던 무가내가 사라졌다는 사실과 관도 저 끝에 하나의 점이 엄청 빠른 속도로 멀어져 가고 있는 것을 발견했다.

즉시 안력을 돋우어 하나의 점을 주시했지만, 그사이에 점은 가물가물하다가 시야에서 완전히 사라져 버렸다.

우표두는 끝내 그 점이 무엇인지 알아내지 못했다. 다만 옆에 있던 무가내가 순식간에 사라진 사실로 미루어 방금 전의 그 점이 그일 것이라고 짐작할 뿐이었다.

"이것 참……."

우표두는 난감한 표정을 지었다. 자신이 단순한 길잡이 역할이었다는 사실을 그제야 깨달은 것이다. 그렇지만 이대로 돌아갈 수는 없었다.

그는 전속력으로 관도를 달리기 시작했다.

"우와……."

무가내는 눈을 휘둥그렇게 뜨고 입을 크게 벌린 채 탄성을 터뜨렸다.

그는 실로 어마어마한 대전각군 앞에 서 있었다.

아니, 그것은 전각군이라기보다는 하나의 웅장한 성채(城砦)라고 해야 옳았다.

삼 장의 높은 담이 양쪽으로 길게 둘러쳐진 안쪽에 낮은 것
은 삼사층, 높은 것은 팔구층에 달하는 고루거각(高樓巨閣) 백
여 채가 가득 들어차 있었다.

바로 절강무림의 패자인 구룡방의 웅자(雄姿)였다.

무가내는 이처럼 거대하고 웅장한 건물들이 모여 있는 광
경은 태어나서 처음 보는 것이라서 감탄을 하느라 한동안 벌
린 입을 다물지 못했다.

이윽고 그는 구룡방의 전문으로 시선을 던졌다.

수레 서너 대가 한꺼번에 나란히 드나들 수 있을 만큼 커다
란 전문은 활짝 열려 있었다.

그리고 많은 사람들이 출입하느라 번잡했으며, 이십여 명
의 무사는 전문을 지키면서 출입하는 사람들을 일일이 검문
하거나 예를 취하는 광경이었다.

무가내는 전문을 주시하며 잠시 생각에 잠겼다. 구룡방주
를 죽이러 왔으니 떳떳하게 전문을 통해서 들어가는 것은 괜
히 시끄러운 일을 자초할 것 같았다.

그는 인적이 드문 곳에서 담을 넘어 들어가야겠다는 생각
을 하고 전문에서 시선을 거두려다가 지금 막 전문을 나서고
있는 한 인물을 발견했다.

그 인물은 사십 세 정도의 나이에 입고 있는 백포에는 금색
수실로 날개 달린 한 마리 비룡이 승천하는 모양의 그림이 수
놓아져 있었다.

　백포인이 전문을 통과하자 이십여 명의 무사는 일제히 그를 향해 허리를 굽히며 최상의 예를 취했다.
　백포인을 주시하는 무가내의 눈이 가볍게 반짝였다. 좋은 생각이 난 것이다.
　무가내는 몸을 감추고 먹잇감이 다가오기를 기다렸다.

　백포인은 구룡방의 사방주(四幫主)인 금비룡(金飛龍)이었다.
　평상시 같았으면 그가 외출을 할 때 최소한 열 명 이상의 호위 고수가 따르지만 오늘은 사정이 달랐다.
　금비룡은 탐화봉접(探花蜂蝶)하는 호색한으로도 유명한 인물인데, 그는 요즘 성내에 살고 있는 어느 참한 규수에게 푹 빠져 있었다.
　그녀는 유명한 대학자의 딸로서 피 튀기는 무림이나 싸움 같은 것을 극도로 경멸하는 고결한 성품의 소유자였다.
　그래서 금비룡은 그녀의 환심을 사기 위해서 자신이 구룡방 사방주라는 사실을 일체 밝히지 않았으며, 강북 하남성에 살고 있는데 유람을 하느라 항주에 잠시 들른 학자 행세를 하고 있는 중이었다.
　원래 그는 순전히 여자들을 유혹하기 위한 목적으로 시서(詩書)와 그림 따위를 배워서 나름대로 조예가 깊기 때문에 거짓 학자 행세를 하는 일은 조금도 어렵지 않았다.

어차피 금비룡은 한 여자에게 오랫동안 진득하게 마음을 주지 못하는 성격이었다.

그래서 언제나 그랬던 것처럼 지금 이 여자도 한동안 데리고 놀다가 단물을 빨아먹은 후에 차버리면 그만이다.

그러니 그때까지만 불편함을 참으면서 거짓 학자 노릇을 하면 되는 것이다.

그렇지만 금비룡은 아직 그녀를 정복하지 못해서 애가 타고 있는 상황이었다.

아무리 도도하고 깐깐한 여자라고 해도 무력을 사용한다면 간단한 일이겠지만, 그는 여자가 스스로 옷을 벗게끔 만드는 사내야말로 진정한 영웅이라고 굳게 믿고 있는 사람 중에 한 명이었다.

또한 그것은 애가 타는 것만큼이나 긴박감이 넘치고 흥미진진한 일이기도 했다.

오늘은 그녀와 단둘이 약간 멀리까지 원족(遠足:소풍)을 가기로 약속한 날이다.

그래서 지금 금비룡은 오늘이야말로 그녀를 정복할 절호의 기회라 여기고 머릿속으로 분주하게 밑그림을 그리고 있는 중이었다.

'흐흐흐… 그동안 애를 태운 만큼 넘치도록 짓밟아줄 테니 기대해라, 계집.'

그는 넓은 관도를 상승의 경공술을 전개하여 한줄기 바람처럼 쏘아가면서 그녀를 품에 안는 여러 가지 상상을 미리 하며 득의한 웃음을 머금었다.

그는 성내에 한 채의 아담한 장원을 소유하고 있다. 오로지 호색을 위해서 구입한 장원이었고, 그동안 수많은 여자들이 그곳에서 짓밟혔었다.

지금쯤 장원의 하녀들이 원족을 위한 준비를 완벽하게 갖추어놓았을 것이다.

금비룡은 장원에 들러서 학자다운 의복으로 갈아입고 먹잇감을 데리러 가면 된다.

그때 그는 문득 이상한 기분이 들었다.

하지만 그것은 귀로 무슨 소리를 감지했다거나 눈으로 무엇을 목격하는 따위가 아니었다.

굳이 표현하자면 영혼이 무엇을 느낀 듯한 기분이었다. 금비룡으로서는 생전 처음 느끼는 기분인데, 뒷덜미가 써늘하고 등줄기에 차가운 기운이 스멀스멀 퍼지는 듯한 느낌이었다. 말하자면 본능적인 육감 같은 것이다.

무심코 휙 돌아보던 그는 자신의 바로 코앞에서 히죽 웃고 있는 하나의 낯선 얼굴을 발견했다.

"……."

순간 금비룡의 온몸의 털이 일제히 곤두섰고 머리털이 쭈뼛거렸다.

"네 얼굴이 필요하다."

낯선 얼굴, 즉 무가내는 두 눈에서 장난스러우면서도 잔인한 눈빛을 흘려내며 중얼거렸다.

"너는 누구… 끅!"

무가내에게 손가락으로 정수리의 천령개(天靈蓋), 사혈을 찍힌 금비룡은 이승에서의 마지막 목소리를 짧고 탁하게 내뱉으면서 추호도 고통을 느끼지 못한 채 즉사했다.

결국 그는 오늘 한 송이 꽃을 꺾지 못하게 되었고, 무가내는 본의 아니게 많은 여자들을 구한 셈이 되었다.

이 갑자에서 십 년 모자라는 백십 년의 내공을 지닌 고수 금비룡이지만, 상대는 내공이 오 갑자를 훨씬 웃돌고 무림의 신화적 인물이었던 네 마물의 온갖 절학들을 완벽하게 통달한 무가내다.

더구나 추호의 기척도 없이 배후로 다가들어 사혈을 찍어버린 암습이었다.

그러니 금비룡 아니라 금비룡 할아비라고 해도 피할 재간이 없었을 터이다.

정파인들은 배후에서의 습격이나 암습 따위를 비열한 행동이라고 죄악시한다.

하지만 무가내는 그런 것을 알지도 못할뿐더러 설혹 안다고 해도 자신의 기분이 내키는 대로 할 따름이지, 정정당당 따위를 지키고 싶은 생각은 추호도 없다.

관도상에는 아무도 없었다. 무가내는 여태껏 금비룡을 멀

찍이에서 줄곧 뒤쫓다가 인적이 완전히 끊어지자 바짝 다가
들어 순식간에 죽여 버린 것이었다.

무가내는 금비룡을 어깨에 걸쳐 메고 관도변의 울창한 숲
속으로 숨어들었다.

그는 금비룡의 겉옷을 벗겨서 갈아입고는 속옷 차림으로
숲 바닥에 널브러져 있는 그의 얼굴과 몸의 골격을 잠시 자세
히 살펴보았다.

이어서 고개를 끄덕이면서 허리를 펴고는 약간의 공력을
끌어올려 이체변환비술을 전개했다.

스스으으… 우두둑…….

그러자 기괴한 음향이 흐르면서 그의 얼굴과 몸이 급속하
게 변하기 시작했다.

얼굴에 잔물결이 이는 것처럼 일렁이는 것 같더니 점차 다
른 모습으로 변해갔다.

또한 온몸의 골격이 뒤틀리면서 키가 조금 작아지고 호리
호리한 체구로 변했다.

이윽고 그곳에 무가내는 간 곳이 없고, 대신 죽은 금비룡과
한 치도 다르지 않은 사람이 우뚝 서 있었다.

아무리 사술이라고는 하지만 불과 열 호흡 만에 완전히 다
른 사람으로 변신한 이체변환비술은 혀를 내두를 정도로 신
기하기 짝이 없는 수법이었다.

오악도에서는 여자이며 아름답기 짝이 없는 빙염의 모습

으로도 자유자재로 변신했었던 무가내였다.

　그러니 금비룡으로 변신하는 것은 누워서 떡 먹기보다 쉬
운 일이다.

第二十一章
절강의 절대자 죽다

　조금 전에 구룡방 전문을 통해서 나갔던 금비룡이 다시 구룡방으로 돌아오고 있었다.

　그런데 조금 달라진 모습이었다. 전문을 나갈 때에는 사방주다운 엄숙하기 짝이 없는 모습이었는데, 지금은 입가에 봄바람처럼 훈훈한 엷은 미소를 머금고, 산책이라도 나온 듯 가벼운 걸음걸이였다. 그렇지만 그것을 이상하게 여기는 수하들은 아무도 없었다.

　금비룡이 전문을 통과하여 안으로 걸어 들어가자 전문을 지키는 이십여 명의 무사는 감히 그의 얼굴을 처다보지도 못하고 코가 땅에 닿을 정도로 깊숙이 허리를 굽혔다.

전문 안쪽은 매우 너른 광장이었고, 많은 구룡방 사람들이 바쁘게 오가고 있었다.

금비룡, 아니, 무가내는 걸음을 멈추고 전방을 쳐다보았다.

구룡방의 대전각군은 담 밖에서 봤던 것보다 훨씬 더 웅장하고 화려했다.

그러나 그는 아까처럼 감탄하지 않았다. 그는 여간해서는 같은 것을 보고 두 번 감탄하지 않는 성격이다.

분주하게 오가는 많은 구룡방 수하들이 무가내를 발견하고 멀찍이 공손히 예를 취했다.

무가내는 그중 아무나 한 명에게 손짓을 하여 가까이 다가오도록 했다.

"대방주는 어디에 있느냐?"

'계시느냐' 가 아니라 '있느냐' 라는 불경스러운 물음인데다가 구룡방 내전의 이급 고수 따위가 어찌 대방주가 지금 어디에 있는지를 알 수 있을까마는, 그자는 감히 사방주 금비룡의 얼굴조차 제대로 쳐다보지 못하고 대답했다.

"지금 시간이라면 대… 방주께선 구… 룡총전(九龍總殿)에 계시지 않겠습니까?"

그는 허리를 굽힌 채 겨우 팔을 들어 한쪽 방향을 가리키면서 더듬거릴 뿐이었다.

무가내는 그가 가리킨 곳을 쳐다보았다.

그곳은 대전각군 한복판에 우뚝 솟아 있는 구층의 웅장하기 짝이 없는 건물이었다.

　마침 극신도황 구양중겸은 자신의 집무실인 구룡총전 구층에 있었다.

　구룡총전 전체는 철옹성(鐵甕城)처럼 경호가 삼엄했지만, 무가내는 대방주의 집무실이 있는 구층 꼭대기까지 어느 누구의 제지도 받지 않고 무난히 올라왔다.

　심지어 집무실 입구를 지키고 있는 구양중겸의 측근 호위 고수인 구룡밀위(九龍密衛)마저도 무가내에게 공손히 예를 취하면서 방문을 열어줄 정도였으니 무슨 말을 하겠는가.

　무가내가 들어섰을 때 실내의 안쪽에서 여자가 한껏 아양을 떠는 비음이 가득 섞인 목소리가 들려왔다.

　"아잉~! 사부님~! 그렇게 해주세요. 네?"

　무가내의 귀에 익은 여자의 목소리였다.

　그는 몹시 넓고 화려한 실내를 천천히 걸어 들어갔다. 지도가 있어야 찾아들어 갈 수 있을 정도로 넓고 복잡한 실내였지만 목소리가 들려온 곳을 찾아가는 것은 어렵지 않았다.

　이윽고 그는 걸음을 멈추고 정면을 바라보았다.

　그의 정면 이 장쯤에 있는 커다란 태사의에 한 명의 금포노인이 앉아 있었다.

　그런데 노인의 무릎에 엉덩이를 걸치고 앉아서 두 팔로 그의 목을 안은 채 뺨을 비벼대고 있는 여자는 틀림없는 칠방주인 자미룡 손진이었다.

윤기가 자르르 흐르는 탐스러운 검은 수염을 길렀고, 혈색이 좋은 얼굴에 상투를 튼 머리에는 비취로 만든 작은 관을 쓰고 있는 노인.

그가 바로 구룡방 대방주이며, 절강무림의 절대자인 극신도황 구양중겸이었다.

두 사람은 금비룡의 모습으로 변신해 있는 무가내를 쳐다보긴 하였으나 단지 구양중겸이 가볍게 고개를 끄덕이면서 기다리라는 시늉을 해 보였을 뿐, 개의치 않고 하던 행동을 계속하였다.

"흐응~! 사부님~! 황룡표국을 포기하겠다고 말씀해 주세요. 어서요~!"

지금 자미룡은 사부인 구양중겸에게 온갖 애교와 아양을 떨면서 황룡표국을 포기하라고 애원하고 있는 중이었다.

"허허헛! 진아, 그건 좀 곤란하구나."

육십오 세의 구양중겸은 제자 중에서 유일한 여자인 자미룡을 마치 친딸이나 친손녀처럼 특별히 애지중지했다.

구양중겸은 자신의 무릎에 앉아 있는 자미룡을 한 팔로 안고 있었는데 손으로 그녀의 엉덩이를 슬슬 쓰다듬기도 하고 툭툭 두드리기도 하면서 말을 이었다.

"진아, 황룡표국의 무가내라는 어린놈이 외전의 건곤전주와 외전 고수 수십 명을 죽였고, 승아에게 중상을 입혔는데 사부는 그 사실을 묵과할 수가 없단다."

숭아란 쇄금룡 남건승(南健勝)을 가리키는 것이다.

자미룡은 구양중겸의 수염을 쓰다듬으면서 몸을 꼬며 교태를 부렸다.

"그렇지만 그것은 그가 황룡표국을 지키려다가 그런 것이니 그 사람 잘못이 아니잖아요. 만약에 누군가 본 방을 공격하면 소녀는 죽음을 무릅쓰고 맞서 싸울 텐데, 그러다가 적을 죽이게 되면 그것이 소녀의 잘못인가요?"

그녀의 말은 백번 옳았다. 그렇지만 절대자에게는 절대자의 법이 따로 있다.

혼천대전 이후에 무림에서는 기존의 여러 가지 법도들이 깡그리 사라져 버렸다.

그리고 새로운 법, 힘이 우선하는 법이 새로 자리를 잡았다.

절강무림에서는 구룡방 대방주 구양중겸이 바로 법인 것이다.

어제까지 있던 법도 그가 없애면 하루아침에 사라지는 것이고, 없던 법이나 말도 안 되는 법이라도 그가 만들면 새로 탄생하는 것이다.

구양중겸의 손은 자미룡의 엉덩이를 쓰다듬다가 가느다란 허리로 올라가 옆구리와 배를 어루만지고 있었다.

그것은 사부가 어린 여제자를 귀여워하는 손짓과는 어딘

지 조금 다른 것 같았다.

"이제는 황룡표국을 흡수하는 것이 중요한 일이 아니다. 표국의 일개 쟁자수인 무가내라는 놈이 건곤전주를 일검에 죽이고, 또 수십 명의 고수를 살육했으며, 반탄지기를 사용하여 승아에게 중상을 입혔다고 하니 그놈을 잡아들여서 사부가 직접 문초를 해봐야겠다."

자미룡은 구양중겸의 손이 옆구리에서 가슴으로 올라오자 슬쩍 몸을 비틀면서 그의 무릎에서 일어났다.

"그 사람은 그저 쟁자수일뿐이에요."

구양중겸은 약간 아쉬운 눈빛으로 자미룡을 쳐다보다가 고개를 가로저었다.

"아니다. 내공 백 년의 승아를 단지 반탄지기만으로 중상을 입혔다는 사실은 그놈이 최소한 이 갑자 이상의 내공을 지녔다는 뜻이다. 너는 이십 세 전후의 어린놈이 이 갑자 내공을 지니고 있으며, 표국에서 일개 쟁자수 노릇을 하고 있다는 사실을 어떻게 생각하느냐?"

자미룡은 더 이상 애교만으로는 사부의 마음을 돌릴 수 없다는 것을 깨달았다.

구양중겸이 찻잔에 차를 따르면서 조용히 물었다.

"그런데 너는 무엇 때문에 낯선 그따위 놈 편을 드는 게냐? 너와 하등의 상관이 없는 놈이 아니더냐?"

자미룡은 입술을 잘근잘근 깨물다가 결심을 한 듯 대답했다.

"소녀는 그 사람을 좋아해요."

그러자 구양중겸의 안색이 가볍게 변했다. 역력한 불쾌함이었으며 그는 그것을 감추려고 들지 않았다.

"그놈을 좋아한다?"

자미룡은 방금 한 말을 정정했다.

"아니, 사랑하고 있어요. 죽도록."

그녀는 '죽도록' 이라는 말에 유독 힘을 주어 강조했다.

사실 그녀는 지금까지도 무가내에 대해서는 아무것도 아는 것이 없다. '무가내' 라는 이름도 다른 사람을 통해서 들었을 정도였다.

구양중겸은 자미룡이 무가내를 좋아한다고 말했을 때 안색이 가볍게 변했을 뿐, '죽도록 사랑한다' 라는 말에는 오히려 덤덤한 얼굴이었다.

원래 불쾌감은 얼굴에 금세 나타나지만 분노는 잘 나타나지 않는 법이다.

"그래서 그놈 편을 드는 게냐?"

"네."

"사부가 그놈을 잡아들여서 죽인다면 어쩌겠느냐?"

자미룡은 금세 대답하지 못하고 매우 복잡한 표정으로 입술을 꼭 깨물었다.

그녀의 심중에는 그런 상황이 벌어질 경우에 대한 각오가 이미 분명하게 서 있었다.

그렇지만 사부 앞에서는 차마 자신의 심중을 노골적으로 말하지 못하고 망설였다.

그러나 구양중겸은 침묵으로 자미룡의 대답을 재촉했다. 이럴 때에는 말하라고 다그치는 것보다 침묵이 더 위력적이었다.

자미룡은 더 이상 입술을 깨물지도, 복잡한 표정을 짓지도 않고 봉긋한 가슴을 내밀면서 당당한 자세를 취했다. 이어서 거침없이 자신의 뜻을 밝혔다.

"그런 일이 벌어진다면, 소녀는 지금 당장 그에게 달려가서 그를 돕겠어요."

자미룡은 구양중겸의 눈썹이 가볍게 찌푸려지는 것을 발견하고 바짝 긴장했다.

그때 무가내는 공력을 끌어올렸다. 구양중겸이 자미룡에게 손을 쓸 경우를 대비하기 위해서였다.

조금 전까지만 해도 그는 자미룡이 죽든 말든 추호도 상관하고 싶은 마음이 없었다.

그러나 그녀가 비록 빙염마령술에 제압됐다고는 하지만, 무가내를 위해서 사부를 버리기까지 하겠다는 말을 듣는 순간 마음이 약간 움직였던 것이다.

그런데 우려하던 일은 벌어지지 않았다. 구양중겸이 너털웃음을 껄껄 웃으면서 일어선 것이다.

"허허헛! 진아! 너는 정말 철이 없구나!"

그는 턱 뒷짐을 지더니 무가내 쪽으로 천천히 걸음을 옮기며 미소로 말을 이었다.

"그럼 사부가 황룡표국을 포기하면 되겠느냐?"

그의 말에 단순한 성격인 자미룡은 금세 환한 표정이 되어 참새처럼 종알거렸다.

"그렇다면 그 사람에게 보복 같은 것 하지 않겠다고 약속해 주세요!"

"허허, 그런 약속이야 어렵지 않지."

구양중겸은 무가내의 두어 걸음 앞에 이르러 태사의 쪽으로 빙글 몸을 돌렸다.

무가내는 구양중겸이 자미룡의 부탁을 들어줄 것처럼 말하는데다 등까지 보이고 있어서 자신도 모르는 사이에 경계심이 약간 해이해졌다.

그 순간 방금 몸을 돌린 구양중겸이 번개같이 다시 돌아서면서 무가내의 가슴을 향해 무시무시한 오른손 일장을 맹렬하게 발출했다.

쿠우왓!

불과 두 걸음 남짓한 거리에서 뿜어내는 구양중겸의 일장에는 전력이 실려 있었다.

그 정도 위력이라면 천 근 바위를 가루로 만들어 버릴 수 있을 것이다.

"아!"

완전히 방심하고 있던 무가내는 깜짝 놀랐지만, 정작 탄성은 자미룡이 터뜨렸다.

쩍!

무가내는 가슴 한복판에 일장을 고스란히 적중당하여 허공을 사 장이나 붕 날아가 맞은편 벽 서가에 부딪쳤다가 바닥에 쓰러졌다.

쿵!

쓰러져 있는 그의 등 위로 서가가 쓰러져서 덮쳤다.

그 순간 문이 열리면서 구양중겸의 최측근 호위 고수인 구룡밀위 아홉 명이 바람처럼 달려들어 왔다.

엎어진 무가내의 몸 위로 서가가 덮친 것과 거의 동시였으니, 실로 기민한 반응이었다.

구룡밀위는 서가에 짓눌려 있는 무가내를 사방에서 포위한 채 도검을 뽑아 겨누었다.

쓰러져 있는 사람의 겉모습은 사방주인 금비룡이었지만, 구룡밀위의 행동은 적을 대하는 듯했다. 구양중겸의 공격에 당했으니 적이라고 간주하는 것이었다.

"음……."

무가내는 약한 신음을 흘리면서 눈을 떴지만 엎드린 자세에서 꼼짝도 하지 않았다.

다쳤기 때문에 신음을 흘린 것이 아니라 불의의 일장에 적중당해서 날아갔다가 볼썽사납게 나동그라지고, 더구나

서가에 깔리기까지 한 것 때문에 자존심이 약간 상한 것이다.

또한 그가 일어나지 않고 있는 것은 더러워진 기분을 추스르기 위함이었다.

.금강불괴지체인 그는 구양중겸의 일장에 내상은커녕 살갗이 긁히는 작은 상처조차 입지 않았다.

"네놈은 누구냐?"

구양중겸은 뒷짐을 지더니 느릿한 걸음으로 다가와 무가내의 머리맡 세 걸음쯤에서 멈춘 후 그를 굽어보며 엄숙한 표정으로 물었다.

자미룡은 구양중겸 옆에 서서 무가내를 바라보며 놀라면서도 의아한 표정을 짓고 있었다.

구양중겸이 다짜고짜 사방주 금비룡을 공격한 것으로 알고 있으니 당연한 일이었다.

무가내는 몸은 움직이지 않은 채 고개만 돌려 구양중겸을 올려다보면서 눈살을 찌푸렸다.

"나를 왜 공격했느냐?"

금비룡으로 완벽하게 변신을 했으며, 한마디 말조차 하지 않았는데도 구양중겸이 눈치를 채고 급습을 가한 이유가 너무 궁금했다.

자신의 일장에 무가내가 엄중한 중상을 입었을 것이라고 믿어 의심치 않는 구양중겸은 시종 느긋한 모습이었다.

"네가 공력을 끌어올리는 것을 감지했다."

진짜 금비룡이었다면 대방주 면전에서 공력을 끌어올리는 짓 같은 것은 하지 않을 터이다.

"그다음에 너의 눈을 봤지. 몹시 맑은 눈빛이더군. 넷째는 색욕을 밝히기 때문에 눈빛이 탁하다."

넷째란 금비룡을 가리킨다. 구양중겸의 제자는 육방주부터 구방주까지 네 명이지만, 그는 다른 방주들도 모두 숫자나 이름으로 부르고 있다.

구양중겸의 말에 무가내는 또 한 가지 교훈을 얻었다.

구양중겸 같은 절정고수는 상대가 공력을 끌어올리는 기척마저도 감지할 수 있다는 것과 나중에 이체변환비술을 사용할 때에는 그 당시 상황에 따라서 시기적절하게 눈빛까지 바꿔야 한다는 사실이었다.

그즈음 자미룡은 연신 고개를 갸웃거리면서 무가내를 살펴보고 있었다.

그녀는 조금 전에 무가내가 말을 했을 때 그 목소리를 듣고 한 사람, 즉 무가내의 모습을 반사적으로 떠올렸다.

그렇지만 그의 말이 너무 짧아서 그것만으로는 그가 무가내라고 단정할 수가 없었다.

구양중겸은 다 잡아놓은 쥐새끼를 데리고 노는 고양이처럼 여유있는 미소를 지으면서 무가내를 굽어보았다.

"노부의 짐작이 틀리지 않다면 너는 아마 황룡표국의 무가내라는 어린놈일 것이다."

그 말에 옆에 있던 자미룡이 깜짝 놀라는 표정을 지었다. 하지만 그녀는 아무 말도 하지 않고 뚫어지게 무가내를 주시하기만 했다.

그때 그녀의 귀에 한줄기 전음이 들려왔다.

"진아, 멀찍이 물러나라."

'아……!'

자미룡은 깜짝 놀라더니 만면에 더없이 반가운 표정을 가득 떠올렸다.

'진아' 라고 불러주는 그 목소리가 바로 무가내의 것임을 확인했기 때문이다.

그녀는 앞뒤 생각할 것도 없이 조심스럽게 몇 걸음 뒷걸음질 쳐서 물러났다가 아예 몸을 돌려 태사의에서 오 장여나 멀찍이 떨어져서야 멈추고 돌아섰다.

구양중겸은 그녀가 물러서는 것을 봤으나 개의치 않았다. 오히려 그녀가 중상을 입은 무가내를 도우려 하지 않고 물러서는 것을 다행이라고 생각했다.

그때 무가내가 느릿하게 몸을 일으켰다.

쿵!

그의 몸을 누르고 있던 서가가 바닥에 부딪치면서 큰 소리를 냈고, 구룡밀위 아홉 명의 도검이 그의 온몸을 찌를 듯이 바짝 겨누어졌다.

그러나 무가내는 아홉 자루의 도검 따위는 아예 안중에도 없다는 듯 구양중겸의 두어 걸음 전면에 우뚝 서서 가슴을 활짝 폈다.

무가내가 엄중한 내상을 입었을 것이라고 믿고 있던 구양중겸은 그가 끄떡없이 일어서자 표정이 가볍게 변했다.

그러나 다음 순간 구양중겸은 벼락같이 무가내의 가슴을 향해 쌍장을 발출했다.

큐웅!

그의 쌍장에서 눈부신 섬광이 번쩍이면서 맹렬하게 소용돌이치는 와류가 폭발하듯이 무시무시하게 뿜어졌다.

우연의 일치인지, 일전에 무가내에게 일장을 발출했다가 중상을 입었던 쇄금룡이 전개한 뇌폭신장을 이 순간 구양중겸도 똑같이 전개하고 있었다.

구양중겸이 공격을 개시하는 순간 구룡밀위는 일제히 뒤로 세 걸음 미끄러지듯 물러났다.

무가내는 일어서기 전에 이미 공력을 끌어올렸기 때문에 구양중겸의 일장을 피하지 않고 오히려 빙긋 미소를 짓는 여유마저 보이면서 가슴을 활짝 폈다.

그는 반격을 가할 필요가 없었다. 금강불괴지체에다가 반탄지기가 있는데 무슨 반격이 필요하겠는가.

"……!"

그 순간 구양중겸의 표정이 가볍게 변했다.

찰나를 열로 쪼갠 순간, 그의 뇌리를 섬광처럼 스치는 무엇인가가 있었다.

바로 쇄금룡이 무가내의 반탄지기에 당했다는 사실이었다.

그렇지만 쇄금룡이 당했다고 해서 구양중겸마저 당하라는 법은 없다.

두 사람은 실력 자체가 현격한 차이가 나기 때문이다.

무가내는 구양중겸의 쌍장 공격에 놀라지도, 그리고 피하려 들지도 않으면서 입가에 흐릿한 미소마저 머금고 있었다.

그 모습을 발견한 구양중겸은 한줄기 불길한 예감이 불에 달군 쇠꼬챙이처럼 정수리를 찌르듯 엄습하는 것을 느꼈다.

순간 구양중겸은 즉시 발출한 쌍장의 공력을 회수했다.

일단 발출한 장력을 재빨리 두 손목을 안쪽으로 구부려서 회수하는 동작은 수천 번 연습한 것처럼 능숙해서 신묘하기까지 했다.

다른 사람이 보기에는 그가 쌍장을 발출하는 즉시 거두어들이는 것 같았다.

세상의 모든 공격이란 발출하는 것보다 거두는 것이 더욱 어려운 법이다.

그런 점에서 구양중겸이 전력으로 쌍장을 발출했다가 한 움큼도 무가내의 몸에 닿지 않게 하고 모조리 거두어들인 것은 신기에 가까운 수법이라고 할 수 있었다.

또한 구양중겸은 이 순간에 무가내가 공격을 가할 수도 있을 것이라 여겨 재빨리 양쪽 어깨를 가볍게 흔들어 상체가 뒤로 누운 듯한 자세를 취하며 그 자리에서 삼 장이나 뒤로 미끄러지듯이 물러났다.

그렇지만 상대는 무가내다. 더구나 그는 뻣뻣한 나무토막이 아니다.

"엇?!"

순식간에 삼 장을 물러난 구양중겸의 입에서 자신도 모르게 나직한 외침이 터져 나왔다. 누가 듣더라도 그것은 놀라서 터뜨리는 외침이었다.

또한 그것은 그가 혼천대전 이후에 최초로 터뜨려 보는 외침이기도 했다.

그도 그럴 것이, 제 딴에는 번개같이 뒤로 물러났는데 무가내가 그림자처럼 따라와서 닿을 듯이 얼굴을 바짝 들이밀었기 때문이다.

두 사람의 거리는 손을 뻗기만 해도 닿을 정도로 가까워졌다.

그렇지만 이상하게도 무가내는 구양중겸을 공격할 수 있는 절호의 기회를 활용하지 않았다.

그러나 구양중겸은 그것을 이상하게 여길 겨를이 없었다.

다만 무가내의 입가에 비죽비죽 떠올라 있는 미소를 발견하고는 그가 지금 자신을 농락하고 있는 것인지도 모른다는 반신반의하는 느낌을 약간 받았을 뿐이다.

그것은 구양중겸으로서는 조금도 익숙하지 않은 느낌이었
다.

대저 뉘라서 구양중겸 같은 거물과 손속을 나누면서 그를
농락할 수 있겠는가.

그러나 그는 한 가지 사실만은 분명하게 깨달을 수 있었다.

그것은 무가내가 추호도 다치지 않았다는 사실이었다.

구양중겸은 머리로는 무가내에 대해서 괴이함과 불신 따
위를 생각하고 있었지만, 몸은 이미 공격을 퍼붓고 있었다.

슈슈슈슉!

눈 한차례 깜빡일 사이에 그의 양손이 권(拳)과 장(掌), 수(手),
지(指)로 변하면서 한꺼번에 무려 열여덟 차례 공격을 와르르
쏟아냈다.

반 장도 안 되는 가까운 거리였으므로 공력을 뿜어내는 것
보다는 맨손 공격이 더 효과적이라고 판단했기 때문이다.

그때까지도 구양중겸은 자신이 무가내보다 약할 것이라고
는 조금도 생각하지 않았다. 아니, 인정하려고 들지 않았다는
표현이 더 옳았다.

여태까지는 무가내에게 운이 따라주었을 뿐이지만, 이번
공격만은 그렇지 않을 것이라고 확신했다.

구양중겸의 양손에는, 아니, 그가 쏟아내는 공격에는 이 갑
자 반, 백오십 년의 공력이 실려 있었다.

그래서 그는 무가내가 스치듯 한 대만 맞아도 치명상을 입

을 것이라고 생각했다.

스스스슷—

그런데 구양중겸은 무수히 공격을 퍼부으면서도 반 장 앞에 있는 무가내를 단 한차례도 맞히지 못하고 있었다.

구양중겸의 공격은 육안으로는 도저히 구별할 수 없을 정도로 지독하게 빨랐다.

그러나 무가내가 피하는 속도는 그보다 더 빨랐다.

그는 마치 구양중겸이 어느 방향으로 어떻게 공격할 것이라는 사실을 미리 알고 있는 것 같았다.

아니, 설혹 그렇다고 하더라도 두 사람의 거리가 두어 걸음밖에 안 될 만큼 워낙 가깝고, 공격이 너무 빠른데다가, 한꺼번에 여러 방향으로 쏟아지기 때문에 누가 보더라도 피하는 것은 불가능할 것 같았다.

그렇지만 무가내는 불과 서너 차례 호흡할 짧은 시각에 무려 백여 차례나 소나기처럼 쏟아지는 구양중겸의 공격을 단한 대도 맞지 않았다.

구양중겸은 백삼십 번째의 공격을 할 때부터 초조함을 느끼기 시작했다.

그리고 백오십 번째의 공격 때에는 슬금슬금 대지에 깔리는 땅거미처럼 그의 정신과 온몸이 두려움에 젖어들었다.

절강무림의 절대자 구양중겸이 두려움을 느끼다니……

그것은 이십 년 전, 혼천대전 때 동서남북 이만융적(夷蠻戎

狄) 오랑캐들에게 끝없이 추격을 당하면서 싸웠을 무렵 이후 실로 오랜만에 느껴보는 것이었다.

무가내의 몸은 세차게 몰아치는 강풍 앞에 서 있는 한줄기 갈대 같았다.

분명히 적중시켰다 싶으면 주먹보다 고작 반 뼘 뒤로 물러나 있었고, 이번에는 제대로 머리통을 박살 낼 것이다, 라고 확신하는 순간, 공격은 어느새 빗나가 버렸다.

그때 구양중겸은 쉴 새 없이, 그리고 여유있게 피하고 있는 무가내가 입가에 흐릿한 미소를 머금고 있는 것을 발견하고 몸이 움찔 굳었다.

결코 잘못 본 것이 아니었다.

그리고 그 미소의 의미는 분명히 조소였다.

'흐으으… 이놈은 지금 나를 농락하고 있다……!'

그렇다.

무가내는 그를 농락, 아니, 가지고 놀고 있었던 것이다.

마침내 구양중겸은 공포를 느끼기 시작했다.

그때 문득 그는 조금 전에 자신이 자미룡에게 했던 말이 갑자기 생각났다.

"사부가 그놈을 잡아들여서 죽인다면 어쩌겠느냐?"

그것은 철저한 실언이었다.

무가내는 잡아들이기도 전에 제 발로 보란 듯이 구양중겸 앞에 나타났다.

그리고 그를 죽이면 어쩌겠느냐고 장난삼아서 여제자를 떠보던 구양중겸을 지금 공포 속으로 몰아넣고 있었다.

여제자 자미룡이 뻔히 보고 있는데 말이다.

무척이나 짧은 시간 동안 구양중겸은 천당과 지옥을 치열하게 경험하고 있는 중이었다.

그런데 지켜보고 있는 자미룡과 구룡밀위는 전혀 색다른 광경을 목격하고 있었다.

그들은 너무 놀라서 눈을 부릅뜨고 입을 벌린 채 구양중겸을 쳐다보았다.

무가내는 공격권에서 서너 걸음쯤 뒤로 물러나 팔짱을 낀 채 산책이라도 나온 듯한 모습으로 구양중겸을 바라보고 있었는데, 구양중겸은 아무도 없는 허공에 대고 결사적이면서도 전력을 다해서 공격을 퍼붓고 있는 것이 아닌가?

그러나 자미룡은 구양중겸의 뒤쪽으로 물러나 있었기 때문에 볼 수 없었다.

그렇지만 앞쪽에 있는 절반 이상의 구룡밀위들은 구양중겸의 얼굴에 떠올라 있는 공포와 분노가 범벅이 된 표정을 생생하게 지켜보고 있었다.

그리고 그들은 자신의 눈을 의심했다.

그들이 지금 보고 있는 구양중겸의 미친 듯이 허우적거리는 듯한 행동과 공포에 질린 표정은 결코 절대자의 모습이 아니었기 때문이다.

지금 무가내가 전개하고 있는 수법은 빙염이 가르쳐 준 수많은 요마비술(妖魔秘術) 중의 하나로, 환착대영술(幻錯對影術)이라고 하는 것이다.

이름 그대로 상대로 하여금 적이 바로 앞에 있는 듯한 착시(錯視) 현상을 일으키게 하는 수법이었다.

그것은 내공을 사용하여 가상의 모습을 만들어내서 원하는 위치에 자유자재로 쏘아내는 방법으로, 요마비술의 극치라고 할 수 있다.

현재 무가내의 능력으로는 환착대영술을 백여 장 거리까지 펼치는 것이 가능하다.

그때 잠시 넋이 나간 듯하던 구룡밀위가 정신을 차리고 일제히 무가내를 공격해 갔다.

슈슈슉! 쉬쉬쉭!

그것을 발견한 자미룡이 앞뒤 가릴 것도 없이 구룡밀위를 공격하기 위해서 재빨리 몸을 날렸다.

하지만 그보다 더 빨리 무가내의 양손이 쏘아오는 구룡밀위를 향해 가볍게 떨쳐졌다.

그러자 도합 아홉 줄기의 지풍이 추호의 기척이나 흔적도 없이 구룡밀위를 향해 부챗살처럼 뿜어졌다.

혈검, 아니, 삼절마제의 성명절기 중 하나인 마영신지(魔影

神指)라는 절기였다.

현존하는 무공 중에서 가장 빠르고, 위력 면에서도 몇몇 신
공지기(神功指技)를 제외하고는 타의 추종을 불허할 정도다.

퍼퍼퍼퍼퍽!

"끅!"

"큭!"

아홉 번의 짧고 둔탁한 음향과 답답한 신음이 사방에서 동
시에 터져 나왔다.

그와 동시에 쏘아오던 구룡밀위는 한결같이 미간에 손톱
크기의 구멍이 뚫리면서 상체가 뒤로 확 젖혀지며 튕겨졌다
가 앞 다투어 바닥에 내동댕이쳐졌다.

구양중겸은 구룡밀위가 갑자기 무가내의 뒤쪽, 아무도 없
는 곳을 향해 집중적으로 공격해 가다가 한꺼번에 나가떨어
지자 움찔 놀라는 바람에 공력이 흐트러졌다.

그는 자신이 퍼부어대고 있는 공격을 무가내가 반 장 앞에
서 피하고 있다고 철석같이 믿고 있었다.

그때 여태까지 그가 상대하고 있던 무가내의 모습이 그 자
리에서 연기처럼 사라져 버렸다.

물론 무가내의 본모습이 사라졌기 때문이다.

"……!"

구양중겸이 움찔 놀라 급히 주위를 두리번거릴 때 바로 뒤
에서 무가내의 나직한 웃음소리가 들려왔다.

"하하하! 이제 그만 놀아야겠다, 구양중겸."

순간 구양중겸의 얼굴이 돌덩이처럼 차갑게 굳어졌다.

지금 그에게 일어나고 있는 일들은 도저히 이해할 수 없는 것들이었다.

하지만 한 가지 사실만은 분명했다.

이대로 패할 수 없다는 것.

찰나 그의 두 눈에서 번쩍! 하고 차가운 안광이 뿜어졌다.

"조심해용!"

그때 구양중겸에 대해서 잘 알고 있는 자미룡이 깜짝 놀라 다급히 외쳤다.

쿠아앗!

바로 그때 구양중겸의 등 한복판에서 작은 태양이 폭발하는 것처럼 눈부신 섬광을 발하더니 그곳에서 백색의 빛줄기가 일직선으로 뿜어졌다.

공력이란 반드시 손바닥이나 도검으로만 발출해야 한다는 원칙이 있는 것이 아니다.

오랜 세월 동안 꾸준히 연마한다면 온몸 어느 부위로도 공력을 뿜어낼 수 있다.

구양중겸은 자신의 등 뒤에 서 있는 무가내가 방심하고 있을 것이라고 판단, 등을 통해서 공력의 전부를 한꺼번에 발출한 것이었다.

뻐억!

구양중겸 바로 뒤 반 장 거리에 서 있었던 무가내는 빛줄기를 고스란히 가슴 한복판에 적중당하고 몸이 허공으로 튕겨져 날아갔다.

다친 것은 아니지만 구양중겸의 백사십 년 공력에 정통으로 적중당하고 그대로 서 있을 재간이 없었다.

또한 금강불괴지체인 데도 불구하고 체내의 장기가 흔들리고 기혈이 은은하게 들끓는 것을 느꼈다.

구양중겸은 자신이 발출한 공력이 무가내의 몸에 적중되는 순간 반탄지기로 되돌아올 것을 의식한 듯 쏜살같이 천장으로 솟구쳐 올랐다가 먹이를 향해 돌진하는 독수리처럼 무가내에게 내리꽂혔다.

구양중겸은 쏜살같이 하강하면서 오른손을 독수리 발톱처럼 오므려 무가내를 향해 뻗었다가 거칠게 잡아채는 동작을 취했다.

찌이익!

순간 무가내의 심장 부위를 덮은 옷이 동그랗게 뚝 떼어지듯 찢겨져 나갔다. 마치 독수리의 날카로운 발톱이 뜯어낸 것 같은 모습이었다.

구양중겸의 방금 그 수법은 허공을 격하여 전개하는 금나수법(擒拏手法)으로, 전격무영조(電擊無影爪)라 하며 무림의 일절로 꼽힌다.

전격무영조가 발휘되면 무려 삼 장의 거리를 격하여 단단

한 바위를 뭉텅 떼어낼 수 있을 정도의 위력이다.

그런데도 전격무영조를 정통으로 심장 부위에 적중당한 무가내는 옷만 약간 찢어졌을 뿐이고, 오히려 구양중겸은 반탄지기 때문에 자신의 오른팔이 떨어져 나갈 듯한 통증을 느껴야만 했다.

순간 그는 한 가지 사실을 의심했다.

'설마… 저놈이 금강불괴지체라도 된다는 말인가?'

믿어지지 않는 일이다. 하지만 그렇지 않고서는 무가내의 위력적인 반탄지기나 지금 눈앞에 벌어진 일을 설명할 방법이 없었다.

무가내는 은근히 화가 났다. 방심하고 있다가 두 번씩이나 당했기 때문이다.

그래서 장난하고 싶은 마음과 구양중겸을 놀리고 싶은 마음이 씻은 듯이 사라졌다.

그는 뒤로 누운 듯한 자세로 실내를 가로질러 날아가고 있는 상황에서 공력을 끌어올려 즉시 방향을 바꾸어 번개같이 구양중겸을 향해 쏘아 올랐다.

구양중겸은 방금 자신이 발출한 전격무영조가 무위로 그친 것 때문에 한순간 충격 속에 빠져 있는데, 느닷없이 무가내가 자신을 향해 엄청나게 빠른 속도로 쏘아오는 것을 발견하고 정신이 번쩍 들었다.

그렇지만 그는 두 눈이 찢어질 듯이 부릅뜨는 것 말고는 할 일이 없었다.

무가내가 쏘아 오른다고 여긴 순간, 어느새 반 장 거리까지 쇄도했으며, 그의 어깨에서 뽑힌 한 자루 검붉은색의 검이 자신의 머리를 향해 거의 빛과 같은 속도로 그어져 오는 것을 발견했기 때문이다.

"……!"

구양중겸은 한순간 머릿속이 텅 비었다. 다만 그는 무가내의 두 눈에서 넘실거리듯 흘러나오고 있는 붉은 안광, 즉 살기가 소름이 끼칠 정도로 섬뜩하다는 느낌만 받았을 뿐이었다.

그다음에는 자신의 머리와 몸이 쪼개지는 음향을 들어야만 했다.

팍!

구양중겸의 몸뚱이가 아주 간명하고도 애처로운 음향을 흘려냈다.

그의 거구가 정수리부터 사타구니까지 세로로 쪼개지면서 내는 소리라고는 믿어지지 않을 정도로 작았다.

쿵쿵!

세로 두 쪽으로 분리된 구양중겸의 몸뚱이가 묵직하게 바닥에 떨어진 후에야 무가내는 자미룡 옆에 깃털처럼 가볍게 내려서며 석검을 어깨에 꽂았다.

이어서 그는 얼굴이 새하얗게 질린 채 대경실색하고 있는 자미룡을 쳐다보고는 한마디 툭 던지면서 휘적휘적 입구로 걸어갔다.

"진아, 나중에 황룡표국에 놀러 오너라."

자미룡은 너무도 경악한 상태라서 신음 소리를 내는 것조차 잊고 있었다.

"기다려요!"

그때 자미룡이 뾰족하게 외치면서 비틀거리며 무가내에게 다가갔다.

"소녀에게도 상처를 입히세요."

가까이 다가온 그녀의 말에 무가내는 미간을 좁혔다.

"왜?"

"사부님이 괴한에게 돌아가셨는데 함께 있었던 소녀만 말짱하면 모두에게 의심을 받게 될 거예요."

"그렇군."

"큰 부상이라도 상관없어요. 대신 소녀를 죽이지만 마세요. 죽는 것은 무섭지 않지만, 당신을 못 보게 되는 고통을 견딜 수 없을 테니까요."

무가내는 잠시 동안 자미룡을 묵묵히 응시했다.

자미룡은 그의 눈빛이 여태껏 봐온 그 어떤 사람보다도 맑다는 사실을 깨달았다.

슥―

그때 무가내가 오른손을 들어 올려 마치 잘 있으라고 손을 흔드는 것처럼 슬쩍 떨쳤다.

퍽!

"아악!"

순간 자미룡은 오른쪽 어깨에 무형지기 한 대를 얻어맞고 날카로운 비명을 지르면서 허공을 훌훌 날아갔다가 탁자를 부수며 바닥에 나뒹굴었다.

그녀는 오른쪽 가슴과 어깨가 떨어져 나가는 것, 아니, 갈가리 찢어지는 것처럼 고통스러운 것을 느꼈다.

그런 고통은 난생처음이었다. 그런 고통이 있다는 얘기도 들어본 적이 없었다.

차라리 죽고 싶을 정도로 고통스러웠다. 그녀는 무가내가 자신에게 이처럼 지독한 고통을 안겨주었다는 사실이 믿어지지 않았다.

"아아……."

신음 소리를 내지 않으려고 해도 저절로 나왔다.

두리번거리며 무가내를 찾아보았지만 그는 이미 떠났는지 보이지 않았다.

지독하게 아픈 중에서도 자신에게 이런 고통을 준 무가내가 무정하다는 생각이 번뜩 스쳤다.

그녀는 바닥에 쓰러진 상태에서 자신의 오른쪽 가슴과 어깨를 굽어보았다.

가슴과 어깨는 온통 피투성이였다. 그리고 어깨뼈가 부러졌으며, 갈비뼈도 몇 개쯤 부러진 것 같았다.

이런 상태라면 심한 내상을 입었을 것이라는 생각이 들어 조심스럽게 운공을 해보다가 깜짝 놀랐다.

희한하게도 내상은 조금도 입지 않았다. 겉만 만신창이가 된 것이었다.

그제야 자미룡은 이것이 무가내의 깊은 배려라는 사실을 깨닫고 울컥 감동이 치밀었다.

그녀는 뺨을 바닥에 대면서 창백한 얼굴로 중얼거렸다.

"아아… 그렇지만 너무 아파……."

그때 구룡중겸의 호위 고수인 구룡밀위가 파도처럼 들이닥쳤다.

심장 부위의 옷이 동그랗게 뜯어져 나간 금비룡이 구룡방 전문을 통해서 유유히 빠져나갔지만 아무도 그를 의심하는 사람은 없었다.

第二十二章
사랑병

　무가내가 구룡방 전문을 등진 채 관도를 백여 장쯤 걸어가고 있을 때 갑자기 구룡방 안이 벌집을 쑤셔놓은 것처럼 시끄러워졌다.

　대방주 구양중겸이 죽었으니 구룡방 사상 초유의 난리가 벌어진 것은 당연할 일이다.

　"휘익~ 획~!"

　무가내는 휘파람을 불면서 건들건들 관도를 걸어가다가 저만치 앞쪽 관도 변의 나무 뒤로 얼른 몸을 감추는 우표두를 발견했다.

　우표두는 구룡방 사방주 금비룡이 혼자서 걸어오는 것을

발견하고 소스라치게 놀라 급히 나무 뒤로 숨긴 했으나 아무 래도 그에게 발각된 것만 같아서 숨을 멈춘 채 꼼짝도 하지 않고 있었다.

그는 감히 금비룡을 직접 볼 수는 없어서 단지 발자국 소리 로 그가 멀찌감치 지나갔는지 감지하려고 귀를 곤추세웠지만 아무 소리도 들리지 않았다.

그러다가 그는 금비룡 같은 고수는 발자국 소리를 내지 않 을 것이라는 사실에 생각이 미치자 자신의 어리석음에 저절 로 실소가 흘러나왔다.

열 호흡 이상의 시간이 흘렀는데도 아무 소리도 들리지 않 았고, 금비룡이 우표두 앞에 나타나지도 않았다.

금비룡에게 발각됐다면 무슨 일이 벌어졌어도 벌써 벌어 졌을 것이다.

이윽고 우표두는 자세를 한껏 낮추고 조심스럽게 관도 쪽 으로 고개를 살짝 내밀고 동정을 살피려 했다.

"우표두, 여기서 뭘 하는 거지?"

"허억!"

그때 그의 머리 위에서 누군가의 맑은 목소리가 들려오자 그는 화들짝 놀라 숨넘어가는 헛바람을 터뜨리면서 그 자리 에 엉덩방아를 찧으며 주저앉고 말았다.

머리 위에서 말한 사람이 '우표두'라고 불렀고 또 귀에 익 은 목소리였지만, 너무 놀라는 바람에 머릿속이 텅 비어서 아무엇도 생각나지 않았다.

"아… 수석 표두님……."

그는 퍼질러 앉아 있다가 무가내가 자신을 바라보면서 빙그레 미소 짓고 있는 것을 발견하고는 땅이 꺼질 듯한 안도의 한숨을 토해냈다.

부스스 일어나던 우표두는 무가내의 옷차림이 아침에 입었던 것과 많이 다르다는 사실을 발견했다.

또한 그 옷이 조금 전에 봤던 금비룡의 옷과 비슷하다는 것에 생각이 미쳤다.

"수석 표두님, 그런데 이 옷은……."

"응. 하나 얻었어."

무가내는 천연스럽게 대답하고는 우표두를 데리고 근처의 숲 속으로 들어갔다.

우표두는 그곳에서 금비룡의 시체를 발견하자 혼절을 할 정도로 대경실색하고 말았다.

무가내는 그 근처 나뭇가지에 걸쳐 놓았던 자신의 옷으로 갈아입은 후 바닥에 눕혀져 있는 금비룡의 시신을 향해 슬쩍 손을 흔들었다.

팍!

그러자 가벼운 음향과 함께 금비룡의 시신에 불이 확 붙었다.

"아아……."

우표두가 놀라서 쳐다보고 있는 사이에 금비룡의 몸은 파란 불꽃을 피워내면서 맹렬하게 탔다가 불과 열 호흡 만에 한 줌의 재로 변해 버렸다.

만약 무가내가 금비룡의 모습으로 우표두 앞에 나타났다가 이체변환비술을 전개하여 자신의 모습으로 돌아가는 과정을 직접 목격했더라면, 우표두는 정말로 입에 거품을 물고 혼절해 버리고 말았을 것이다.

무가내가 구룡방으로 출발하고 나서 은기도는 부랴부랴 별채의 은예상에게 찾아와서 그녀와 무가내와의 관계에 대해서 물었다.

그렇지만 은예상은 별로 해줄 말이 없었다.

황룡표국에 도착하기 며칠 전에 회계산 깊은 산속에서 무가내를 우연히 만난 적이 있었는데, 이곳에서 다시 만났다는 정도의 얘기였다.

그렇다고 은기도에게 은예상 자신이 소에서 목욕을 하고 있다가 무가내를 만나 혼절했던 일을 상세하게 말해줄 수는 없는 일이었다.

또한 은예상이 마음속으로 무가내를 어떻게 생각하고 있는지는 그녀 자신도 아직 생각이 정리되지 않은 상태라서 굳이 뭐라고 말할 것이 없었다.

그렇지만 경륜이 깊은 은기도는 그녀가 감추고 있는 일이 있다는 것을 간파했다.

그리고 그것이 남녀 간의 깊고도 은밀한 내용일지도 모른다고 나름대로 추측했다.

"그와 혼인할 생각이 있느냐?"

그런 가정하에 은기도는 말을 빙빙 돌리지 않고 단도직입적으로 물었다.

은예상은 깜짝 놀라서 얼굴이 빨개졌다가 잠시 후에 차분하게 대답했다.

"숙부님께서 너무 앞서 가시는군요. 저희는 그런 깊은 사이도 아닐뿐더러, 지금의 제 처지로는 혼인 같은 것을 이야기할 때가 아닌 것 같군요."

"음, 그렇더냐?"

은기도는 잠시 동안 찻잔을 만지작거리면서 생각을 정리하다가 이윽고 입을 열었다.

"무가내는 우리 표국으로써는 매우 중요한 사람이란다. 아니, 본 표국의 운명을 양어깨에 짊어지고 있다고 해도 지나친 말이 아니지."

이어서 그는 무가내가 황룡표국의 쟁자수로 들어온 이후 그가 이룬 일들에 대해서 간략하게 설명을 했다.

그런 사실들을 전혀 모르고 있었던 은예상은 눈을 동그랗게 뜨면서 크게 놀랐다.

무가내가 그 정도로 고강한 사람인 줄은 몰랐기 때문이다.

더구나 무가내가 구룡방 대방주를 죽이러 아침 일찍 떠났다는 말을 듣고 은예상은 자신도 모르게 놀라서 벌떡 일어나고 말았다.

그녀는 무공은 배우지 못했지만, 무가의 딸로 태어났기에 구룡방 대방주 극신도황 구양중겸이 어떤 인물이며 얼마나 고강한지에 대해서 잘 알고 있었다.

그런 구양중겸을 무가내가 죽이러 갔다는 말을 듣고, 은예상은 그때부터 자리에도 앉지 못하고 초조하게 실내를 오가면서 자꾸 방문만 바라보았다.

그녀는 자신이 어째서 이처럼 무가내를 걱정하는 것인지 이유를 알지 못했고, 또 알려고 하지도 않았다.

그저 환하게 미소를 짓던 무가내의 얼굴만 자꾸 눈앞에서 아른거릴 뿐이고, 자신의 심장이 두방망이질치는 소리가 귀에까지 들릴 정도였다.

천상옥봉은 천하제일미를 뜻하는 아호지만, 그녀는 이날까지 한 번도 남자를 사귀어본 적도, 가까이 하거나 어울려본 적도 없었다.

물론 남자에게 손목 한 번 잡혀보지도 않았으며, 남자를 가까이에서 똑바로 쳐다본 기억도 없었다.

그런 그녀에게 무가내라는 무례하기 짝이 없는 사내는 마치 태풍처럼 휘몰아쳐 왔었다. 그래서 그녀는 정신을 차릴 수가 없었다.

무가내와 함께 있을 때에는 모든 근심과 걱정이 깡그리 사라져 버리고 그저 한없이 평온하고 즐거웠다.

그리고 그가 자신의 몸을 마음대로 만지는 데에도 조금도 거부감이 들지 않았다.

그것은 은예상이 아무리 곱씹어서 생각해 봐도 이해할 수 없는 일이었다.

오늘 아침에 무가내가 극신도황 구양중겸을 죽이러 단신으로 떠났다는 은기도의 말을 듣고서야 그녀는 오랜 미몽(迷夢) 속에서 헤맸던 것처럼 정신을 차렸다.

그 어느 때보다도 정신이 명료한 지금의 그녀는 자신이 무가내를 사랑하고 있을지도 모른다는, 아니, 명백하게 사랑하고 있다는 사실과 다시는 그의 모습을 볼 수 없을지도 모른다는 두 가지 사실을 동시에 깨달아야만 했다.

태양이 중천에 떠 있을 때에는 태양의 고마움을 모르고 있다가 태양이 사라지고 나서야 그 존재를 뼈저리게 느끼는 이치와 같은 것이다.

"어떻게 이럴 수가……."

그녀는 낯빛이 해쓱해져서 신음처럼 중얼거렸다.

그 중얼거림은 어떻게 자신도 모르는 사이에 무가내를 사랑하고 있을 수가 있었느냐는 자문(自問)이었고, 어째서 그가 자신에게는 한마디 말도 없이 사치로 떠날 수가 있느냐는 원망이기도 했다.

갑자기 무가내의 웃음 섞인 말소리가 귓전에서 울리는 것 같은 착각이 들었다.

또한 그의 손길이 닿았던 온몸 곳곳이 불에 덴 것처럼 화끈거리기 시작했다.

이윽고 은예상은 조금 전보다 더 창백해진 얼굴로 은기도에게 물었다.

"숙부님, 그가 극신도황을 이길 수 있을까요?"

은기도는 대답을 못하고 굳은 표정을 지었다.

그래서 은예상은 가슴이 철렁 내려앉았다.

"숙부님, 부디 솔직하게 말씀해 주세요. 그가… 살아서 돌아올 가능성이 있는 것인가요?"

은기도는 착잡하게 입을 열었다.

"사실 현실적으로는 불가능하다."

"아……."

서 있던 은예상이 쓰러질 듯이 크게 휘청거렸다.

"소저!"

약간 떨어져 서 있던 냉운월이 급히 다가와 그녀를 부축하지 않았으면 그대로 쓰러졌을 것이다.

"그렇지만 나는 그를 믿는다."

은기도가 지그시 주먹을 움켜쥐면서 말했다. 그 말은 그의 간절한 희망이기도 했다.

"그는 지금껏 우리 모두가 불가능하다고 여기던 것들을 가

능하게 만들어서 우리를 많이 놀라게 만들었다. 이번에도 그
럴 수 있을 것이라고 믿는다!"

은예상은 그 말을 믿고 싶다는 표정을 지으면서 은기도를
바라보았다.

그녀는 부모와 식솔들을 한꺼번에 잃은 뼈아픈 기억을 가
슴에 품고 있다.

무가내가 어느 틈에 그녀의 소중한 존재가 됐는지는 모를
일이지만, 다시는 소중한 사람을 잃는 전철을 되풀이하고 싶
지 않았다.

만약 무가내를 잃는다면 그녀는 이후 죽을 때까지 아무에
게도 정을 주지 못할 것 같았다.

그때 밖에서 누군가 크게 외치는 목소리가 들려왔다.

"표국주! 수석 표두가 돌아왔습니다!"

순간 은기도보다 더 빨리 은예상이 밖으로 달려나가면서
부르짖듯이 물었다.

"그는 다치지 않았나요?"

무가내는 황룡전 넓은 대전 한복판에 서 있었고, 그 주위에
우표두와 석중명, 양신웅을 비롯한 황룡표국의 표두와 표사
들이 모두 모여 시끌시끌했다.

무가내를 제외한 모두의 얼굴에는 극도의 기쁨과 놀라움,
홍분이 가득 떠올라 있었다.

“가가!”

그때 대전 입구 쪽에서 옥으로 만든 방울이 바람에 흔들리면서 내는 듯한 맑게 떨리는 목소리가 들려왔다.

모두들 대전 입구를 쳐다보았다.

은예상과 은기도, 냉운월이 대전 안으로 들어서고 있는 모습이 보였다.

약속이나 한 듯이 모두의 시선이 은예상에게 집중됐다.

그녀가 누군지 알고 있는 사람들도, 그녀를 처음 보는 사람들도 대전 안으로 들어서고 있는 세 사람 중에서 그녀를 가장 먼저 쳐다보았다.

그것은 어둠을 비추는 한줄기 밝은 빛 쪽으로 자연스럽게 시선이 가는 것과 같은 이치였다.

몇몇을 제외한 대부분의 사람들은 은예상을 발견한 순간 지금까지의 관심사, 즉 무가내가 구룡방 대방주를 죽였다는 사실을 잠시 동안 까맣게 잊어버렸다.

지독한 아름다움은 간혹 사람들을 최면에 빠뜨리기도 하는데, 지금이 바로 그랬다.

“가가!”

무가내를 발견한 은예상은 한 마리 나비처럼 팔랑거리면서 곧장 그를 향해 달려왔다.

은기도는 그녀와 무가내의 극적인 상봉을 위해서 자신의 기쁨을 잠시 양보하는 아량을 베풀었다.

"하하! 상아!"

무가내는 빙그레 미소 지으면서 그녀를 향해 몇 걸음 마주 걸어갔다.

달려오는 도중에 은예상은 눈물을 흘렸다.

이날까지 가족 외에 누군가를 위해서 눈물을 흘릴 것이라고는 예상하지 못했던 그녀였다.

눈물 너머로 은예상이 다시 한 번 꼭 보고 싶어하던 무가내의 미소 짓는 모습이 부융하게 보였다.

은예상을 한 번 본 적이 있는 사람들은 감탄의 표정으로, 그녀를 처음 보는 사람들은 놀라운 표정으로 옥구슬 같은 눈물을 흘리면서 달려오는 그녀를 바라보았다.

와락!

"가가!"

은예상은 늘씬하고도 가녀린 몸을 무가내의 가슴으로 내던지듯 뛰어들었다.

네 사람, 즉 석중명과 우표두, 냉운월, 은기도를 제외한 모든 사람들이 커다란 놀라움과 부러운 표정을 지으며 그 광경을 지켜보았다.

무가내는 은예상이 갑자기 울면서 품속으로 뛰어들자 놀라고도 기쁜 마음이었다.

그녀 스스로 무가내에게 안기는 것은 처음이었다. 오늘 새벽에 잘 때 그녀가 무가내에게 안긴 것은 사실 그가 은근슬쩍 끌어안은 것이었다.

"흑흑흑……."

은예상은 무가내의 품속에서 가녀린 몸을 들먹이며 작게 흐느껴 울었다.

"다시는… 그렇게 아무 말도 없이 떠나지 말아요……."

그녀가 입을 무가내의 가슴에 대고 말하는 바람에 입김이 그의 가슴을 뜨겁게 했다.

"응? 무슨 소리야?"

무가내는 의아한 표정을 지었다.

"소녀에게 아무 말도 하지 않고 극신도황을 죽이러 갔었잖 아요. 이제는 절대 그러지 말아요……."

그런데도 무가내는 그녀의 말뜻을 조금도 알아듣지 못했 다. 누군가 자신을 염려해 준 경험이 없기 때문에 생소한 기 분이 들었다.

그녀 뒤에 다가온 은기도가 미소를 지으며 대신 설명했다.

"자네가 극신도황을 죽이러 갔다는 사실을 알고 상아가 몹 시 걱정을 했었다네. 나는 상아가 자넬 걱정하다가 잘못 될까 봐 걱정했었고."

"아……."

그제야 무가내는 나직한 탄성을 터뜨리며 알아차렸다.

그는 그녀가 자신의 품속에 안겨 있음에도 여태껏 우두커 니 서 있기만 하다가 뒤늦게 두 팔로 그녀의 여린 몸을 가만히 안아주었다.

"알았다. 다시는 널 걱정시키지 않으마."

그러면서 그는 난생처음 가슴속으로 한줄기 따뜻한 물줄기 같은 것이 흐르는 것을 느꼈다.

그 물줄기는 순식간에 온몸으로 퍼지더니, 온몸을 짜릿짜릿하게 만들었고, 마지막으로는 머릿속을 온통 행복함으로 가득 채워 버렸다.

"하아… 하아……."

그때 무가내는 은예상이 가쁜 숨을 몰아쉬면서 몸이 축 늘어지는 것을 느꼈다.

"상아!"

"하아… 잠시만 지나면 괜찮아요……."

무가내가 부축을 하자 그녀는 그의 어깨에 뺨을 기댄 채 애써 미소를 지어 보였다.

그러나 무가내는 그녀의 얼굴에 한 올의 핏기도 없이 맥이 매우 느리게 뛰고 심장 박동이 약한 것을 감지했다.

"상아는 선천적으로 체질이 약하다네. 그래서 무가에서 태어났으면서도 무공을 배우지 못한 것일세."

은기도가 안쓰러운 얼굴로 은예상을 바라보며 설명했다.

"오래전부터 많은 의원들이 상아를 치료하려고 애썼지만 별무소용이었다네."

그는 무가내가 은예상을 한 팔로 거의 안 듯이 부축하고 있는 것을 보며 화제를 바꾸었다.

"그런데 극신도황은 어찌 됐나?"

"죽였어."

무가내는 은예상이 상처 입은 작은 새처럼 할딱거리는 것이 안쓰러워서 은기도에게 존대하는 것을 깜빡했다가 말을 하고 나서야 퍼뜩 정신을 차렸다.

"죄송합니다. 구양중겸을 죽였습니다, 장인어른."

'장인어른' 이라는 호칭에 은예상이 깜짝 놀라는 몸의 떨림이 무가내에게 전해졌다.

그녀는 창백한 안색을 하고 송알송알 땀을 흘리는 얼굴에 놀라움을 담고 무가내를 바라보았다.

무가내는 그녀를 보면서 태연하게 말했다.

"내가 장인어른에게 너와 혼인시켜 달라고 말했어."

"나는 허락할 생각이다만, 네 생각은 어떠냐?"

은기도의 말에 은예상은 목덜미까지 빨갛게 붉히며 말없이 무가내 어깨에 얼굴을 묻어버렸다.

그녀는 조금 전에 은기도가 혼인에 대해서 물었을 때, 자신은 무가내와 혼인할 정도로 깊은 사이가 아니며, 자신의 처지가 혼인을 생각할 정도가 아니라고 단호하게 말했던 것을 지금은 잊고 있었다.

"뒤탈이 없을까?"

양신웅이 조심스레 묻자 무가내는 태연히 대구했다.

"진아가 알아서 할 테니까 괜찮을 거야."

"진아가 누군가?"

양신웅의 물음에 우표두가 대신 대답했다.

"구룡방 칠방주 자미룡입니다, 총표두."

은기도와 중인은 무가내가 구양중겸을 어떻게 죽였으며, 당시 상황이 어땠었는지 좀 더 자세히 알고 싶었지만 아무것도 묻지 않았다. 지금은 그럴 상황이 아닌 것이다.

그때 무가내가 두 팔로 은예상을 가볍게 번쩍 안고 나서 은기도를 쳐다보았다.

"내가 구양중겸을 죽였다는 사실만 외부에 알려지지 않는다면 표국은 안전할 것입니다, 장인어른."

그는 말끝마다 장인어른이라는 호칭을 빼놓지 않았다. 그 호칭이 꽤나 마음에 드는 모양이었다.

그의 말에 은기도를 비롯한 중인은 적잖이 놀라는 표정을 지었다.

단순하고 어수룩하게만 여겼던 무가내가 그처럼 논리적인 말을 할 줄은 몰랐기 때문이다.

그래서 사람들은 그가 지금껏 영리함을 감추고 있었다는 사실을 깨달았다.

하지만 그를 잘 알고 있는 석중명과 우표두는 그가 아주 빠르게 중원에 적응, 혹은 학습을 하고 있다고 생각했다.

무가내는 은예상을 안고 별채로 향했고, 냉운월 혼자 그 뒤를 따랐다.

잠시 지나면 괜찮아질 것이라는 은예상의 말과는 달리 그녀는 다음날 아침이 돼서야 기운을 차리고 침상에서 일어나 앉았다.

그녀는 무가내가 밤새 뜬눈으로 자신의 곁을 지켜준 것에 대해서 크게 감동했다.

그것 때문에 은예상은 무가내가 장난으로 자신을 대하는 것이 아니라는 확신을 갖게 되었다.

그리고 그에게도 그런 진지함과 자상한 면이 있다는 새로운 사실을 알게 되었다.

그녀는 무가내가 밤새 침상 곁에 앉아서 자신의 온몸을 부드럽게 주물러 주는 것을 고마운 마음으로 받아들였다.

그가 음탕한 마음으로 몸을 주무른 것이 아니라 안마를 해주었다는 것, 그리고 손바닥을 통해서 부드러운 진기를 주입시켜 주었다는 사실을 그녀는 밤새 생생하게 느꼈다.

원래 은예상은 심하게 오랫동안 몸을 혹사하거나 정신적인 큰 충격을 받으면 혼절하여 사나흘 동안 일어나지 못할 정도로 허약했었다.

그런데 이번에는 무가내가 안마, 즉 추궁과혈(椎躬過穴)의 수법을 베풀어주었기 때문에 하룻밤 만에 거뜬히 자리를 털고 일어날 수 있었던 것이다.

무가내는 하녀가 침상으로 가져온 죽을 손수 은예상에게

먹여주기도 했다.

누군가를 위해주고 또 헌신한다는 것은 무가내에게는 최초의 행동이면서도 큰 경험이었다.

그리고 은예상에게는 자신이 더욱 확고하게 무가내의 여자가 되어가고 있다는 확신을 안겨주었다.

아침 일찍 은기도가 별채로 은예상을 찾아왔다. 아니, 무가내를 만나러 온 것이다.

은기도는 무가내가 원하면 별채를 그의 거처로 정해도 괜찮다고 말했다.

무가내와 은기도가 은예상의 의향을 묻기 위해서 그녀를 쳐다보자 그녀는 눈을 내리깔고 잠시 침묵을 지키더니 이윽고 고개를 끄덕였다.

은기도는 우표두와 석중명을 무가내의 직속 수하로 삼아도 좋다고 제의했다.

무가내는 두 사람을 좋아했기 때문에 마다할 이유가 없어서 쾌히 승낙했다.

은기도가 돌아간 후, 은예상이 무가내의 손을 이끌고 그가 쓸 방으로 안내해 주었다.

별채는 단층이었지만 방이 아홉 개나 되고 욕실이 두 개, 큰 주방과 거실을 갖추고 있을 정도로 매우 컸다.

은예상이 안내한 방은 아담하고 정갈했다.

그리고 무엇보다도 무가내의 마음에 든 것은, 그곳이 은예상의 옆방이라는 사실이었다.

아침 식사 후에 무가내와 은예상은 정원을 산책했다.
정원의 어느 나무 그늘 아래에 두 사람이 나란히 앉았을 때, 은예상이 무가내의 손을 잡고 그윽한 눈빛으로 바라보면서 물었다.
“무가내가 가가의 본명인가요?”
“아니.”
“본명을 가르쳐 주면 안 되는 건가요?”
“내 이름은 독고풍이야.”
은예상은 진심으로 기쁜 표정을 얼굴 가득 떠올렸다.
“좋은 이름이에요……!”
“나는 몰라. 그게 좋은 이름인지 나쁜 이름인지.”
무가내는 쑥스러운 얼굴로 입으로만 벙긋 웃어 보였다.
은예상은 무가내를 보면서 이 사람이 정말 극신도황 구양중겸을 죽인 사람이 맞나 하고 의아심이 생겼다. 그만큼 무가내는 지금 순진무구한 표정을 짓고 있었다.
은예상은 자신을 능히 지켜줄 수 있는 무가내의 고강함을 좋아하고 있지만, 지금 같은 순진무구함이 더 좋았다.
그녀는 종달새가 노래하듯이 종알거렸다.
“이제부터는 풍 가가라고 부르겠어요.”
무가내는 그저 좋아서 고개를 힘차게 끄덕였다.

"그래! 좋아!"

그는 잠시 무엇인가 생각하는 것 같더니 고개를 갸웃거렸다.

"그런데 이런 기분은 처음이야."

은예상이 반짝이는 눈으로 그를 바라보았다.

"어떤 기분인가요?"

"음… 어떤 기분이냐 하면… 가슴속이 반짝거리고 머릿속에 촛불을 켜둔 것 같아."

그의 이상한 표현에 은예상은 아름다운 미소를 지었다. 과연 그다운 표현이었다.

"후후……."

"왜 웃어?"

"소녀도 똑같아요."

무가내는 눈을 동그랗게 떴다.

"그래? 이거 무슨 병 같은 거 아니지?"

은예상은 사르르 얼굴을 붉혔다.

"병 맞아요."

"응? 무슨 병?"

은예상은 얼굴을 더욱 붉히면서 고개를 푹 숙였다.

"우리가 서로 좋아하고 있다는 뜻이에요. 그것을 사랑이라고 하지요. 그래서 우린 똑같이 사랑병에 걸린 거예요."

은예상은 사랑이니 남녀 간의 애정 따위에는 젬병이지만

그래도 무가내보다는 조금 나은 편이었다.

그래서 그녀는 자신이 무가내를 이끌어야 한다고 생각했다. 만약 그녀마저 아무것도 하지 않는다면 아마 두 사람 사이는 조금도 진전하지 않을 것 같았다.

무가내는 자신의 지식과 경험을 바탕으로 은예상이 방금 한 말을 이해해 보려고 애를 쓰다가 잠시 후 알겠다는 듯 고개를 끄덕였다.

"그러니까 짐승들이 수컷과 암컷이 만나서 새끼를 낳는 것 같은 거야?"

이상한 비유였지만 어쨌든 맞는 말이라서 은예상은 고개를 끄덕였다.

"네."

무가내는 깜짝 놀란 얼굴로 은예상의 얼굴을 빤히 바라보면서 물었다.

"그럼 우리도 교미하는 거야?"

"네?"

은예상은 눈을 동그랗게 뜨고 크게 놀랐다가 얼굴이 노을처럼 붉어져서 작은 주먹으로 무가내의 가슴을 콩콩 마구 두드리며 어쩔 줄을 몰라 했다.

"몰라요… 그런 말은……"

그러나 무가내의 다음 말이 가관이었다.

"그렇다면 네 똥도 먹어야 하는데… 이거 정말 난감하군.

난 똥 먹기 싫은데……."

"……."

은예상은 뭐라고 해야 할지 할 말을 잃고 말았다.

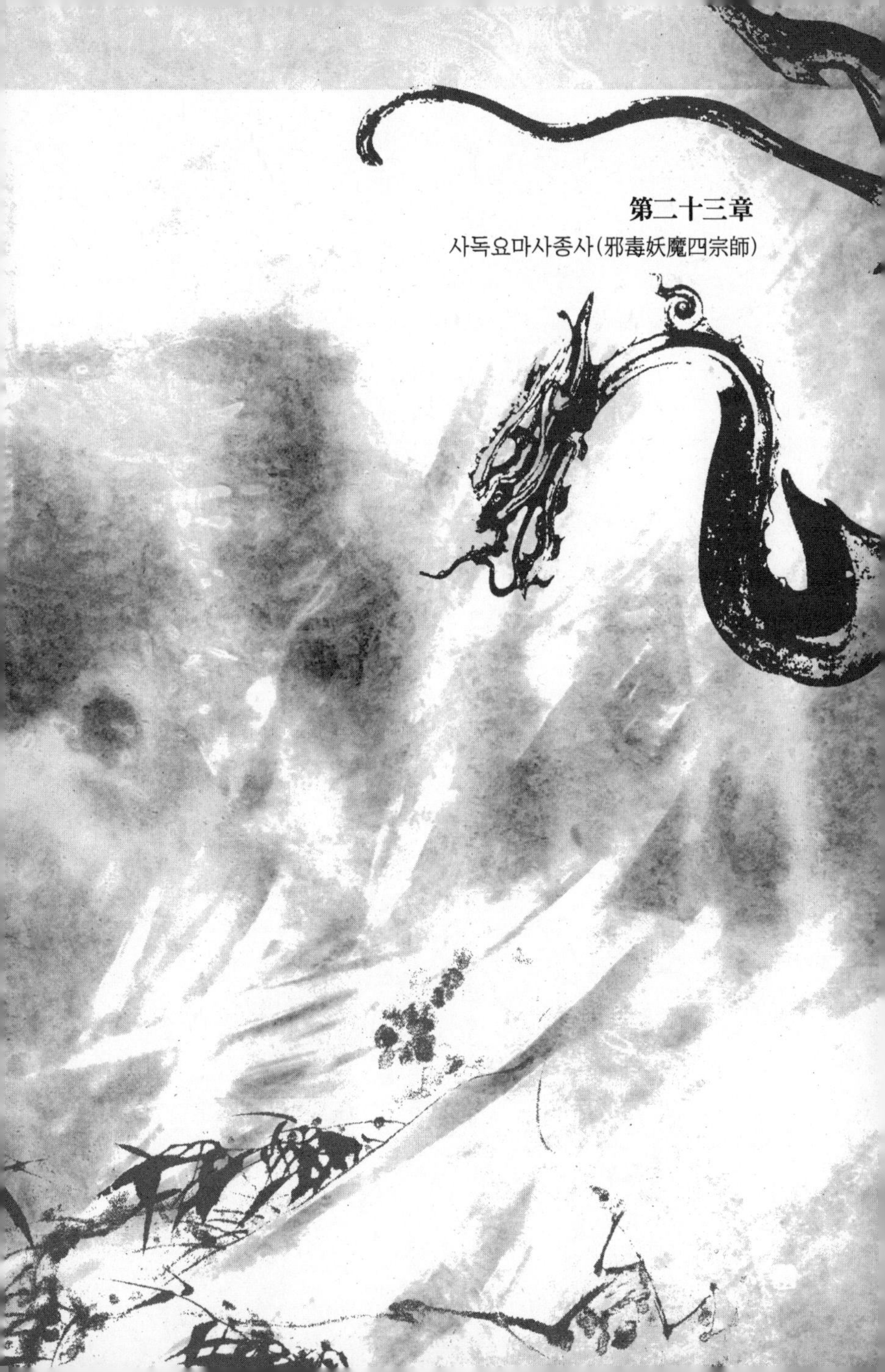

第二十三章

사독요마사종사(邪毒妖魔四宗師)

절강무림에 몇 가지 소문이 파다하게 퍼졌다.

그 소문들은 두 사람에 대한 것이었다.

―항주 황룡표국의 쟁자수가 혼자서 구룡방 외전 건곤전
주와 그의 수하 고수 사십 명, 그리고 천기표국의 총표두와
표사 육십 명을 깡그리 주살했다.

―그 쟁자수의 이름은 무가내라고 하는데, 구룡방 구방주
쇄금룡 남건승을 손가락 하나 대지 않고 단지 반탄지기만으
로 중상을 입혔다.

―구룡방 칠방주 자미룡이 목숨보다 더 사랑하는 사내가

바로 무가내다. 그는 옛날 최고의 미남인 반안과 송옥을 능가하는 절세기남아다.

그런 소문 끝에 황룡표국의 쟁자수인 무가내에게 마침내 별호가 붙여졌다.

혈풍신옥(血風神玉).

피바람을 불러일으키는 준수한 미청년이라는 뜻이다.

그 직후에 터져 나온 또 하나의 소문은 구룡방의 대방주이자 절강무림의 절대자인 극신도황 구양중겸이 구룡방 자신의 집무실인 구룡총전 구층에서 자객(刺客)에게 암살을 당했다는 실로 엄청난 사실이었다.

자객은 구양중겸뿐만 아니라 칠방주 자미룡에게도 사경을 헤맬 정도의 극심한 중상을 입혔으며, 구룡밀위 아홉 명까지도 모조리 몰살시켰다고 한다.

또한 소문에 의하면, 구양중겸은 정수리에서 사타구니까지 일도양단 세로로 쪼개졌다고 한다.

구양중겸이 얼마나 창졸간에 당했으면 태사의 뒤쪽 벽에 걸려 있는 자신의 애도(愛刀) 극신도(極神刀)를 한번 만져 보지도 못했다는 것이다.

구룡방은 흉수를 잠정적으로 사마총혈계의 잔당들이 모여서 이룬 총혈계(總血界)와 혈풍신옥, 둘을 지목했다.

하지만 혈풍신옥이 아무리 고강하다고 해도 혼자서 구양

중겸과 구룡밀위를 죽이고, 자미룡에게까지 중상을 입힌다는 것은 현실적으로 불가능하다고 판단하여, 결국 총혈계의 소행 쪽으로 보고 있다.

그리고 구룡방 사방주 금비룡이 현재 실종되어 나타나지 않는 상태였다.

그런데 그가 사건이 있기 직전에 구룡방 전문을 통해서 외출했다가 잠시 후에 돌아와 구룡총전으로 들어갔었다는 목격자들의 진술을 토대로 그가 총혈계의 주구(走狗)로 활약, 총혈계 흉수들을 구룡총전으로 끌어들였을 것이라는 의견이 매우 설득력을 갖고 있었다.

구룡방은 진명유림의 수뇌부인 정협맹에 이 사건을 즉시 보고했으며, 조만간 정협맹에서 대거 조사단이 파견될 것이라고 한다.

극신도황 구양중겸이 암살당한 직후 절강성, 특히 항주성 내에서는 무기를 지니고 다니는 자들은 누구를 막론하고 무조건 구룡방의 일시 검문을 받아야 하는 초긴장의 상황이 계속되고 있다.

그렇게 두 가지 소문으로 인해서 절강무림과 항주성은 쥐 죽은 듯이 고요한 가운데 깊은 물밑에서는 거대한 태풍의 눈이 부글부글 준동하고 있었다.

*　　　*　　　*

황룡표국은 남아 있는 사람들, 즉 표국주 은기도를 필두로 하여 총표두 양신웅, 수석 표두 무가내는 여섯 명의 표두와 열두 명의 표사, 오십이 명의 쟁자수를 이끌면서 평소와 다름없이 영업을 계속하고 있었다.

하지만 그것은 어디까지나 표면적인 광경일 뿐이었다.

원래 삼백여 명이었던 인원이 현재는 사분의 일 수준인 고작 칠십여 명밖에 남지 않았다.

또한 표물를 맡기는 물주(物主)들이 구룡방과 천기표국의 눈치를 살피느라 전전긍긍 황룡표국에 일을 맡기기를 꺼려하고 있는 상황이었다. 보복을 당할까 봐 잔뜩 몸을 사리고 있는 것이었다.

그나마 몇몇 오랜 단골들이 보복을 감수하면서까지 일거리를 주었기에 황룡표국은 예전의 삼 할에도 못 미치는 수준의 영업을 유지할 수 있었다.

황룡표국 곳곳에서 이상한 기운이 잔잔하게 흐르고 있었다.

그것은 오직 사파의 일류고수들만이 흘려낼 수 있는 사기(邪氣)였다.

하지만 황룡표국 내에서 그 기운을 감지하고 있는 사람은 무가내 한 명뿐이었다.

그렇지만 그는 그것을 일부러 모른 체해주고 있었다.

왜냐하면 그들이 사혼귀존 균현의 수하들일 것이라고 짐작하고 있기 때문이었다.

술시(戌時:밤 8시) 무렵.

어둠에 잠겨 있는 황룡표국 별채의 넓은 거실에 몇 사람이 모여 있었다.

푹신하고 커다란 호피 위에 무가내와 은예상이 나란히 앉아 있고, 그 뒤에는 냉운월이 우뚝 서 있으며, 맞은편 두 개의 의자 뒤편에는 석중명과 우표두가 장승처럼 뻣뻣하게 나란히 서 있었다.

무가내가 극신도황을 죽이고 돌아온 이후부터 은예상은 한시도 그의 곁에서 떨어지지 않으려고 했다.

시간이 지날수록 그녀는 무가내를 절대적으로 의지하게 되는 것 같았다.

은기도의 명령에 의해서 무가내의 직속 수하가 된 석중명과 우표두는 무가내 맞은편에 놓여 있는 의자에는 앉을 엄두도 내지 못한 채 의자 뒤에 서서 무가내가 입을 열기를 기다리고 있었다.

냉운월은 정면을 쳐다보다가 석중명과 눈이 마주치면 동공이 가볍게 흔들리면서 급히 다른 곳을 쳐다보기를 반복하고 있는 중이었다.

이틀 전, 그녀는 무가내의 쟁자수 거처에서 여럿이 함께 술을 마시다가 만취하여 쓰러져 잠이 들었다.

아침에 눈을 뜬 그녀는 자신이 석중명을 잔뜩 끌어안은 채 입을 맞추고 있는 상황을 발견하고 소스라치게 놀라서 그 방을 뛰쳐나왔었다.

그날 이후 냉운월은 한시도 석중명과의 그 일을 잊은 적이 없었다.

아니, 도저히 잊을 수가 없었다.

사람이 술에 취하면 감추어져 있던 본성이 드러난다는 사실은 만인이 알고 있는 상식이다.

그래서 그녀는 자신의 본성이 음탕하고 또 추악하다고 생각할 수밖에 없었다.

냉운월은 할 수만 있다면 석중명을 죽여 버리고 싶었다.

취해서 잠든 그를 자신이 일방적으로 끌어안고 입을 맞춘 것이라서 그는 터럭만큼도 죄가 없는 몸이지만, 그를 죽이면 지금의 이 자책과 자기혐오의 깊은 늪에서 빠져나올 수 있을 것만 같았다.

그렇지만 현실적으로 그녀가 석중명을 죽이는 것은 불가능한 일이었다.

그런데 마음속으로는 그를 죽이고 싶도록 증오하면서도 그와 눈이 마주치기만 하면 깜짝 놀라서 급히 외면을 하는 것이 이상하기만 했다.

"앉아라."

무가내가 석중명과 우표두에게 턱으로 의자를 가리키면서 입을 열었다.

"괜… 찮습니다."

바짝 긴장하고 있던 우표두가 더듬거리면서 대답했다.

그동안 우표두는 무가내의 상전 아닌 상전으로, 석중명은 껄끄러운 친구 관계를 유지해 왔었다.

그런데 은기도의 명령에 따라 이제 정식으로 무가내의 직속 수하가 되었으니 마음 한편으로는 큰 짐을 내려놓은 것처럼 홀가분했다.

또한 마음속으로 깊이 흠모, 존경하고 있던 무가내를 지척 지간에서 모실 수 있게 되었다는 사실에 더없이 기쁘고 흥분된 상태였다.

"두 번 말 시키지 마라."

무가내는 상체를 뒤로 젖히며 더 편하게 앉으면서 느긋하게 말했다.

그 말이 끝나자마자 석중명과 우표두는 번개같이 의자에 나란히 앉았다.

"그런데… 너는 성이 '우' 고 이름이 '표두' 냐?"

무가내가 우표두를 보면서 진지한 얼굴로 물었다.

"아닙니다. 속하는 당경림(唐京林)이라고 합니다."

"음, 우표두가 이름이 아니었군?"

무가내가 진지하게 고개를 끄덕이는 것에 반해서 은예상은 섬섬옥수로 입을 가리며 가만히 웃었다. 무가내가 보면 볼수록 순진하기 때문이었다.

무가내는 두 사람을 보며 고개를 끄덕였다.

"앞으로 잘 지내보자."

순간 두 사람은 벌떡 일어났다가 무가내를 향해 무릎을 꿇고 엎드려 이마를 바닥에 조아리며 외쳤다.

"목숨을 다해서 수석 표두를 호위하겠… 앗!"

두 사람은 합창하듯이 외치다가 채 말을 끝맺지도 못하고 짧은 비명을 터뜨렸다.

부복하고 있던 자신들의 몸이 허공으로 둥실 떠올랐다가 쭉 펴지더니 각자의 의자에 사뿐히 앉혀졌기 때문이다.

두 사람이 급히 무가내를 보자 그는 한 팔로 은예상의 어깨를 감싼 채 다른 손으로는 그녀의 손을 잡고 있었다.

그것은 손을 사용하여 무형지기를 뿜어내 두 사람을 일으켜 의자에 앉힌 것이 아니라는 뜻이었다.

냉운월도 무가내 뒤에서 똑똑히 봤지만 그는 두 손을 전혀 사용하지 않았다.

그렇다면 그저 가만히 앉은 상태에서 몸으로 무형지기를 발출하여 두 사람을 의자에 앉혔다는 얘기가 된다.

냉운월과 석중명, 당경림은 무가내의 신적인 무공에 경이로움을 느끼며 숙연함을 금치 못했다.

무가내는 히죽 웃었다.

"이놈들아, 너희 두 사람의 잘난 무공으로 나를 호위하겠다는 것이냐?"

두 사람은 부끄러움에 얼굴이 화끈거려 아무 말도 못하고 고개를 숙였다.

무가내는 빙그레 미소 지었다.

"나는 수하 같은 것 필요없으니까 앞으로 가족처럼 잘 지내자는 뜻이다."

'가족⋯⋯.'

석중명과 당경림은 쇠망치로 뒷머리를 얻어맞은 듯한 표정으로 무가내를 쳐다보았다.

"운월아."

두 사람이 무슨 말을 하기도 전에 무가내가 이번에는 냉운월을 불렀다.

"말씀하십시오."

냉운월은 무가내 뒤에서 공손한 자세를 취했다.

그녀는 죽으면 죽었지 자신이 인정하지 않는 사람에겐 절대 굽히지 않은 대쪽 같은 성격의 소유자다.

지금 그녀가 무가내에게 공손한 자세를 취하는 것은 그가 은예상의 남자가 됐기 때문이고, 또한 지금까지 지켜본 결과 그가 어디 한군데 나무랄 데 없는 사내 중의 사내라는 생각이 들었기 때문이다.

"앞으로 너도 중명, 경림과 사이좋게 지내라."

냉운월은 석중명을 힐끗 보더니 차가운 표정으로 입을 꼭 다물면서 대답하지 않았다.

"너희 세 사람이 잘 지내는 것 같으면, 내가 너희들에게 알맞은 무공 한 가지씩을 가르쳐 주마."

"넵! 반드시 사이좋게 지내겠습니다!"

순간 냉운월은 별채 전체가 떠나가라 우렁차게 외쳤다.

그녀가 무엇보다 좋아하는 것은 무공이었다.

무가내는 이번에는 은예상의 뺨에 가볍게 입을 맞추고 나서 손바닥으로 그녀의 엉덩이를 밀어 일으켰다.

쪽!

"상아, 너는 가서 하녀들에게 술상을 차리라고 해라."

그녀는 무가내가 모두 앞에서 자신의 엉덩이를 만지는 바람에 순간적으로 부끄러워서 얼굴이 붉어졌으나 개의치 않고 총총히 주방으로 달려갔다.

서둘러 하녀들에게 지시하고 다시 무가내 곁으로 돌아오기 위해서였다.

무가내는 팔짱을 끼면서 나직이 중얼거렸다.

"균현."

그는 사혼귀존 균현이 자신의 주위에서 늘 은신하고 있다는 사실을 알고 있었다.

스으으……

"앗!"

"허엇!"

하나의 검측측한 운무 덩어리 같은 것이 무가내 전면 좌측 바닥에 피어오르자 석중명과 당경림은 소스라치게 놀라서 부지중 신음을 터뜨렸다.

잠시 후에 검은 운무는 곧 사람의 형상을 갖추는 듯하더니 어느새 균현이 무가내를 향해 무릎을 꿇고 부복하고 있는 모습으로 변했다.

석중명과 당경림은 무가내가 구양중겸을 죽이기 위해서 구룡방으로 떠나기 전에 황룡전에서 균현이 지금처럼 나타나는 것을 보고 크게 놀란 적이 있었다.

똑같은 광경을 두 번째 보는데도 처음보다 더 놀란 이유는, 바로 자신들의 코앞에 균현이 나타났기 때문이다.

하지만 두 사람은 여자인 냉운월이 신음은커녕 표정조차 변하지 않은 사실을 발견하고는 남자로서 부끄러움을 감출 수가 없었다.

그러나 사실은 냉운월도 무지하게 놀랐다. 다만 그녀는 죽은 자의 얼굴, 즉 사안(死顔)을 지니고 있기 때문에 내면의 놀라움이 겉으로 드러나지 않는 것뿐이었다.

"부르셨습니까?"

균현은 상전 앞에서의 부복이란 이렇게 하는 것이다, 라는 것을 모두에게 보여주기라도 하려는 듯 이마는 물론 양 손바

닥과 팔꿈치, 가슴까지 바닥에 밀착시킨 채 지극히 공손한 목
소리를 흘렸다.

"일어나라. 우리와 술 한잔하자."

무가내는 '나' 라고 하지 않고 '우리' 라고 했다.

그리고 석중명과 당경림, 냉운월은 그 말을 듣고 온몸에 전
율이 흐르는 것처럼 소스라치게 놀라고 또 긴장했다.

무가내 때문에 여태 그렇게 놀란 덕분에 이제는 그림자만
봐도 놀라고 울리는 소리만 들어도 떠는 영해향진(影駭響震)
의 신세가 되고 만 세 사람이었다.

균현은 조심스럽게 일어섰다. 무가내가 두 번 말하지 않는
것을 알기 때문이다.

푸짐한 요리와 술이 차려진 둥근 탁자 둘레에 무가내와 은
예상, 균현, 석중명, 당경림이 둘러앉았고, 은예상 뒤에는 냉
운월이 서 있었다.

"운월아, 너도 앉아라."

무가내가 말했지만 냉운월은 입술을 깨물면서 쭈뼛거리기
만 할 뿐, 앉지 않았다.

술이 취해서 또다시 이성을 잃고 무슨 짓을 하게 될까 봐
두려운 것이다.

"술을 마시지 않겠다면 나가라."

이곳에 있는 사람들은 이제 어느 정도 무가내의 규칙, 혹은

취향을 짐작하게 되었다.

술을 마실 때에는 함께 있는 사람이 모두 마셔야만 한다. 그렇지 않은 사람은 그곳을 떠나야 한다는 것이 무가내의 규칙 중 하나였다.

냉운월은 은예상을 호위해야 하므로 그녀 곁을 떠날 수는 없는 상황이었다.

어쩔 수 없다고 생각한 그녀는 나직한 한숨을 내쉬면서 천천히 탁자로 걸어왔다.

그러다 문득 걸음을 멈추었다. 빈 의자가 석중명 옆 자리뿐이었던 것이다.

하지만 그녀는 그 자리에 앉을 수밖에 없었다. 그곳은 또한 은예상의 옆 자리이기도 하기 때문이었다.

냉운월이 자리에 앉으려고 하자 석중명이 일어나서 의자를 뒤로 빼주는 친절을 베풀었다.

탁!

냉운월은 그의 손을 거칠게 뿌리치고 나서 찬바람이 일도록 싸늘하게 자리에 앉았다.

"내가 한 잔 마시면 모두 한 잔씩 같이 마시는 거다."

그렇게 말하면서 무가내는 술잔을 들었다.

"풍 가가……."

은예상이 구원을 바라는 눈길로 무가내를 바라보았다.

무가내는 고개를 끄덕였다.

"좋아. 상아는 내가 석 잔 마실 때 한 잔 마신다."

순간 그는 갑자기 움찔 가볍게 몸을 떨었다. 그러더니 잠시 후에 헤벌쭉 웃으며 규칙을 바꿨다.

"헤헤… 상아는 자신이 마시고 싶을 때만 마셔도 좋다."

탁자 아래에서 은예상의 섬섬옥수가 무가내의 허벅지를 부드럽게 살살 쓰다듬고 있는 것을 아무도 알지 못했다.

그 바람에 무가내는 심신이 녹아버린 것이다.

침묵 속에 술이 열 순배쯤 돌고 나서 이윽고 무가내가 균현을 보며 입을 열었다.

"균현, 지난번에 내게 다하지 못한 말이 있었지?"

"그렇습니다."

"말해봐."

무가내는 며칠 전에 균현에게서 이십 년 전의 무림 상황과 소기, 즉 구주사황에 대해서 듣고 난 후 약간 심경의 변화를 일으켰다.

그때는 혼천대전이니 사마총혈계 같은 것, 그리고 소기가 사파의 사도종주였다는 얘기는 자신과 별 상관이 없다고 생각했었다.

그 이후 무가내는 구양중겸을 죽이고 황룡표국으로 돌아와 이곳 별채에서 이틀 동안 은예상과 함께 보내면서 많은 생각을 하게 되었다.

그는 무림에서 자신에게 '혈풍신옥' 이라는 별호를 붙여주었다는 사실을 알게 됐다.

또한 자신이 사랑하게 된 은예상이 멸문한 무가 숭검문의 후예이며, 그녀의 가문을 멸문시킨 조진우라는 자의 방파, 즉 사해방을 언젠가는 피로 씻어버릴 것이라고 결심하기에 이르렀다.

그리고 구룡방은 정파무림의 수뇌부라는 정협맹에 도움을 청했다고 한다.

그렇다면 그리 오래지 않아서 구양중겸을 죽인 사람이 혈풍신옥 무가내라는 사실이 밝혀지게 될지도 모르는 일이다.

만약 그들이 사실을 밝혀내지 못한다고 하더라도 황룡표국의 표두들과 표사들이 죽을 때까지 입을 다물고 있지는 않을 것이라고 생각했다.

그들 중에 한 명이라도 발설을 하게 되면 무가내는 구룡방과 정협맹, 진명유림 전체의 표적이 되고 말 것이다.

그러나 그것이 무서운 것이 아니다.

무가내는 어느덧 자신이 무림이라는 곳에 한 발을 깊숙이 들여놨다는 사실을 깨달은 것이다.

게다가 과거 이십 년 전에 소기의 심복 수하였던 균현이 그림자처럼 무가내의 주위를 맴돌고 있다.

그래서 무가내는 최종적으로 그런 생각을 하게 됐다.

'소기가 사도종주라면, 혹시 혈검과 빙염, 독구는 사마총혈계의 나머지 삼파인 마도와 요계, 독림이라는 곳의 종주가 아니었을까? 그런데 그들은 어째서 핏덩이인 나를 데리고 오악도로 들어가서 십팔 년 동안 살아왔던 것인가?

오악도의 네 마물은 중원으로 나가는 무가내에게 아무 말도 해주지 않았었다.

그래서 무가내는 드넓은 중원 천지를 훨훨 돌아다니면서 실컷 재미있게 놀아야겠다고만 생각했었다.

그런데 그게 아니었다.

낭중지추(囊中之錐).

주머니 속의 송곳은 워낙 뾰족해서 아무리 감추려고 해도 언젠가는 주머니를 뚫고 나온다.

그렇듯이, 금만등을 이룬 무가내의 실력과 재능 역시 워낙 뛰어나기 때문에 저절로 드러나 천하에 알려지게 될 것이고, 그렇게 되면 그는 자신도 모르는 사이에 무림계에 깊숙이 관여할 수밖에 없게 되는 것이다.

아마도 오악도의 네 마물은 그것을 노린 듯했다.

그래서 무가내는 오늘 균현의 나머지 이야기를 모두 들어보고 어떤 결정을 내려야겠다고 생각한 것이다.

균현은 석중명과 당경림, 냉운월을 둘러보면서 조금 난감한 표정을 지었다.

무가내는 균현이 석중명 등 때문에 말하기를 꺼린다는 사실을 깨닫고 고개를 끄덕였다.

"이들은 내 가족이니까 괜찮다."

그는 '가족'이라는 말을 두 번째 사용했다.

처음 그 말을 들었을 때 석중명, 당경림, 냉운월은 신선한 충격과 태풍이 휘몰아치는 감동 같은 것을 느꼈었는데, 두 번째에는 훈훈한 평온을 느꼈다. 그것은 마치 '가족애(家族愛)' 같은 것이었다.

근처에 은신해 있던 균현은 무가내가 이들에게 처음에 '가족'이라고 말하는 것을 들었다. 그리고 방금 두 번째로 '가족'이라는 말을 들었다.

석중명 등이 그 말을 처음 들었을 때와 두 번째의 느낌이 각기 다른 것에 비해서 균현은 둘 다 느낌이 같았다.

착잡함이었다.

무가내를 바라보는 균현의 눈빛이 말하고 있었다.

'소주, 당신의 가족은 그들이 아니라 우리 사마총혈계 사람입니다.'

균현은 기이한 괴리(乖離)를 맛보았다. 무가내를 비롯한 모두가 물이라면, 균현 혼자만 그 위에 떠 있는 한 방울 기름 같다는 느낌이었다.

이윽고 균현은 마음을 정리하고 차분히 가라앉은 목소리로 말문을 열었다.

"제이차 혼천대전 이후 대천신등의 중원정벌군과 사마총혈계의 토벌군이 대혈전 끝에 공멸(共滅)했다는 사실은 지난번에 이미 말씀드렸습니다."

지난번에 균현은 그 얘기를 끝으로 무가내의 제지를 받고 그만두어야 했었다.

'제이차 흔천대전'이란 사마총혈계와 대천신등 중원정벌군 간의 대혈전을 가리킨다.

물론 '제일차 흔천대전'은 그보다 앞서 벌어졌던 진명유림의 정협맹과 대천신등 중원정벌군의 싸움이다. 그 싸움에서 정협맹은 일패도지하고 말았고, 그래서 어쩔 수 없이 사마총혈계에게 구원을 청했었다.

은예상과 석중명 등은 말귀를 알아듣기 시작할 때부터 주위로부터 일, 이차 흔천대전에 대한 이야기를 귀가 따갑도록 들으며 자랐었기 때문에 지금 균현이 하는 말에 별로 놀라지 않았다.

그런데 그들이 듣기에 균현의 말 중에 한 가지 이상한 내용이 있었다.

일, 이차 흔천대전 두 번 다 정협맹이 대천신등과 싸웠다는 사실은 너무도 유명해서 길거리의 개조차도 알고 있을 이야기였다.

그런데 균현은 방금 제이차 흔천대전에서 대천신등의 중원정벌군과 싸운 것이 사마총혈계라고 말한 것이다.

은예상은 총명하게 눈을 빛내면서 가만히 균현을 바라보고 있었다.

그녀는 균현이 실언을 한 것이 아닐 것이라고 생각했다. 그

리고 이 일에는 필시 무슨 곡절이 있을 것이라는 짐작이 들었
다.

그렇지만 다른 사람들은 균현이 실언을 한 것이라고 믿었
다. 그것은 생각의 차이였다.

균현이 다시 조용히 말을 이었다.

"그 결과 중원무림은 다시 평화를 되찾았습니다. 그렇지만
정협맹은 약속을 지키지 않았습니다."

균현의 두 눈에 은은하게 분노의 기색이 어렸다.

"사마총혈계가 대천신등과 싸워서 그들을 물리쳐 준다면
사마총혈계를 무림의 한 축계로 인정하는 것은 물론이고, 사
독요마 네 개 파를 구파일방과 같은 반열로 받아들여서 십삼
파일방을 이루게 해주겠다고 대마종이신 마군황께 철석같이
약속을 했었습니다."

그는 분노가 지나쳐 입에서 으르렁거리는 소리가 흘러나
오는 듯했다.

"그래 놓고서는 정작 마군황께서 이끄신 팔만여 사독요마
의 정예 고수가 대천신등과 함께 공멸하자 정협맹이 가차없
이 약속을 깨버린 것입니다!"

은예상은 균현이 처음에 했던 말이 실언한 것이 아니었음
을 확인했다.

그런데 그는 방금 은예상이 꿈에서조차 상상할 수 없는 내
용을 밝혔다.

즉, 제이차 흔천대전이 사마총혈계가 대천신등의 중원정벌군과 싸운 것은 물론이고, 사마총혈계와 정협맹 사이에 흔천대전의 결과를 놓고 깊은 묵약(默約)까지 있었으며, 나중에 정협맹이 그것을 일방적으로 파기했다는 사실이었다.

은예상과 석중명 등에게는 균현의 한마디 한마디가 실로 충격적이고 놀라운 사실이 아닐 수 없었다.

균현의 말이 사실이라면 세상 사람들은 모두 흔천대전에 대해서 잘못 알고 있는 것이었다.

끓어오르는 분노를 억제하고 있는지 균현의 몸이 가늘게 떨렸고, 그가 앉아 있는 의자 다리가 바닥에 부딪쳐서 날카로운 소리를 냈다.

"으음! 정협맹이 약속을 지키지 않은 것은 약과일 뿐입니다. 놈들은 이차 흔천대전 직후에 서너 달 남짓 정협맹과 진명유림을 규합하여 재정비하고 나더니, 느닷없이 사마총혈계가 대천신등과 내통하여 도왔다는 말도 되지 않는 누명을 씌웠습니다."

은예상과 석중명 등은 균현이 당장이라도 터질 것 같은 분노를 간신히 억누르고 있는 표정으로 미루어 그가 거짓말을 하는 것이 아니라는 생각이 들었다.

또한 말하는 내용으로 미루어 그가 사마총혈계 사람일 것이라고 짐작했다.

"누명이라고?"

　무가내가 나직이 중얼거리자 균현은 움켜쥔 주먹으로 가볍게 탁자를 내려치며 이를 갈 듯이 말했다.

　"그렇습니다. 제이차 혼천대전 당시 마군황께서 이끄신 팔만의 정예 고수는 사마총혈계 전체 전력의 육칠 할에 달하는 엄청난 것이었습니다. 그런데 그들이 모두 전멸하고 사마총혈계는 겨우 삼사 할의 전력밖에 남지 않은 상태였습니다. 바로 그때 정협맹이 탕마령(蕩魔令)을 내려 천하 도처에서 사마총혈계의 잔존 세력을 소탕하기 시작한 것입니다."

　은예상은 고즈넉한 목소리로 조용히 설명했다.

　"세상 사람들이 알고 있는 탕마령의 뜻은 혼천대전 당시 대천신등과 내통한 사마총혈계를 전멸시켜서 다시는 중원이 변황 세력에게 침공당하는 일이 일어나지 않도록 하자, 라는 것이었어요."

　균현이 분노로 수염을 덜덜 떨면서 은예상의 말을 받았다.

　"탕마령이 내려진 후 정협맹과 진명유림은 일제히 사마총혈계 사냥에 나섰습니다. 순진하게도 정협맹이 약속을 지킬 것이라 철석같이 믿으며 이제나저제나 좋은 소식을 기다리고 있던 사마총혈계 총단은 난데없이 들이닥친 정협맹과 진명유림 고수들에 의해 반나절을 버티지 못하고 여지없이 괴멸당하고 말았습니다."

　균현의 비분에 찬 설명은 이어졌다.

　사마총혈계 총단이 괴멸을 당하자 천하 곳곳에 흩어져 있던 사독요마 수천 개의 방, 문파들은 구심점을 잃고 우왕좌왕할 수밖에 없었다.

정협맹과 진명유림은 그 기회를 놓치지 않고 천하 도처에서 사마총혈계 잔당 소탕에 돌입했다.

사독요마의 방, 문파들은 변변하게 대항조차 하지 못한 채 패퇴하여 뿔뿔이 흩어졌다.

정협맹과 진명유림의 토벌대는 끈질기게 사독요마의 고수들을 추격했다.

정협맹이 탕마령을 발동한 최초 일 년 동안에 죽은 사독요마 사람들의 수는 무려 칠십만 명에 달했다.

원래 혼천대전 당시 사마총혈계가 이끌고 있던 방, 문파의 수는 도합 이천삼백여 개, 그리고 휘하에는 대략 오십만 명의 수하가 있었다.

그러나 그중에서 정예 고수는 십이만 명 정도에 불과했다. 나머지는 고수라고 불리지도 못하는 무사 수준이 대부분을 차지하고 있었다.

그나마 제이차 혼천대전 당시 대마종 마군황이 팔만 명을 이끌고 가서 전멸했기 때문에 남은 정예 고수는 사만여 명에 불과했다.

그런데 그 사만여 명마저도 탕마령 발동 직후 사마총혈계 총단이 급습을 당하는 과정에서 총단에 거주하고 있던 정예 고수 만 오천 명 정도가 죽임을 당하고 말았다.

남은 이만 오천 명의 정예 고수들은 사마총혈계 휘하 이천 삼백여 개의 방, 문파에 분산되어 있는 상황이었다.

탕마령이 발동된 후 일 년 동안 죽임을 당한 칠십만 명 중에 사마총혈계 휘하는 이십만 명 정도 수준이었다.

나머지 오십만 명은 녹림(綠林)이나 장강(長江), 황하수로채(黃河水路寨)의 도적들이었다.

정협맹은 차제에 사마총혈계뿐만 아니라 녹림과 수적들까지 모조리 소탕하려는 것이었다.

이십 년 전에 탕마령이 발동된 후 정협맹은 지금까지도 거두지 않고 있다.

즉, 사마총혈계와 녹림, 수적들이 이 땅에서 완전히 사라질 때까지 탕마령의 효력을 계속 유지시키겠다는 뜻인 것이다.

현재 사마총혈계는 이십 년 전에 비해 겨우 일 할 남짓만이 살아남아 근근이 명맥을 유지하고 있었다.

긴 설명을 끝낸 균현은 잠시 숨을 고른 후 은예상과 석중명 등을 한차례 둘러보았다.

그의 그런 행동은 지금부터 하게 될 이야기가 매우 중요한 내용이라는 무언의 표시였다.

너무도 충격적인 사실들을 알게 된 은예상과 석중명 등은 마른침을 삼키면서 더없이 긴장된 표정으로 균현의 다음 말을 기다렸다.

그들은 분노에 찬 균현의 말을 듣는 동안 점차 동화되어 이제는 거의 믿는 단계가 된 상태였다.

"사독요마는 지난 세월 동안 정협맹과 진명유림의 눈을 피해 천하 도처에 뿔뿔이 흩어져 깊숙이 숨어 지내면서 예전의 찬란했던 사마총혈계의 영화로운 시절이 다시 돌아오기만을 학수고대하고 있었습니다."

균현의 얼굴에서 점차 분노가 사라지는 대신 옅은 희망이 잔물결처럼 넘실거렸다.

"마도(魔道)가 일 년 전에 총혈계를 발족하여 사독요마의 부흥을 선포했습니다. 그 소식이 전해지자 천하 곳곳에서 사독요마의 잔존 세력들이 모여들기 시작하여 현재 만 오천여 명이 운집했습니다."

만 오천 명이면 이십 년 전 사마총혈계가 거느린 오십만 명과는 비교도 할 수 없을 정도로 적은 수준이었다.

방금 그가 말한 것은 은예상이나 석중명, 당경림 등도 알고 있는 내용이었다.

그것 때문에 현재 정협맹과 진명유림은 총혈계의 본거지를 찾아내는 것과 사독요마의 재건을 막기 위해서 혈안이 되어 있는 상황이었다.

"정협맹과 진명유림이 총혈계의 부활을 막으려고 악착을 떨고 있지만 소용없는 짓입니다. 총혈계에는 지금 이 시간에도 사독요마의 고수들이 속속 운집하고 있습니다."

그때 묵묵히 술만 마시던 무가내가 오랜 침묵을 깨고 균현의 말을 끊었다.

"하나 묻겠다."

"하문하십시오."

균현은 이마를 탁자에 댔다.

"대마종 마군황에게는 네 명의 충신이 있다고 했었지? 소기는 그중 한 명이고?"

은예상과 석중명 등은 두 사람이 무슨 대화를 나누는지 알지 못했다.

"그렇습니다. 그들 네 분을 사독요마사종사(邪毒妖魔四宗師)라고 하는데, 줄여서 사대종사(四大宗師)라고 부릅니다."

"소기는 너의 상전이었으니까 잘 알 테고, 그렇다면 너는 다른 세 명의 종사라는 자들을 본 적이 있느냐?"

"물론입니다. 사대종사 휘하에는 각 열 명씩의 심복이 있는데, 각기 사도십존, 독림십악(毒林十惡), 요계십화(妖界十花), 마도십혈(魔道十血)이라는 칭호가 있습니다. 그리고 그들 모두를 일컬어 혈화악존(血花惡尊)이라고 합니다."

정협맹은 사마총혈계의 잔당을 소탕하는 것만이 아니라 그들이 얼마나 악독하고 잔혹하며 교활한지를 천하에 널리 선전하는 것도 게을리 하지 않았다.

그래서 흔천대전 이후 천하인들의 의식이 많이 변하게 되어 지금은 사독요마 사람들을 모두 악마로 인식하고 있는 실정이었다.

그런 점에서는 은예상이나 석중명, 당경림, 냉운월도 세상 사람들과 별반 다르지 않았다.

그들에게 있어서 사독요마의 고수들은 천하를, 그리고 무림을 파멸시키는 극악무도한 악마들이었다.

그런데 지금 사마총혈계의 고수라고 짐작되는 균현이 악마들의 총체인 총혈계에 대해서 설명하고 있는 것이다.

은예상과 석중명 등은 아연 긴장하여 몸이 뻣뻣해져서 무가내가 한 잔 마시면 자신들도 한 잔 마셔야 한다는 규칙마저도 잊고 있었다.

방금 균현이 말한 사도십존, 독림십악, 요계십화, 마도십혈, 즉 혈화악존은 사마총혈계의 전설적인 거물들이라서 은예상과 석중명 등이 모를 리가 없었다.

무가내는 귀찮다는 듯 손을 내저었다.

"혈화악존 같은 것 말고, 그들의 윗대가리인 삼대종사가 어떻게 생겼는지 설명해 보라니까."

균현은 무가내의 느닷없는 요구에 조심스럽게 그를 잠시 동안 응시했다.

그가 무슨 생각으로 그것을 묻는지 나름대로 간파하려는 듯했으나 뜻을 이루지는 못했다.

"먼저 마도종사부터 말씀드리겠습니다. 그분의 별호는 삼절마제(三絶魔帝)입니다. 신절(身絶), 검절(劍絶), 살절(殺絶)이라서 삼절이라는 별호를 얻으셨습니다. 그분의 용모는……."

균현이 사대종사 중에서 마도종사가 삼절마제라고 말하는 순간부터 이상하게도 무가내의 가슴이 잔잔하게 파동을 일으키기 시작했다.

무가내는 혈검이 무림에서 활동할 때의 별호가 삼절마제였다는 사실을 알고 있었다.

오악도 외에 중원이라는 곳이 있다는 사실을 알게 된 이후에 네 마물에 대해서 빙염에게 들었다.

그녀는 혈검뿐만 아니라 자신과 소기, 독구가 무림에서 활약했을 때의 별호도 말해주었다.

균현이 마도종사 삼절마제에 대해서 설명을 시작했을 때 반응을 보인 사람은 무가내 혼자가 아니었다.

무가내하고는 전혀 다른 반응이지만, 은예상과 석중명, 당경림, 냉운월 등은 여태껏 마신 술이 순식간에 깨버렸다.

무림 최초로 사독요마를 일통하여 사마총혈계를 발족한 대마종 마군황과 사대종사는 이십여 년 전에는 무림의 전설로 불리던 인물들이었다.

균현이 마치 사대종사와 몹시 가까웠던 것처럼 너무도 자세하게 설명을 하자 은예상과 석중명 등은 크게 놀라면서도 아연 긴장을 했다.

균현은 열심히 삼절마제의 용모에 대해서 설명했다.

그리고 그의 설명이 가리키는 사람은 틀림없는 혈검이었다.

한 가지 다른 것이 있다면 균현은 혈검이 애꾸, 즉 오른쪽 눈이 없다는 사실을 모르고 있었다.

삼절마제에 대한 설명을 끝낸 균현은 조심스럽게 무가내의 얼굴을 살폈으나 그에게서 별다른 것을 발견하지 못하고 다시 설명을 이었다.

"또 한 분은 만독신군(萬毒神君)이십니다. 원래는 독망계(毒茫界)의 계주이셨는데 대마종께 발탁되셨습니다. 예전에 사람들은 그분을 독군(毒君)이라고 불렀습니다."

이어서 그는 만독신군의 용모에 대해서 설명했는데, 그 역시 영락없는 독구의 모습이었다.

다만 혈검 때와 마찬가지로 균현은 독구가 외다리가 됐다는 사실을 모르고 있었다.

무가내는 균현이 다음에 설명할 사람이 빙염일 것이라고 예상했다.

"마지막 한 분은 요선계(妖仙界)의 절대자이시고 홍일점인 요선마후(妖仙魔后)이십니다. 요선계는 천하 상계(商界)에서 가장 거대한 조직입니다. 예전에는 천하 상권의 삼분의 일을 요선계가 소유하고 있었습니다만, 탕마령이 발동된 이후 거의 대부분을 정협맹에 강탈당했습니다. 사람들은 그분을 요후(妖后)라고 부릅니다."

균현은 요선마후가 육십오 년 전부터 이십 년 전까지 명실공히 천하제일미로 군림했었다는 말을 시작으로 그녀의 아름답고도 요염한 용모에 대해서 설명했다.

그러나 그는 빙염의 얼굴과 온몸에 끔찍한 흉터가 무수히 새겨져 있다는 사실은 모르고 있었다.

설명을 모두 끝낸 균현이 무가내를 조심스럽게 쳐다보았지만 그의 표정은 처음이나 변함이 없었다.

"소주, 어이해 그분들에 대해서 하문하셨습니까?"

그래서 균현은 무례함을 무릅쓰고 직접 물었다.

"알 것 없다."

그러나 돌아온 대답은 퉁명스러웠다.

무가내는 자신이 궁금하게 여기던 것을 확인했다.

오악도에서 지난 십팔 년 동안 자신과 함께 생활한 네 마물이 대마종 마군황의 네 충신인 사대종사라는 사실이었다.

'그놈들이 어째서 나를……'

무가내는 규칙적으로 술을 마시면서 표정은 변함이 없었지만, 눈빛은 점점 더 깊숙이 가라앉았다.

第二十四章
무가내의 진실

석중명과 당경림은 만취해서 둘 다 탁자에 엎드린 채 깊은
잠에 빠져 있었다.

그들보다 먼저 은예상은 다섯 잔쯤 마셨을 때 이미 취해서
무가내의 허벅지에 뺨을 대고 곤히 잠이 들었다.

그런데 냉운월의 눈빛이 이상했다.

그녀는 석중명과 당경림보다 훨씬 술을 많이 마셨는 데도
불구하고 아직 쓰러지지 않았다.

다만 눈빛이 평소와는 달리 붉게 충혈된 상태에서 번들거
리고 있었다.

마침내 그녀가 두려워하고 또 증오하던 바로 그 본성이 드

러난 것이었다.

무가내와 균현은 서로 꼿꼿하게 마주 보고 앉아서 묵묵히 술잔만 기울이고 있었다. 벌써 반 시진이 넘도록 두 사람은 아무런 말이 없었다.

무가내는 규칙적으로 술잔을 입으로 가져가면서 깊은 생각에 잠겨 있었다.

사실 그는 오악도에서 생활할 때에도 행동보다는 생각을 더 많이 했었다.

네 마물을 상대로 낭패를 당하지 않으려면 무턱대고 움직이는 것보다는, 깊은 생각을 한 연후에 행동하는 것이 백배 더 효율적이라는 사실을 그는 열 살이 되기도 전에 이미 깨달았었다.

겉으로 보기에 그는 생각도 없이 마구잡이로 행동하는 것 같지만 절대 그렇지 않았다.

지금 그는 아까 균현이 설명해 준 것들에 대해서 깊이 생각하고 있는 중이었다.

이윽고 오랜 시간 동안 생각을 정리한 그는 가볍게 고개를 끄덕이고는 술을 입에 털어 넣었다.

문득 그는 냉운월이 의자에 앉은 채 상체를 흔들거리면서도 줄기차게 술을 마시고 있는 모습을 발견했다.

"운월아, 이제 그만 가서 자거라."

그러자 냉운월이 눈을 부라리면서 무가내를 잡아먹을 듯

이 쏘아보며 외쳤다.

"끄윽……! 야, 이놈아! 자든 말든 내가 알아서 할 텐데, 네 놈이 웬 참견이냐?"

순간 균현이 당장이라도 냉운월의 머리를 박살 낼 듯 손을 치켜들며 눈에서 살기를 뿜어냈다.

"여… 영감탱이, 넌 또 뭐야? 살고 싶으면 찍소리 말고 찌그러져 있어라!"

불똥이 균현에게 튀었다.

'여, 영감탱이?'

균현은 이날까지 살면서 그런 모욕적인 말은 처음 들었다.

무가내는 미소를 지으면서 가볍게 고개를 저어 균현에게 그녀를 내버려 두라는 시늉을 했다.

냉운월은 얼마 전에 무가내 때문에 생전 처음 술이라는 것을 마셔보았다.

그러니 그녀가 취중에 실수하는 것은 무가내의 책임이라고 할 수 있었다.

"크으으… 석중명, 이놈……."

그때 냉운월이 비틀거리면서 일어나더니 취해서 곯아떨어져 있는 석중명을 두 팔로 번쩍 안아 들고는 비틀비틀 자신의 방 쪽으로 걸어갔다.

무가내는 그것을 바라보며 빙그레 미소 지었다.

"소주, 부디 속하와 함께 혈총계로 가주시기를 바랍니다."

그때 균현이 갑자기 바닥에 납작하게 부복하여 더없이 공손하게 아뢰었다.

"왜?"

무가내는 건성으로 물었다.

"현재 살아남은 사마혈총계 사람들 중에서 배분이 가장 높은 인물이 두 분 계십니다. 바로 마도십혈의 마육혈(魔六血)인 구유마혈(九幽魔血)과 독림십악의 독육악(毒六惡)인 망혼광악(亡魂狂惡)인데 그들 두 분이 이십 년 만에 총혈계를 발족했고 또 이끌고 계십니다."

"그런데?"

균현은 더욱 납작하게 바닥에 몸을 붙였다.

"소주께선 사대종사의 한 분이신 구주사황의 전인이십니다."

"전인이 뭐야?"

"제자라는 뜻입니다."

"난 소기의 제자가 아냐."

"…네?"

균현은 엎드린 채 고개를 들고 무가내를 올려다보았다.

구주사황의 절학을 구주사황보다 더 완벽하게 구사하면서 그의 제자가 아니라면 도대체 무엇이라는 말인가.

균현은 머리에 쥐가 나는 것 같았다.

"그러니까 날 총혈계의 우두머리 자리에 앉히려는 생각 따원 버리는 게 좋아."

"……!"

사실 균현은 무가내에게 그 말을 하려고 했다. 그런데 무가내는 이미 그의 심중을 꿰뚫어 보고 있었던 것이다.

균현은 가슴에 살얼음이 어는 것을 느꼈다.

그가 처음에 무가내를 봤을 때 그는 단지 한 명의 천방지축 소년일 뿐이었다.

그런데 두 번, 세 번 만남의 횟수가 거듭될수록 균현은 무가내의 진면목을 아주 조금 한 꺼풀씩 알아나가기 시작했다.

아까 무가내가 사대종사 중의 구주사황을 제외한 세 인물에 대해서 자세한 설명을 요구했을 때, 균현은 지금껏 봐왔던 것보다 그가 훨씬 더 생각이 깊은 사람일 것이라는 느낌을 받았다.

그리고 방금 무가내가 균현의 심중을 여지없이 꿰뚫었을 때에는 전율이 느껴질 만큼 그가 두려웠다.

균현이 조심스럽게 무가내를 쳐다보자 그는 손으로 턱을 괸 채 손가락 끝으로 광대뼈 부위를 가볍게 두드리고 있었다.

그것은 그가 무엇인가 깊은 생각을 하면서 어떤 결정을 내리려고 할 때 자주 취하는 버릇이었다.

"균현."

"하… 명하십시오."

무가내에게 일말의 신비함과 두려움마저 느끼기 시작한

균현의 목소리가 가볍게 떨렸다.

"사람을 찾아낼 수 있느냐?"

"말씀하십시오."

"조금 많다. 모두 열다섯 명이야."

"찾아드리겠습니다."

무가내가 왜 사람을 열다섯 명씩이나 찾는 것인지 이유는 모르지만 균현은 본능적으로 바짝 긴장했다.

"오령불로(五靈佛老), 도현삼진(道玄三眞), 중원삼협(中原三俠), 자오신니(慈悟神尼), 운룡대신도(雲龍大神刀), 사해검황(四海劍皇), 무적검절(無敵劍絶)이다."

"……."

균현은 무가내가 처음에 '오령불로'를 말할 때 이미 크게 놀랐다가, 점점 더 놀라더니, 말이 끝나자 얼굴 가득 경악지색을 떠올린 채 아무 말도 하지 못했다.

"왜? 찾기 힘들어?"

그런데 무가내는 균현의 그런 표정을 다르게 해석했다.

"아… 닙니다."

균현은 간신히 정신을 수습하고 얼굴에 흐르는 땀을 닦아냈다. 얼마나 놀랐는지 얼굴이 식은땀투성이였다.

"소주께서 그들을 어떻게 알고 계십니까?"

"찾을 수 있어, 없어?"

"죄송합니다. 찾을 수 있습니다. 천하에서 그들보다 더 찾아내기 쉬운 사람들도 없을 것입니다."

균현은 자신이 건방지게 무가내에게 질문을 했다는 사실을 깨닫고 즉시 머리를 조아렸다.

"그들은 모두 정협맹의 인물들입니다."

정협맹 인물들일 뿐만 아니라 정협맹을 이끌어가고 있는 실질적인 지도자들이었다.

그들 열다섯 명이 당금 무림을 좌지우지하는 최고의 거물들이라고 해도 과언이 아니었다.

"그래? 언제까지 찾아낼 수 있지?"

무가내는 그들 열다섯 명을 찾는 일이 마치 우물에 가서 물을 떠오라는 것처럼 간단하다고 생각하는 듯했다.

"그들은 정협맹 인물들이지만 평소에는 천하에 뿔뿔이 흩어져 있습니다. 하지만 그들이 어디에서 무엇을 하고 있는지를 알아내는 것은 늦어도 사흘이면 충분합니다."

무가내는 가볍게 고개를 끄덕였다가 한 가지 더 물었다.

"혹시, 그들 중에 사해검황이라는 자가 광천패도 조진우라는 놈의 아비인가?"

"그렇습니다. 그자가 바로 호남무림의 패자인 사해방의 방주입니다."

무가내는 은예상의 가문인 숭검문을 멸문시킨 것이 조진우이며 그가 사해방의 소방주라는 사실을 들었을 때, 사해검황과 연관이 있을 것이라고 짐작은 했었다. '사해'라는 것이

연결 고리였다.

무가내는 오악도를 떠나오기 전에 네 마물에게 그들을 병신으로 만든 자가 누구냐고 물었고, 중원에 나가서 심심하면 복수해 주겠다고 한 적이 있었다.

사실 '심심하면'이라는 말은 그냥 해본 소리였다. 그가 네 마물과 서로 죽일 것처럼 으르렁거리기는 했지만, 장장 십팔 년 동안 서로 간에 깊은 정이 쌓여 있었다.

무가내는 네 마물이 자신을 키우고 가르쳤다는 사실을 너무도 잘 알고 있다.

그렇기 때문에 중원에 나가기만 하면 그들을 병신으로 만든 자들을 제일 먼저 찾아내서 죽일 생각을 하고 있었던 것이다.

무가내가 물었을 때, 네 마물이 줄줄이 열거한 열다섯 명이 방금 전에 무가내가 균현에게 물은 자들이었다.

"잘됐군. 사해검황이라는 놈은 특별히 예뻐해 줘야겠어."

무가내는 가볍게 고개를 끄덕이고는 입을 다물었다.

그들 열다섯 명이 어떤 이유로 네 마물을 그런 꼴로 만들었는지는 중요하지가 않았다.

중요한 것은 그들이 네 마물을 병신으로 만들었다는 사실뿐이었다.

눈보다 더 희고 백옥보다 더 투명한 살결이었다.

무가내는 침상에 엎드려 놓은 은예상의 상의를 위로 걷어 올리고 그녀의 등에 새겨져 있는 지도를 오랫동안 물끄러미 굽어보고 있었다.

그렇지만 아무리 들여다봐도 그게 그것 같아 알아볼 수가 없고 눈이 어른거려서 그만두었다.

은예상은 다섯 잔 술에 취해서 거의 혼절한 것이나 다름이 없는 상태였다.

무가내는 그녀의 옷을 내려주고 똑바로 눕혔다.

그는 은예상이 선천적으로 허약하다는 사실을 알고 난 이후부터 틈틈이 추궁과혈 수법으로 그녀의 체내에 진기를 주입시켜 주었다. 지금도 그 일을 하려는 것이다.

그녀에게 주입시켜 주는 진기는 무가내가 지니고 있는 내공의 백분의 일조차 안 된다.

더구나 그렇게 소비된 진기는 일각 정도 지나면 다시 보충이 되니까 아무런 문제가 없었다.

그렇게 진기를 주입시켜 주면 은예상은 반나절 정도는 전혀 다른 사람처럼 활기차게 활동을 했다.

그러다가 진기가 사라지면 다시 예전의 허약한 그녀로 되돌아가곤 했다.

지난 이틀 동안 지켜본 바로는 그랬다.

은예상의 곤히 잠든 모습은 무척이나 아름다웠다. 여자의 아름다움이 무엇인지 모르는 무가내조차도 그녀가 아름답다는 사실을 본능적으로 느낄 정도였다.

무가내가 그녀에게서 느끼는 아름다움이란, 통속적이고 일반적인 것이 아니라 자연적인 경치 같은 것이었다.

아침의 일출이나 저녁의 짙붉은 노을. 뭐라고 형언키 어려운 대자연의 풍광 앞에서 그 장엄한 아름다움에 압도당하는 듯한 그런 기분이었다.

무가내는 황룡표국에서 그녀를 다시 만난 이후로는 언제나 그녀를 바라보는 것만으로도 기분이 좋아졌다.

원래 평소에도 지나칠 정도로 기분이 좋은 그이지만, 그녀를 보면 더욱 흥겨워져서 절로 휘파람을 불거나 콧노래를 흥얼거릴 정도였다.

무가내는 손을 뻗어 은예상의 손목을 살며시 잡고 우선 체내에 있는 술기운부터 빨아낸 다음 허공에 날려 버렸다.

이어서 공력의 삼 할가량을 끌어올려서 손목을 통해 천천히 주입하기 시작했다.

지난 이틀 동안 그녀에게 다섯 차례 진기를 주입할 때에는 단지 일 할 정도의 공력만을 끌어올렸지만, 지금은 그 세 배인 삼 할이다.

다섯 차례 진기를 주입하는 과정에서 보고 느낀 점이 있었기 때문이다.

무턱대고 진기를 주입시켰다가 소진시키는 것보다 이번에는 방법을 약간 달리해 보려는 의도였다.

그냥 진기를 주입시키는 것은 반나절 정도 지나면 소모되어 버리기 때문에 밑 빠진 독에 물을 붓는 것이나 다름없는 일이라고 판단한 것이다.

무가내는 강제적인 방법으로 은예상의 체내에 진기를, 아니, 약간의 공력을 저장시켜 두려는 생각을 했다.

그렇게 할 수만 있다면 반나절이 지나서 공력이 소모돼 버리는 것이 아니라 그녀가 죽을 때까지 공력이 체내를 주천하면서 언제나 상쾌한 심신을 유지시켜 줄 수 있을 것이라고 나름대로 판단했다.

그렇게 하기 위해서 생각해 둔 방법이 있었다. 빙염의 심법인 요마염공(妖魔艶功)을 강제적으로 은예상의 체내에 심어주려는 것이다.

은예상은 선천적으로 허약한 체질이라서 무공을 익힐 수가 없다. 억지로 익히면 죽고 만다.

그렇기 때문에 그녀에게 심법을 익히라고 하는 것이 아니라 무가내가 강제적으로 심법을 익힌 상태로 만들어주려는 것이었다.

무가내는 그런 방법을 누구에게도 배운 적이 없다. 은예상의 상태를 세밀하게 살펴본 연후에 무가내 스스로 개발해 낸 것이라고 봐야 한다.

한 번도 시도한 적은 없지만, 지금 그가 생각하고 있는 대로만 하면 성공할 듯했다.

무가내는 똑바로 누워 있는 은예상의 옆에 가부좌의 자세로 앉아서 그녀의 손목을 잡고 최초에는 부드럽고도 미약한 공력을 주입시키기 시작했다.

지난 이틀 동안 다섯 차례는 손목을 잡은 채 진기를 주입시켜 주기만 하면 간단했었다.

그렇지만 지금은 주입시킨 진기를 이끌어서 요마염공의 구결대로 은예상의 체내의 혈맥을 따라서 주천시킨 후 단전에 일정량의 공력을 축적시켜 주어야 한다. 그래야지만 주입시킨 공력이 소진되지 않는다.

무가내는 삼 할의 공력을 주입시켜서 요마염공의 구결에 따라 최초의 혈맥인 수태음폐경(手太陰肺經)으로 이끌었다.

처음에는 순조로운 듯했으나 그리 오래가지는 못했다.

공력이 수태음폐경 이십이 개의 혈도 중에서 여섯 번째 혈도인 척택혈(尺澤穴)에 막혀서 더 이상 나아가지를 못했다.

아니, 꽉 막힌 정도는 아니지만 혈도가 지나칠 정도로 좁아서 공력이 그곳을 지나가기가 무척 어려웠다. 그것은 거의 막혀 있는 것이나 다름이 없는 상태였다.

마치 기세 좋게 콸콸 흐르던 시냇물이 갑자기 둑에 막혀서 겨우 손가락만 한 작은 구멍을 통해서 졸졸 흘러나가는 듯 답답한 현상이었다.

아마도 그런 혈도가 은예상을 선천적으로 허약하게 만든 원인인 것 같았다.

무가내는 아주 잠깐 척택혈을 뚫을까 말까 고민했다.

그러다가 자칫 잘못 건드렸다가 은예상의 상태가 더 나빠질 수도 있기 때문이다.

하지만 그는 곧 뚫기로 결정을 내렸다. 만약 뚫는 것 때문에 은예상이 잘못된다고 해도 지금보다 더 나빠지지는 않을 것이라고 판단했다.

막힌 혈도를 뚫어서 은예상의 상태가 조금이라도 좋아진다면 망설일 이유가 없었다.

바로 이것이 무가내의 성격의 일면을 잘 보여주는 것이었다.

그는 단 일 할의 가능성만 있다고 해도 그대로 돌진하여 전력을 다한다.

지금껏 그렇게 해왔고, 몇 차례의 실패도 있었지만 대부분 성공을 거두었다.

더구나 막힌 혈도 때문에 공력을 주입하려면 지나치게 오랜 시간이 소요될 것 같았다.

무가내는 끌어올렸던 삼 할의 공력을 은예상의 오른팔 수태음폐경에 모두 주입시켰다.

그러자 그녀의 몸이 가볍게 풀쩍 하고 침상에서 약간 떠올랐다가 내려앉았다.

무가내의 오 갑자를 상회하는 공력의 삼 할이라고 해도 무려 백 년가량이다.

그것이 한꺼번에 쏟아져 들어가니 은예상의 여린 몸이 순간적으로 반응을 일으킨 것이다.

더구나 생전 한 번도 없었던 경험을 했으니 그녀의 허약한 신체가 화드득 놀라서 깨어난 것은 당연했다.

그렇지만 약한 공력으로는 오랫동안 막혀 있던 혈도를 뚫지 못하기 때문에 어쩔 수 없었다.

그때 은예상이 사르르 눈을 떴다. 무가내가 취기를 뽑아낸 상태에서 갑자기 거센 공력을 주입했기 때문에 놀라서 깨어난 것이다.

무가내는 은예상이 눈을 뜨고 적잖이 놀란 표정으로 자신을 바라보고 있는 것을 발견하고 빙그레 미소를 지으면서 입을 열었다.

"조금만 참고 있어."

웬만한 고수가 이런 상황에서 말을 하게 되면 십중팔구 주화입마에 들어 폐인이 되거나 심할 경우 죽게 되지만 무가내 같은 초절고수는 다르다.

퉁!

무가내는 가볍게 눈살을 찌푸렸다. 삼 할의 백 년 공력으로 은예상의 막힌 혈도를 곧장 부딪쳤는데도 끄떡도 하지 않았기 때문이다.

은근히 오기가 생긴 그는 오 할, 백오십 년을 상회하는 공력을 끌어올려 저돌적으로 다시 부딪쳐 갔다.

퍽!

"악!"

그러자 은예상의 팔꿈치 안쪽에서 가죽으로 만든 작은북을 찢는 듯한 둔탁한 음향이 터졌다.

같은 순간 그녀의 입에서 날카로운 비명이 터져 나왔다.

척택혈이 한순간에 뚫어져 버리면서 은예상은 팔꿈치가 떨어져 나가는 듯한 통증을 느끼고 자신도 모르게 비명을 지른 것이다.

제아무리 십팔 년 동안 아무도 손을 쓰지 못했던 그녀의 막힌 혈도라고 해도 무가내의 백오십 년 공력 앞에서는 맥을 추지 못했다.

'아⋯⋯.'

그런데 은예상은 자신의 오른쪽 팔꿈치가 방금 전에는 떨어져 나갈 것처럼 아프더니, 곧 오른팔 전체가 빠르게 시원해지는 것을 느끼면서 크게 놀라는 표정을 지었다.

또한 그녀는 지금 무가내가 자신의 선천적인 고질병을 치료하고 있다는 사실도 깨달았다.

말로 형언하기 어려운 감동이 그녀를 휩싸고 돌았다.

그녀는 지난 십팔 년 동안 선천적인 고질병을 치료하기 위해서 수백 번도 더 의원이나 무림 고수들에게 치료를 받아왔지만 그때마다 번번이 실패했었다.

그러므로 이제 또다시 한차례의 치료를 더 받는다고 해서 새삼스러울 일도 아니었다.

그러나 이번에는 여태까지와는 달랐다. 지금 그녀를 치료해 주고 있는 사람은 그녀가 사랑하기 시작한, 아니, 이미 많이 사랑하게 된 남자이다.

그녀는 지금 이 치료가 성공할 것이라고는 그다지 기대하고 있지 않았다.

설혹 그렇다고 해도 여태까지 그래 왔던 것처럼 실망하지는 않을 것이다.

생애 처음으로 사랑하게 된 정인(情人)이 치료해 주고 있지 않은가.

그러므로 치료의 성패를 떠나서 무가내의 갸륵한 마음씨에 그녀는 이미 흠뻑 감동하고 있었다.

은예상은 애정이 담뿍 담긴 그윽한 눈빛으로 무가내를 바라보았다.

그녀가 눈을 떴을 때 한번 슬쩍 쳐다보고 미소를 보낸 무가내는 치료에 몰두하고 있었다.

무엇인가에 집중하고 있는 그의 옆얼굴은 옥을 조각한 듯이 매끄럽고 준수했으며 또한 보기에 좋았다.

무가내는 힐끗 은예상을 쳐다보았다. 그녀가 방금 전에 비명을 질렀기 때문이다.

"소녀는 괜찮아요."

은예상이 걱정하지 말라고 말했지만 무가내의 마음은 그

렇지 않았다.

이유는 모르겠지만 그녀가 고통스러워하니까 그의 마음이 그녀보다 더 아팠다.

그는 은예상의 손목을 놓고 손바닥 장심을 그녀의 팔에 대고 천천히 훑어 오르다가 어깨와 가슴의 경계 부위인 운문혈(雲門穴)에서 멈추었다.

그곳도 거의 막힌 듯이 체색(滯塞)된 상태였다. 수태음폐경에는 척택혈과 운문혈 두 곳이 체색되어 있었다.

무가내는 손바닥으로 운문혈을 덮듯이 누른 상태에서 지그시 내공을 주입시키려다가 급히 중지했다.

그 부위의 옷이 녹아서 그녀의 살갗과 그의 손바닥에 들러붙으려 하고 있었다.

그가 막힌 혈도를 소통시키려고 양강지기(陽强之氣)를 주입하고 있기 때문이었다.

옷이 녹아서 그의 손에 들러붙는 것은 괜찮지만, 은예상의 살갗에 들러붙으면 화상을 입을 수밖에 없다.

그리고 자칫 내공을 주입시키는 과정에서 불순물이 체내로 주입될 수도 있었다. 그렇게 되면 병을 고치려다가 되레 병을 일으키게 되고 만다.

"옷을 다 벗어라."

꽃다운 십팔 세 소녀. 그것도 천하제일미에게 옷을 벗으라고 아무렇지도 않게 요구하는 무가내.

더구나 은예상 스스로 벗으라고 한다. 무식하면 용감하다더니, 과연 무가내가 그랬다.

은예상은 크게 놀라서 눈을 동그랗게 뜨고 무가내를 바라보다가 얼굴을 노을처럼 붉히면서 사르르 눈을 감았다.

사랑하는 남자다.

더구나 그는 이미 은예상의 알몸을 질리도록 보았고 실컷 만졌으며 수없이 입맞춤까지 했다.

또한 그는 세상물정을 잘 모를뿐더러 지금 은예상에게 음심을 품고 옷을 벗으라는 것이 아니다. 그녀를 치료해 주기 위해서가 아닌가.

설혹 그 치료가 실패로 끝난다고 하더라도 은예상은 무가내의 요구를 따를 수밖에 없었다.

그렇지만 그녀는 무가내가 뻔히 지켜보고 있는 상황에서 차마 자신의 손으로는 옷을 벗을 용기가 나지 않았다.

그래서 무가내더러 벗겨달라는 뜻으로 눈을 감은 것이었다.

그러나 무가내는 그런 그녀의 의도를 조금도 간파하지 못한 채 깊은 생각에만 골똘히 잠겨 있었다.

결국 은예상은 부끄러움을 무릅쓰고 자신의 손으로 옷을 모두 벗을 수밖에 없었다.

아무리 사랑하는 정인이라지만, 그리고 치료를 위해서라지만, 남자 앞에서 제 스스로 옷을 벗어야만 하는 소녀의 마음이 과연 어떠하겠는가.

"손 치우고 똑바로 누워."

생각을 마친 무가내는 반듯하게 누워서 두 손으로 젖가슴과 음부를 가린 채 잔뜩 몸을 웅크리고 있는 은예상에게 명령하듯이 말했다.

여자의 마음 따윈 콧구멍만큼도 모르는 둔감한 무가내였다.

은예상은 눈을 꼭 감고 입술을 깨물면서 두 팔을 양 옆구리에 붙이며 차렷 자세를 취했다.

그러면서 무가내가 순진무구한 사람인데다 음탕하지 않아서 다행이라고 스스로를 위로했다.

그런데 치료하기 위해서는 무가내의 손이 그녀의 몸에 닿아야 할 텐데도 한참이 지나도록 아무런 기척도 느껴지지 않았다.

그래서 은예상은 살며시 실눈을 뜨다가 화들짝 놀라서 눈을 커다랗게 뜨고 말았다.

무가내가 팔짱을 낀 채 게슴츠레한 눈으로 입에서는 침을 질질 흘리면서 은예상의 온몸을 핥듯이 이리저리 살펴보며 감상하고 있지 않은가.

특히 뽀얀 허벅지가 시작되는 부위의 검은 숲을 이루고 있는 그녀의 음부를 바라볼 땐 그의 두 눈이 번들거리면서 욕정이 일렁이기까지 했다.

"당신……."

은예상은 얼굴이 확 붉어지면서 곱게 무가내를 흘겨보았다. 약간의 배신감도 느껴졌다.

무가내는 가볍게 움찔했다. 하지만 겉으로는 조금도 드러내지 않은 채 태연하게 변명을 했다.

"소기와 독구 흉내를 내보는 거야. 그들이 지금 너의 벗은 몸을 보고 있다면 아마 이런 표정을 지었을 거라구."

은예상은 그의 말을 믿고 의아한 표정을 지었다.

"그분들이 누구예요?"

그러면서도 그녀는 몸을 가리거나 뒤채지 않았다. 다만 온몸이 팽팽하게 긴장하고 있을 뿐이었다.

"외팔이와 절름발이인데 둘 다 지독한 색마와 색골이지."

무가내는 그저 짧게 대답했다.

은예상은 그와 균현이 '소기'라는 인물에 대해서 대화하는 것을 들었다.

그 대화에서 '소기'라는 인물이 사마총혈계의 사대종사의 한 명인 구주사황이라는 사실을 알게 되었다.

그래서 은예상은 무가내가 '소기'의 제자이거나 그게 아니더라도 최소한 그와 함께 생활하면서 무공을 배웠을 것이라고 짐작했었다.

그런데 방금 '독구'라는 이름이 새롭게 등장했다.

은예상은 무가내가 '소기', '독구'와 함께 생활했으며,

'독구' 도 '소기' 처럼 대단한 인물일 테고, 어쩌면 무가내가 그 두 인물의 공동 제자일지도 모른다는 추측을 자연스럽게 하게 됐다.

'소기와 독구가 빙염 누님을 볼 때마다 느끼는 감정이 과연 이런 것이었을까?

무가내는 얼굴에서 음탕함을 지우지 않은 채 속으로 중얼거렸다.

은예상에게는 '소기' 와 '독구' 탓으로 돌렸지만, 사실 그는 속에서 느끼는 그대로 얼굴에 드러내고 있었던 것이다.

그렇다면 혹시 그에게도 색마의 기질이 흐르고 있는 것은 아닐까?

아니면 소기, 독구와 오랜 세월 함께 생활하면서 자신도 모르는 사이에 물들어 버린 것인가.

무가내는 일어나서 은예상의 왼편으로 바꿔 앉아 그녀의 왼팔, 즉 수양명대장경(手陽明大腸經)의 시작인 검지손가락 끝 상양혈(商陽穴)에서부터 점점 위로 주무르듯이 쓰다듬으면서 훑어 올랐다.

펵! 펵!

그때 손등의 엄지손가락과 검지손가락이 갈라지는 부위인 합곡혈(合谷穴)과 그곳에서 한 치 위쪽의 양계혈(陽谿穴), 두 개의 막힌 혈도가 연이어 뚫리면서 묵직한 음향이 터졌다.

은예상은 왼손 다섯 손가락 끝에서 팔꿈치까지가 서늘해

지면서 상쾌한 느낌을 받았다.

이런 느낌은 생전 처음이었다. 지난 이틀 동안 무가내가 진기를 주입시켜 주었을 때 날아갈 것 같은 느낌하고는 비교조차 할 수가 없을 정도로 좋았다.

그때는 그것이 더 이상 오를 수 없는 최고인 줄 알았는데, 지금 왼손에서 느껴지는 후련함과 상쾌함은 마치 그동안 그곳을 칭칭 동여매고 있던 질긴 끈이 한꺼번에 다 끊어져 버린 듯한 느낌이었다.

'어쩌면……'

문득 은예상은 자신의 선천병이 무가내에 의해서 고쳐질지도 모른다는 한가닥 희망을 조심스럽게 품어보았다.

그렇게만 된다면…….

그 이상 상상하는 것마저도 가슴이 터질 만큼 벅찼다.

처음에는 멈칫거리던 무가내의 손이 이제는 제법 빨라져서 백오십 년 내공이 주입된 손으로 은예상의 팔을 주무르면서 능숙하게 점점 위로 향했다.

가늘고도 희며 포동포동 탄력있는 어깨를 끝으로 수양명대장경이 끝났다.

다음 차례는 양쪽 쇄골에서 시작하여 두 개의 젖가슴을 수직으로 가로질러서 아래로 쭉 뻗어 음부 양쪽 옆 허벅지 깊숙한 곳을 지나 무릎과 정강이를 경유, 둘째 발가락 끝까지 이어지는 도합 구십 개의 혈도가 망라된 족양명위경(足陽明胃

經)이었다.

족양명위경은 왼쪽과 오른쪽이 똑같은데, 단지 오른쪽은 쇄골에서 위쪽으로 얼굴의 승읍혈(承泣穴)과 두유혈(頭維穴)까지 열한 개의 혈도가 더 있다는 점이 다르다.

무가내는 그곳에서부터 양손을 사용했다. 양손에 각기 백오십 년, 도합 삼백 년의 내공을 끌어올려 은예상의 몸에 주입하면서 쓸어내렸다.

그의 두 손이 두 개의 젖가슴을 가만히 움켜잡았다.

"아⋯⋯!"

은예상의 빨간 입술 사이로 자신도 모르게 탄식 같은 신음이 새어 나왔다.

기분이 참 이상했다.

아픈 것은 아닌데 젖가슴이 뜨거워지면서 찌르르한 느낌이 순식간에 온몸으로 퍼졌다. 그리고 갑자기 갈증이 느껴졌으며 입 안이 바싹 말랐다.

하지만 그것은 치료 때문에 느껴지는 상쾌함하고는 질적으로 다른 느낌이었다.

그녀는 가만히 실눈을 뜨고 무가내를 보았다.

혹시 아까처럼 음탕한 표정을 짓고 있을지도 모른다는 그녀의 우려와는 달리, 그는 무척이나 진지한 표정으로 젖가슴을 뚫어지게 주시하고 있는데 콧등과 이마에는 굵은 땀방울이 송알송알 맺혀 있었다.

　그래서 은예상은 자신이 잠시나마 무가내를 의심했던 것이 미안한 마음이 들었다.

　그렇지만 그의 커다란 두 손이 젖가슴을 지그시 누르면서 주무르는 것이 생전 처음 경험하는 기묘한 느낌인 것만은 틀림이 없었다.

　그때 문득 은예상은 무가내의 미간이 가볍게 좁혀지는 것을 발견하고 적이 긴장했다.

　그러나 그것도 잠시.

　"아……!"

　그녀는 조금 전보다 더 크고 길며 야릇한 신음을 토해낼 수밖에 없었다.

　무가내의 오른손 엄지손가락과 검지손가락이 그녀의 오른쪽 젖가슴 한복판 꼭대기에 있는 옅은 연분홍빛 조그만 유두, 즉 젖꼭지를 잡고서 약간 힘을 주어 비틀었기 때문이다.

　사람마다 다소 차이가 있겠지만 여자는 유두를 만지면 음부 속 깊은 곳에 찌르르한 느낌이 전해진다. 그것은 본능적인 것이라서 견디려고 해도 어쩔 수가 없다.

　은예상이 몸을 움직이지 않고 또 신음을 흘리지 않으려고 애쓰면서 무가내를 바라보자 그는 조금 전보다 더욱 진지한 얼굴로 젖가슴을 쏘아보고 있었다.

　유두 한복판은 유중혈(乳中穴)이다. 예로부터 유중혈은 불용금침구(不用禁鍼灸)라 하여 침이나 뜸을 놓아서는 안 되는 민감하고도 위험한 부위다.

그곳이 여자의 급소이기 때문이다.

하지만 무가내는 그런 상식 같은 것은 모른다. 다만 유중혈이 막혀 있어서 그것을 뚫기 위해서 유두를 손가락으로 잡았을 뿐이었다.

쏴아아—

"아아아……."

그때 유두를 통해서 백오십 년의 내공이 파도처럼 쏟아져 들어오자 은예상은 난생처음 느끼는 짜릿함과 흥분 등 괴이한 느낌 때문에 어쩔 수 없이 몸을 뒤틀면서 길고도 큰 신음을 터뜨리고 말았다.

그러면서 무가내는 열심히 치료 중인데 자신은 괴이한 쾌감에 휩싸여 신음이나 흘리다니, 나는 음탕한 여자가 아닌가, 하는 생각이 얼핏 들었다.

퍼퍽!

다음 순간 은예상의 오른쪽 유두와 왼쪽 젖가슴 아랫부분의 유근혈(乳根穴)이 거의 동시에 뚫리면서 두 차례의 가벼운 음향이 터졌다.

유중혈과 유근혈이 소통되는 것과 동시에 가슴 부위 역시 더없이 상쾌해졌다. 이루 말로 형언하기 어려운 느낌이었다.

그때 문득 무가내는 욕심을 내보기로 했다.

원래는 은예상의 몸속에 강제로 요마염공을 심어 약간의 공력을 축적시켜 주려던 목적이었다.

그런데 막힌 혈도들을 소통시켜 주다 보니까 이런 식으로 계속하면 그녀의 막힌 혈도를 모두 소통시킬 수도 있을 것이라는 생각이 들었다.

그래서 아예 이 기회에 그녀의 선천병을 고쳐 주자는 쪽으로 급선회한 것이다.

그는 지금 소통시켜 주고 있는 혈도들이 그녀의 선천병의 원인이라고 판단했다.

천하에 유명한 명의들이나 무림 고수들이 은예상의 선천병을 고치지 못한 데에는 딱 한 가지 이유가 있었다.

무공을 익히지 않았거나 익혔더라도 내공이 턱없이 부족했기 때문이다.

은예상의 막혀 있는 혈도는 온몸에 걸쳐서 무려 예순다섯 군데나 됐다.

그 혈도를 소통시키려면 최소한 이 갑자의 내공이 필요하고, 스무 군데 정도를 소통하다 보면 내공이 크게 손실되어 더 심후한 공력이 필요하게 된다.

결심을 굳힌 무가내는 아예 두 팔 걷어붙이고 달려들었다.

그는 은예상을 돌아눕게 하여 정수리 바로 뒷부분인 통천혈(通天穴)에서 시작하여 뒷목과 척추, 허리, 허벅지 뒤쪽과 종아리, 발뒤꿈치를 지나 새끼발가락 끝 지음혈(至陰穴)에서 끝나는 총 백삼십사혈(百三十四穴)의 족태양방광경(足太陽膀胱經)을 훑기 시작했다.

어느덧 무가내는 삼 갑자 반의 내공으로 육십 번째의 막힌 혈도를 뚫고 있었다.

펴!

하지만 삼 갑자 반, 이백십 년의 내공으로 육십 번째 막힌 혈도를 뚫고 나자 마치 늪에 빠진 것처럼 극도의 피로가 엄습했다.

이백십 년의 내공이면 능히 강기(罡氣)를 발출할 수 있으며, 그 강기로 세 치 두께의 철판을 관통할 정도다.

그러나 막힌 혈도를 소통시키는 것은 철판을 관통하는 것과는 전혀 다르다.

만약 막힌 혈도를 철판을 뚫는 것 같은 동일한 방법으로 뚫으려고 한다면, 당장 혈맥이 터져서 몇 번 호흡을 하기도 전에 죽고 말 것이다.

무가내도 처음에 은예상의 선천병을 고쳐 주겠다고 달려들 때에는 사실 쉽게 생각했었다.

그러나 자신이 사 갑자 내공까지 사용하게 될 줄은 조금도 예상하지 못했다.

그렇지만 그는 몸은 피로했지만 마음만은 즐거웠다. 요차불피(樂此不疲). 좋아서 하는 일이거늘 피곤이 대수겠는가.

퍽!

은예상을 다시 똑바로 눕게 하여 마지막 예순다섯 번째, 기해혈(氣海穴)의 막힌 혈도를 뚫을 때 가장 큰 음향이 터졌다.

기해혈은 단전이다. 요마염공을 심어주려고 했어도 어차피 뚫어야 할 혈도였다.

"헉… 헉……."

무가내는 땀을 비 오듯이 흘리면서 거친 숨을 토해냈다.

예순다섯 군데의 막힌 혈도를 소통시키는 데 무려 두 시진이나 걸렸다.

아무리 금만등을 이룬 무가내지만 두 시진 동안 거의 전력을 다했으니 지치는 것도 무리가 아니다.

이 갑자 이상의 내공을 지닌 고수 삼십여 명과 전력을 다해서 싸운 것만큼 지친 상태였다.

그는 이렇게 오랜 시간 동안 많은 내공을 소진하게 될 줄을 예상하지 못했었다.

"헉… 좀 어떠냐……?"

그는 누워 있는 은예상을 보면서 땀을 줄줄 흘리고 헐떡이며 물었다.

그런데 은예상은 대답을 하지 않고 누운 채 몸을 가늘게 떨고 있었다.

더구나 눈물도 흘렸으며, 얼굴에는 무엇인지 알 수 없는 복잡한 표정이 가득 떠올라 있었다.

그녀를 굽어보는 무가내의 표정이 움찔 굳어졌다. 헐떡거림도 씻은 듯이 사라졌다. 그녀가 잘못된 것이라고 순간적으로 판단한 것이다.

더럭 겁이 났다. 이런 기분은 처음이었다.

그냥 내공만 주입시킬 것을 주제넘게 선천병을 치료한답시고 껄떡대다가 은예상이 잘못되기라도 한 것인가. 만약 그렇다면 무가내는 아마도 견디지 못할 터이다.

"왜… 그래?"

그래서인지 상체를 숙이면서 조심스럽게 묻는 그의 목소리가 사뭇 떨렸고 말까지 더듬었다.

그의 열여덟 해 생애에서 지금처럼 겁이 나기는 처음이었다.

그때 은예상이 갑자기 벌떡 상체를 일으키면서 두 팔로 무가내의 목을 와락 끌어안으며 울음을 터뜨렸다.

"으흑흑……!"

그리고 그녀는 자신의 뺨을 무가내의 뺨에 부비면서 목이 메어 흐느끼듯 외쳤다.

"사랑해요! 소녀의 남은 평생 동안 목숨을 다해서 당신을 사랑하겠어요……."

무가내가 자신의 선천병을 고쳐 주었기 때문이 아니었다.

그녀는 보았다.

무가내의 진실을.

그래서 천하제일미가 먼저 사랑을 고백하는 척과만거(擲果滿車)의 용기를 낸 것이었다.

第二十五章

천하쟁패(天下爭霸)

　석실 한복판에 위치한 석대 위의 석관 안에 안치되어 있는 극신도황 구양중겸의 시신을 오랫동안 세심하게 살펴본 천중검협(天中劍俠)은 이윽고 돌처럼 굳은 표정에 무거운 어조로 입을 열었다.

　"이 수법은 삼절마제의 참마인(斬魔刃)일세."

　석실 내에 운집해 있던 모든 사람들 얼굴에 경악지색이 가득 떠올랐다.

　사람들은 설마 천중검협의 입에서 '삼절마제' 라는 별호가 나올 줄은 꿈에서조차 예상하지 못했다.

　삼절마제는 이십 년 전에 죽은 것으로 알려져 있는 마도의 전설, 즉 마도종사다.

그는 또한 검에 관한 한 전설적인 인물이기도 했다.

그의 성명검법은 혈전탄류와 참마인 단 두 종류가 있으며, 혈전탄류는 검기와 검강으로 먼 거리의 적을 상대할 때, 그리고 참마인은 근접 거리의 적을 죽일 때 사용한다는 것은 너무도 잘 알려진 사실이다.

석실 내에는 고요한 침묵이 흘렀다. 온갖 두렵고 무거운 상상이 뇌리를 짓이기고 있는 가운데 사람들은 천중검협을 주시하며 그의 다음 말을 기다렸다.

천중검협은 중원삼십육태두의 한 명이며, 강소성에 위치한 천중보(天中堡)의 보주다.

천중보는 강소무림의 패자다. 그러므로 천중검협은 강소무림의 절대자인 셈이다.

또한 그는 중원삼협의 한 사람인 동시에 정협맹 이십오맹숙(二十五盟宿)의 일인이기도 하다.

이십오맹숙은 정협맹주를 보좌하고 천하무림에서 벌어지는 큰 사건들을 감찰, 심사, 결정하는 장로 회의 같은 성격을 지니고 있다.

그들 이십오 인의 절반 이상은 중원삼십육태두의 거물들이 차지하고 있으며, 나머지 절반은 당금 무림의 최고 명숙들로 채워져 있다.

정협맹 이십오맹숙은 삼절마제에 대해서 누구보다도 잘

알고 있다.

이십여 년 이전, 무림이 사마총혈계와 대립했던 시절에 이십오맹숙은 마군황과 사대종사에 대해서 많은 조사와 연구를 했으며, 더러는 직접 싸워본 사람들도 있었다.

천중검협은 삼절마제와 이십여 초 이상 직접 싸워본 흔치 않은 사람 중의 한 명이었다.

물론 그 당시의 삼절마제는 이차 혼천대전 직후의 중상을 입고 있는 상태였다.

그러므로 그가 삼절마제의 성명검법을 알아보지 못한다는 것은 말이 되지 않는다.

천중검협은 구양중겸의 의문사를 조사하기 위해서 정협맹에서 파견한 특사다.

일, 이차 혼천대전 이후 천하무림은 정협맹이 대대적으로 사마총혈계와 녹림, 수로채 등을 토벌하는 것 말고는 줄곧 평화를 유지해 왔다.

그러므로 당연히 구양중겸의 갑작스런 죽음은 지난 이십 년 동안 벌어진 사건들 중에서 가장 크고 중대한 사건일 수밖에 없었다.

그래서 이십오맹숙의 한 명인 천중검협이 직속 휘하인 정감단(正監團) 고수 이십 명을 직접 이끌고 달려온 것이다.

한마디를 내뱉은 천중검협은 한동안 침묵하면서 골똘히 생각에 잠겨 있었다.

그런데 그의 말에 충격을 받은 중인들보다 그 자신이 더 심각한 표정을 짓고 있었다.

'삼절마제일 리가 없다. 그자는 분명히 죽었다. 사대종사는 모두 그곳에서 죽었다.'

그때 오십대 중반의 당당한 체구에 용맹한 인상의 초로인이 조심스러운 태도로 천중검협에게 물었다.

"대협, 정말 삼절마제의 참마인이 틀림없습니까?"

그는 구룡방의 이방주인 철검룡(鐵劍龍)이다. 대방주 구양중겸이 암살당하고 없는 현재 그가 구룡방의 대리 대방주 직을 맡고 있었다.

실내에는 무가내에게 죽은 사방주 금비룡과 역시 무가내에게 중상을 당한 구방주 쇄금룡을 제외한 여섯 명의 방주가 모두 모여 있었다.

철검룡의 물음에 천중검협은 눈살을 찌푸렸다.

"자네 눈에는 노부가 식언을 할 사람으로 보이는가?"

천중검협은 칠십오 세의 나이로 철검룡보다 무려 스무 살이나 많다.

뿐만 아니라 무림에서의 배분이나 명성 역시 철검룡하고는 비교할 바가 아니다.

"아… 닙니다. 워낙 놀라운 일이라서 그만."

철검룡은 민망한 표정으로 급히 고개를 숙였다.

"그런데 자네들은 대방주의 죽음을 총혈계의 소행으로 생각한다는 것인가?"

"그렇습니다. 본 방 사방주인 금비룡이 총혈계와 내통을 하여 그쪽 고수들을 본 방 내로 끌어들여서……."

"틀렸어."

천중검협이 철검룡의 설명을 자르며 짧게 말하자 모두들 놀라고도 의아한 표정으로 그를 주시했다.

구룡방은 구양중겸을 암살한 것이 총혈계라고 굳게 믿고 있는 중이었으니 놀라움은 더 컸다.

천중검협은 엄숙한 표정으로 구양중겸의 시선을 응시하면서 말을 이었다.

"총혈계 말고 흉수로 거론된 인물이 한 명 더 있는 것으로 아는데, 그자가 누군가?"

그는 사전에 입수하고 또 이곳에서 확인한 몇 가지 단서들을 토대로 하여 구양중겸을 살해한 흉수가 총혈계가 아니라고 이미 심중으로 단정하고 있었다.

그렇지만 그것을 굳이 구룡방 사람들에게 설명할 필요를 느끼지 못했다.

그는 오히려 또 다른 한 명을 의심하고 싶었다.

"요 근래에 갑자기 두각을 나타낸 혈풍신옥이라는 자인데, 그자는 대방주를 살해할 정도는……."

"그자에 대해서 설명해 보게."

천중검협은 또다시 철검룡의 말을 잘랐다.

대방주 구양중겸이라고 해도 무림의 배분으로 볼 때 천중검협의 한 단계 아래였다. 하물며 철검룡 정도는 그의 면전에서 고개조차 들지 못해야 당연하다.

철검룡은 자신이 알고 있는 혈풍신옥, 즉 무가내에 대해서 자세히 설명을 시작했다.

중인의 한쪽 끝에 자미룡이 서서 암울한 눈빛으로 골똘한 생각에 잠겨 있는 모습이 보였다.

그녀의 머릿속에서는 내내 무가내에 대한 생각이 떠나지 않고 있었다.

*   *   *

무가내는 은예상의 선천병을 고쳐 준 후 사흘 동안 그녀와 한시도 떨어지지 않으면서 꿀맛 같은 시간을 보냈다.

은예상은 선천병이 치료되기 전에도 물론 무가내에게 잘했었지만, 병이 고쳐진 이후에는 그의 그림자처럼, 그리고 입 안의 혀처럼 행동했다.

그녀는 자신에게 주어진 새 삶을 온전히 무가내를 위해서만 쓰기로 결심했다.

일거리가 절반으로 줄었다는 것을 제외한다면 황룡표국도 예전의 평화로움을 되찾았다.

구룡방도, 천기표국도 더 이상 황룡표국을 찝쩍거리지 않기 때문이었다.

무가내는 정협맹에서 천중검협이라는 거물과 정감단을 구룡방으로 파견하여 구양중겸의 죽음에 얽힌 사건을 조사하고 있다는 사실을 균현에게 자세히 보고받았지만 신색자약(神色自若), 표정 하나 변하지 않고 태연하게 은예상과의 깨를 쏟는 일에만 몰두할 뿐이었다.

무가내는 잠시 은예상을 바라보다가 침상에서 일어섰다.

그는 지난 사흘 동안 은예상과 찰떡처럼 붙어 지내면서 그녀에게 요마염공을 가르쳤다.

나중에 알게 된 사실이지만 선천병이 치료된 은예상은 훌륭한 무골이 되었다.

무가내는 그녀가 무림 고수가 되는 것은 바라지 않았지만, 제 한 몸 정도는 지킬 수 있는 실력을 갖추기를 원했다.

그래서 요마염공을 가르친 것이다.

무가내가 알고 있는 무공들이라고 해봐야 죄다 마공과 사공, 독공 같은 무시무시한 것들뿐이라서 그녀가 익히기에는 적합하지 않았다.

그는 요마염공을 익히지는 않았지만 구결은 달달 외우고 있어서 가르치는 데에는 어려움이 없었다.

은예상이 요마염공의 심법을 웬만큼 터득하여 몸을 만든 것 같으면 빙염의 절학 중에서 적당한 것을 몇 가지 골라 가르칠 계획이었다.

지금 은예상은 요마염공을 가르친 지 사흘 만에 생애 첫 운공조식을 하고 있는 중이다.

빙염은 요마염공에 대한 자부심이 대단했다. 그도 그럴 것이, 요선계를 통틀어 최고의 심법이며 신공이 바로 요마염공인 것이다.

그래서 빙염은 아무나 요마염공을 배울 수 없으며, 천부적인 자질을 타고난데다 뛰어난 두뇌의 소유자만이 익힐 수 있다고 의기양양하게 누누이 말했었다.

바로 그 요마염공을 은예상은 배운 지 사흘 만에 완전히 자신의 것으로 만들어 운공조식을 시작한 것이다. 빙염이 이 사실을 안다면 혀를 내두를 일이었다.

무가내는 은예상을 혼자 남겨두고 방을 나섰다.

오늘은 균현이 약속한 사흘째 되는 날이다.

무가내는 자신이 알아봐 달라고 부탁한 열다섯 명의 소재를 균현이 모두 알아 가지고 왔기를 기대하면서 방을 나와 거실 쪽으로 걸어갔다.

이제 슬슬 황룡표국에서 지내는 일도 싫증이 나기 시작했다.

그래서 오악도의 네 마물을 병신으로 만든 열다섯 명을 균현이 알아 가지고 오는 대로 대리 복수를 위해서 훌훌 떠날 생각을 하고 있었다.

물론 은예상을 데리고 갈 것이며 냉운월이나 석중명, 당경림이 원하면 그들도 데리고 갈 생각이다.

거실에는 석중명과 당경림이 함께 서 있고, 약간 떨어진 곳에 냉운월이 따로 서 있다가 이쪽으로 오고 있는 무가내를 발견하고는 긴장된 표정을 지으면서 다가와 나란히 서서 공손히 인사를 했다.

"무공을 가르쳐 주세요."

그런데 허리를 펴고 난 냉운월의 첫마디가 뜬금없는 무공 타령이었다.

"웬 무공?"

무가내가 의아한 얼굴로 묻자 냉운월은 석중명과 당경림을 가리켰다.

"제가 이자들과 친하게 지내면 우리에게 무공을 가르쳐 주겠다고 하셨습니다."

"어… 그랬군."

무가내는 어정쩡하게 고개를 끄덕였다. 과연 그는 그런 말을 한 적이 있었다.

한집안 식구 같은 세 사람의 관계가 껄끄러워 보여서 좀 가까워지라고 했던 말인데 냉운월은 자못 기대를 하고 있었던 모양이다.

아니, 표정을 보아하니 기대를 하는 사람은 그녀 한 사람만이 아닌 것 같았다.

석중명과 당경림도 초롱초롱한 눈빛에다가 무언가 잔뜩 기대하는 얼굴로 무가내를 바라보고 있었다.

무가내는 턱을 쓰다듬었다.

"흠! 무얼 가르쳐 줄까?"

세 사람 다 자신의 사람이라고 여기고 있기 때문에 그들의 능력이 닿기만 한다면야 무엇이든 가르쳐 주고 싶은 마음을 갖고 있는 무가내였다.

잠시 궁리를 하던 그는 이내 난감한 표정을 지었다. 세 사람의 내공이 너무 낮아서 마땅하게 가르칠 만한 무공이 없었기 때문이다.

오악도 네 마물의 무공은 한결같이 극강하고 패도적이며 난해한 것투성이라서 이들 세 사람의 능력으로는 언감생심 꿈도 꿀 수 없었다.

그런데 석중명과 당경림은 우물쭈물하면서 냉운월의 눈치를 살피고 있었다.

두 사람의 하는 양으로 미루어 무가내에게 무엇인가 할 말이 있는데 그것을 냉운월이 해주기를 무언의 표정으로 요구하는 것 같았다.

냉운월은 입술을 잘근잘근 깨물었다. 솔직하고 직선적인 성격의 그녀로서도 하기 어려운 말인 듯했다.

이윽고 그녀는 결심을 한 듯 주먹을 꼭 쥐고 까칠한 입술을 열었다.

"상공의 내공은 어느 정도 수준입니까?"

"글쎄……."

무가내는 고개를 모로 꼬았다. 사실 그는 자신의 정확한 내공 수위를 알지 못했다.

문득 그는 자신이 오악도에서 금만등의 첫 번째 '등'을 이루었을 때 혈검이 했던 말이 생각났다.

"그렇다. 금만등의 등. 등봉조극을 이루었다."

하지만 무가내는 등봉조극이 정확하게 무슨 뜻인지를 알지 못했다.

"등봉조극쯤 되는 것 같다."

그러자 세 사람은 놀라서 멍한 얼굴이 되었다. 그러더니 곧 씁쓸한 표정을 지었다.

"장난하지 말고 제대로 말씀해 주십시오."

세 사람이 아는 상식으로는 당금 무림에서 등봉조극을 이룬 인물은 한 명도 없었다. 그러니 무가내가 장난을 하는 것이라고 여긴 것이다.

그래도 무가내는 태연했다.

"그랬어, 내가 등봉조극을 이루었다고."

"누가 그랬습니까?"

"혈검."

"그가 누굽니까?"

"음… 무림에서는 그 인간을 삼절마제라고 부른다더군."

"……!"

묻던 냉운월도, 석중명과 당경림도 만면에 경악지색을 떠올린 채 입을 쩌억 벌리며 할 말을 잃고 말았다.

사마총혈계의 사대종사 중 한 명인 삼절마제를 모른다면 무림에 몸을 담고 있을 자격이 없다.

세 사람은 무가내가 사도종사인 구주사황의 제자라고 믿고 있었다.

그런데 지금 또다시 그의 입에서 마도종사인 삼절마제의 이름이 나온 것이다.

"사… 상공은 삼절마제의 제자입니까?"

한참 만에 냉운월이 간신히 정신을 수습하고 나서 더듬거리며 물었다.

무가내는 와락 인상을 썼다.

"제자는 무슨 얼어 죽을."

"그럼 어떤 관계입니까?"

냉운월은 빠르게 냉정을 되찾고 있었다.

무가내는 자신과 네 마물이 무슨 관계라고 딱히 정의를 내릴 수가 없어서 되는 대로 둘러댔다.

"그냥 친구나 가족 같은 거야."

세 사람 중에는 그래도 당경림이 가장 똑똑한 편이었다. 그가 눈을 빛내면서 넘겨짚었다.

"수석 표두께선 혹시 삼절마제와 구주사황에게 무공을 배우셨습니까?"

무가내는 떨떠름한 표정을 지었다. 네 마물이 아무리 원수 같으니 뭐니 해도 그들에게 무공을 배웠다는 사실은 인정할 수밖에 없었다.

"음, 그… 렇다고 할 수 있지."

세 사람은 또다시 할 말을 잃고 경악지색을 떠올렸다. 무가내가 구주사황과 삼절마제하고 어떤 관계인지는 정확히 몰라도 결과적으로 두 사람에게 무공을 배운 것만은 분명해졌다. 즉, 제자인 것이다.

구주사황과 삼절마제의 공동 제자.

이 얼마나 가공한 일인가.

냉운월 등 세 사람은 조금 전에 무가내가 자신의 내공이 등봉조극의 경지에 올랐다고 말한 것이 그제야 조금쯤 실감이 났다.

어쩌면 그 말은 사실일지도 몰랐다.

무가내는 궁금한 표정을 지으며 냉운월에게 물었다.

"그런데 내 내공 수위는 왜 물어본 거지?"

세 사람은 죄라도 지은 듯 똑같이 움찔 가볍게 몸을 떨면서 놀랐다.

그리고 석중명과 당경림은 또다시 냉운월을 쳐다보았다.

그녀에게 말하라는 것이다.

사내답지 못한 행동이지만, 무가내에게 요구할 것이 너무 엄청나서 말을 꺼낼 엄두가 나지 않았기 때문이다.

사실 냉운월은 여자이면서도 웬만한 사내보다 용기와 배짱이 두둑했다.

더구나 그녀는 조금쯤은 비상식적인 사람이라 어떤 점에서는 무가내와 상통하는 부분이 더러 있었다.

결국 냉운월은 자신이 말할 수밖에 없다는 사실을 인정하고 이왕지사 이렇게 된 것, 가슴을 불쑥 내밀면서 당당하게 말했다. 아니, 요구했다.

"저희들의 생사현관(生死玄關)을 소통시켜 주십시오!"

그녀가 무척이나 어렵게 말을 꺼낸 것에 비해서 무가내는 태연한 얼굴이었다.

"생사현관?"

생사현관은 곧 기경팔맥(奇經八脈)에 속해 있는 이맥(二脈)인 임독양맥(任督兩脈)을 가리킨다.

그러니까 냉운월의 말인즉슨, 자신들의 임독양맥을 소통시켜 달라는 뜻이다.

인간이 부모에게 생명을 받아 세상에 태어날 때에는 임맥과 독맥이 뚫려 있는 상태다.

그러나 세상의 더러운 공기와 접하고 온갖 오염된 것들과 불에 익힌 음식들을 먹고 마시면서 차츰 임독양맥이 막히게 되는데, 보통 그 시기가 빠르면 이삼 세, 늦어도 삼사 세면 막히기 시작한다.

그 시기에 무공을 익히게 하여 인위적으로 임독양맥이 막히지 않게 하는 방법이 있기는 하다.

그러나 하늘이 내린 경천동지의 천재가 아닌 이상 그 어린 나이에 무공을 익히고 또 스스로의 임독양맥이 막히지 않도록 하는 것은 사실상 불가능한 일이다.

임맥은 인체의 음부(陰部) 정중선(正中線)을 지나가는 경락으로 인체 내의 모든 음맥(陰脈)을 총괄하므로 '음맥의 바다[海]'라고 한다.

모든 음맥이 마지막에는 음맥으로 모이는 것이 마치 모든 강과 하천들이 바다로 흘러드는 것과 같다고 해서 음맥의 바다라고 하는 것이다.

독맥은 임맥과 반대로 인체 내의 모든 양맥(陽脈)을 총괄하므로 '양맥의 바다' 라고 한다.

임맥과 독맥은 모두 사타구니 한복판인 회음혈(會陰穴)에서 시작한다.

임맥은 회음혈을 시작으로 인체의 앞부분 복부와 가슴 정중선을 가로질러 올라가 턱의 승장혈(承漿穴)에서 끝나며 모두 이십사혈이다.

독맥은 회음혈 바로 다음 혈도인 꼬리뼈 부위의 장강혈(長强穴)에서 시작하여 등 한복판의 정중선을 가로질러 올라 뒤

통수와 정수리의 백회혈(百會穴)을 지나 앞니 위의 잇몸에 있는 은교혈(齦交穴)을 끝으로 모두 이십칠 혈로 이루어져 있다.

임독양맥이 막혔다는 것은, 회음혈과 장강혈 사이의 한 개 혈도, 정수리의 백회혈과 턱의 승장혈까지 아홉 개의 혈도, 도합 열 개 혈도가 막혀서 서로 소통하지 못한다는 뜻이다.

인체 내에 존재하는 모든 경락의 근원이며 '음의 바다'이고 '양의 바다'인 임독양맥이 서로 소통 왕래하지 못하는 것은 극소수를 제외한 모든 무림인들이 처해 있는 어쩔 수 없는 현상이었다.

인간이 태어나 늦어도 다섯 살이 되면 임독양맥이 막힐 수밖에 없는 것이 자연의 섭리이며 순환이다.

그런데 그것을 인위적으로 뚫어서 소통을 시킨다는 것은 하늘이 내린 천운(天運)이 따르지 않는 한 거의 불가능에 가까운 일이다.

당금 무림의 백만 명이 넘는 무림인들 중에서 임독양맥이 소통된 인물을 전부 꼽아봐야 채 백 명도 되지 않을 것이다.

백 명이 된다고 해도 무려 만분의 일의 확률이다. 과연 임독양맥을 소통한다는 것이 얼마나 어려운 일인지 단적으로 보여주는 좋은 예라고 할 수 있다.

그러나 만에 하나 임독양맥이 소통된다면 그 효능은 몇 마디 말로 설명하기가 어렵다.

무려 열 개의 혈도가 막혀서 서로 소통하지 못했던 '음맥의 바다' 와 '양맥의 바다' 가 뻥 뚫려서 활발하게 소통을 하게 되는 것을 상상해 보라.

순식간에 공력이 급증하는 것은 말할 것도 없을뿐더러, 한 차례 운공조식을 해도 예전에 비해 열 배 이상 효과를 보게 되며, 무병장수(無病長壽)는 기본이고, 근골 자체가 대변화를 일으켜 신공절학을 연공하는 데에도 보통 사람과는 비할 수 없을 정도로 빠르고 탁월한 결과를 얻는다.

그 외에도 임독양맥의 소통으로 얻어지는 효과는 헤아릴 수 없을 만큼 많다.

그런데 냉운월이 무가내에게 바로 그 임독양맥을 소통시켜 달라고 요구한 것이다.

사실 그녀는 임독양맥이 소통되면 순식간에 놀라울 정도로 내공이 중진되어 일류고수가 된다는 것과 내공이 뛰어난 고수라면 임독양맥을 소통시킬 수 있다는 말을 어디선가 들은 적이 있을 뿐이지 자세히는 알지 못한다.

만약 임독양맥의 소통에 대해서, 그리고 그것이 얼마나 어려운 일인지를 상세히 알고 있었다면 결코 약간의 용기만으로 무가내에게 요구하지는 못했을 것이다.

"그게 뭔데?"

무가내는 금만등의 '등' 을 이루는 과정에서 임독양맥이 소통됐으면서도 그것이 무엇인지는 모르고 있었다.

냉운월 등은 놀라면서도 어이없는 표정을 지었다. 무가내 같은 초절고수가 생사현관을 모르고 있다는 사실이 이해가 되지 않았다.

그러나 세 사람은 무가내에 대해서 어느 정도 알고 있었으므로 그라면 모를 수도 있다고 생각했다.

"생사현관이란 임독양맥을 가리키는 것입니다."

냉운월이 엄숙한 표정으로 입을 열어 임독양맥에 대해서 자신이 알고 있는 범위 내에서 설명하기 시작했다.

임독양맥을 설명하려면 인체 내의 무수한 경락들에 대해서도 설명할 수밖에 없다.

결국 냉운월은 장장 한 시진에 걸쳐서 경락과 경혈에 대한 강론을 해야만 했다.

설명을 모두 듣고 나서 무가내는 한 가지 사실을 깨달았다.

사흘 전에 은예상의 선천병을 치료하느라 그녀의 막힌 혈도들을 뚫는 과정에서 임독양맥의 막힌 열 개의 혈도도 같이 뚫어버렸다는 사실이었다.

그 열 개의 혈도가 원래 막혀 있는 임독양맥인 줄은 모르고 은예상의 선천적으로 막힌 혈도겠거니 생각하고 뚫어버린 것이었다.

'흠, 잘된 일이야.'

조금 전에 냉운월에게 임독양맥이 소통되면 어떤 효과가 있는지에 대해서도 들은 터라 무가내는 팔짱을 끼고 흡족한 얼굴로 고개를 끄덕였다.

"그러니까 너희들의 임독양맥의 막힌 혈도를 뚫어주면 되는 거지?"

"그렇습니다."

무가내는 태연하게 물었지만 결코 태연할 수 없는 세 사람은 바짝 긴장해서 대답했다.

"그런데……."

무가내가 세 사람의 얼굴을 차례차례 살펴보자 그들은 더욱 긴장했다.

"너희들, 사이좋게 지내고 있는 거야?"

그는 세 사람이 친하게 지내면 무공을 가르쳐 주겠다고 말했기 때문이다.

"하하! 그럼요! 지난 며칠 사이에 우리 세 사람은 둘도 없는 친구 사이가 됐어요!"

냉운월은 과장되게 웃으면서 석중명과 당경림 복판을 파고들어 가 양팔로 두 사람의 어깨동무를 하여 자신 쪽으로 힘껏 끌어당겨 거의 뺨을 부빌 듯했다.

"그… 렇습니다, 수석 표두. 하하……!"

당경림은 어색하게 웃으며 동조했다. 역시 생사현관의 소통은 물리치기 어려운 유혹이었다.

그런데 석중명은 크게 당황하여 얼굴이 붉어져 무가내와 눈을 제대로 마주치지 못하고 고개를 푹 숙였다.

그런 모습을 보다가 문득 무가내는 사흘 전 밤에 술을 마실 때 몹시 취한 냉운월이 곯아떨어진 석중명을 안고 자신의 방으로 갔던 일을 기억해 냈다.

"너희 두 사람, 사흘 전 밤에 교미했지?"

무가내가 다짜고짜 냉운월과 석중명을 손가락으로 찌르듯이 가리키면서 불쑥 물었다.

'교미' 라는 단어에 냉운월과 석중명은 단검에 심장을 찔린 듯 똑같이 화들짝 놀랐다.

그리고 무가내처럼 숙맥불변(菽麥不辨)인데다 솔직하기까지 한 냉운월이 죄지은 얼굴로 조용히 대답했다.

"했… 습니다."

"몇 번?"

"세 번……."

"처음이야?"

"네……."

묻는 무가내나 대답하는 냉운월이나 똑같은 사람이었다.

그 말에 무가내는 아무렇지도 않은 반응이었지만, 석중명과 당경림은 소스라치게 놀랐다.

물론 두 사람이 놀란 이유는 제각기 달랐다.

석중명은 그 사실을 어떻게 아무렇지도 않게 실토할 수 있느냐는 것이고, 당경림은 두 사람이 그런 관계일 줄은 꿈에도 몰랐기 때문이다.

순간 석중명이 얼굴이 시뻘개져서 주먹을 움켜쥐며 억울하다는 듯이 소리쳤다.

"저는 이 여자에게 강간당한 것입니다! 그녀가 힘으로 저를 제압하면서 막 때리는데 반항을 했지만 어쩔 수가 없었다구요! 크흑!"

무가내는 그제야 석중명의 눈두덩이 거무스름한 색깔로 부은 것과 입술이 터진 것을 발견했다.

결론적으로 말해서, 그날 무가내는 냉운월과 석중명, 당경림의 생사현관을 소통시켜 주었다.

최초에 냉운월은 반 시진이 걸렸지만, 두 번째 석중명은 한 시진, 그리고 당경림은 두 시진이나 걸렸다.

쉬울 것이라 생각하고 시도했던 무가내는 당경림까지 생사현관을 소통시켜 주고 난 이후에는 완전히 탈진해서 엎어진 채 꼼짝도 하지 못했다.

꿈에서조차 단 한 번도 상상해 본 적이 없는 생사현관의 소통을 이룬 냉운월과 석중명, 당경림은 천하를 다 가진 것 같은 기분이었다.

그렇지만 무가내는 너무 힘들어서 다시는 다른 사람의 생사현관을 소통해 주지 않겠다고 맹세에 맹세를 거듭했다.

이들 네 사람은 자신들이 얼마나 대단한 일을 했는지 나중에야 알게 된다.

자정을 한 시진 정도 남겨둔 해시(亥時:밤 10시) 무렵에 균현이 무가내를 찾아왔을 때까지도 그는 침상에서 일어나지 못하고 있었다.

"소주, 어디 편찮으십니까?"

균현은 침상 바닥에 무릎을 꿇고 예를 올린 후 고개를 들며 조심스럽게 물었다.

"아냐, 괜찮아."

무가내는 누워서 한숨 자며 운공조식을 했다. 내공이 높으면 선 채로 운공을 할 수 있다고 하는데, 그는 한 걸음 더 나가 누워서도, 잠을 자는 중에도, 그리고 걸으면서도 할 수 있는 수준이었다.

그는 냉운월 등의 생사현관을 소통시켜 준 후 서너 시진 동안 쉬면서 본래의 기력을 회복했다.

"찾았어?"

무가내는 부스스 일어나 앉으며 물었다.

"한 명을 제외하곤 모두 찾았습니다. 죄송합니다."

"사흘 만에 열네 명이나 찾아냈으니 잘한 거야. 괜찮다."

"송구합니다."

"균현."

무가내가 평소의 장난스러운 얼굴을 지우고 균현으로서는 한 번도 본 적도, 들어본 적도 없는 진지한 표정과 목소리로 그를 불렀다.

"하명하십시오."

균현은 바짝 긴장하여 이마를 바닥에 붙였다.

"중원의 사내들이 가장 이루고 싶어하는 것이 무엇이지?"

무가내의 뜬금없는 물음에 균현은 조심스럽게 고개를 들고 무가내를 우러러보았다.

"무슨 말씀이신지……."

"중원의 남자들이 말이야. 남자로 태어나서 무엇을 이루어야 나중에 기분이 좋나 이거야."

독특한 무가내만의 언어구사가 나왔다. 균현은 며칠 동안 무가내를 연구한 결과를 총동원하여 빠르게 그의 말을 분석하기 시작했고 곧 판단을 내렸다.

중원의 남자들이 이루고자 하는 것을 무가내가 이루고 싶어한다고 말이다.

그래서 그는 자못 긴장했다.

지금 이 순간에 말을 잘 골라서 해야 할 것 같은 본능적인 느낌이 들었다.

"소주처럼 힘이 있고, 소주처럼 젊으며, 소주처럼 잘난 사내라면 반드시 이루고자 하는 야망이 하나 있습니다."

"그게 뭐냐?"

균현은 마른침을 꿀꺽 삼켰다.

흡사 지금 자신이 하게 될 말 한마디에 총혈계의 운명이 걸려 있는 듯한 느낌이 들었다.

"천하쟁패(天下爭覇)입니다."

그는 또박또박 힘주어 말했다.

"쉬운 말로 해봐."

평소 같으면 이 부분에서 인상을 썼을 테지만, 무가내는 진지함을 잃지 않으며 주문했다.

"천하를 소주의 것으로 만드는 것입니다."

무가내가 점잖게 꾸짖었다.

"내가 아니라 중원의 사내라니까?"

"네. 중원의 사내가 만약 소주와 같은 입장이라면 백이면 백, 천하를 갖고 싶어할 것입니다."

"천하를 갖게 되면 뭐가 달라지지?"

균현은 무가내를 앞세워 총혈계가 천하를 정복하게 될지도 모른다는 때 이른 상상을 하면서 호흡이 가빠졌기 때문에 크게 한차례 심호흡을 했다.

"하늘 아래 숨을 쉬고 사는 모든 사람들이 소주께 절을 하게 될 것입니다."

"내가 아니라니까?"

"죄… 송합니다."

"그리고 난 절 받는 것 별로 좋아하지 않아."

"그러시군요."

무가내의 얼굴에서 진지함이 사라지려 하고 있었다. 흥미를 잃고 있다는 뜻이다. 균현은 초조해지기 시작했다.

"중원 사내들의 야망이라는 것은 별로 재미가 없군? 절을 받으려고 천하를 가지려 들다니. 쯧쯧……."

균현은 바짝 긴장했다.

"절을 받는다는 것은… 그들의 주인이 된다는 뜻입니다."

"주인?"

"그렇습니다. 천하에 살고 있는 수천만 명의 사람들만이 아니라, 하늘과 땅, 그리고 그 위에 존재하는 모든 것들의 진정한 주인이 되는 것입니다."

흐려져 가던 무가내의 눈이 다시 가볍게 빛나기 시작했다.

"그것 재미있겠군."

"재미 정도가 아닙니다. 지금 소주께서 생각하고 계신 것보다 최소한 만 배 정도는 더 흥미진진합니다."

무가내의 눈빛이 방금 전보다 더 빛났다.

"흥미진진?"

굳이 무림인이 아니더라도 천하의 주인이 되는 것이 얼마나 굉장한 일인지 잘 알고 있다.

"그렇습니다. 천하에 있는 수천 개 방, 문파들을 쳐부수고, 수십만 명의 고수들을 굴복시켜 소주의 발아래 둔다고 상상해 보십시오."

균현이 거듭 '소주'라고 칭했지만 무가내는 이번만큼은 그를 나무라지 않았다.

　그리고 균현은 그것을 알아차리고 안도했다. 결국 그는 무가내가 묻는 '중원의 사내'란 바로 자신을 가리킨다는 사실을 확인하는 데 성공했다.

　무가내는 균현이 방금 한 말, 즉 '수천 개 방, 문파를 쳐부수고, 수십만 명의 고수들을 굴복시킨다'라는 말에 가장 강한 반응을 보였다.

　그는 기이한 느낌에 사로잡혔다. 태어나서 이런 기분을 느끼기는 처음이었다.

　몸속의 피가 들끓었다.

　그냥 들끓는 것이 아니라 도저히 주체하지 못할 정도였으며, 부글거리는 활화산의 용암처럼 끓어올라서 스스로도 깜짝 놀랄 정도였다.

　그리고 가슴 저 밑바닥에서부터 어떤 기운이 스멀거리면서 떠오르는 것 같더니, 순식간에 온몸에 가득 퍼져서 앉아 있는데도 몸이 들썩거렸다.

　그것은 본능적인 투쟁심(鬪爭心)이었다.

　그 자신도 모르고 있던 것이었고, 단 한 번도 느껴보지 못한 희열과 극도의 쾌감이었다.

　무가내만큼, 아니, 그보다 더 희열을 만끽하고 있는 사람은 균현이었다.

　그는 무가내의 표정과 눈빛이 변해가는 과정을 똑똑히 지켜보고 있었다.

지금 무가내의 두 눈에서 이글이글 뿜어져 나오는 것은 짙
붉은 석양의 태양빛 같은 광채였다.

균현은 그것을 투지(鬪志)라고 해석했다.

그는 이날까지 살아오는 동안 그처럼 강렬한 눈빛을 한 번
도 본 적이 없었다.

그리고 지금 무가내의 온몸에서 파도, 아니, 거대한 해일처
럼 쏟아져 나오고 있는 기운이 있었다.

얼마나 강한 기운인지 그 앞에 무릎을 꿇고 있는 균현의 몸
이 미약하게나마 흔들거릴 정도였다.

균현은 그 기운을 패도(覇道)라고 판단했다.

그는 지금껏 그처럼 극강한 패도적 기운을 한 번도 느낀 적
이 없었다.

"균현."

문득 무가내가 조용히 입을 열었다.

방금 전까지 당장이라도 실내를 폭발시켜 버릴 것만 같던
가공할 기운들은 거짓말처럼 씻은 듯이 사라지고 없었다.

그것은 진정한 군림자(君臨者)만이 갖고 있는 기도였다.

쿵!

"하… 명하십시오!"

균현은 급히 이마를 바닥에 거세게 박았다.

그의 머리 위로 무가내의 잔잔한 목소리가 계류처럼 흘렀
다.

"그것을 이룩하면 상아가 좋아할까?"

또다시 은예상 타령이었지만 균현은 토를 달 수가 없었다.

"물론입니다! 자고로 여자는 강한 사내, 그리고 군림자를 좋아하는 법입니다."

"군림자가 뭐냐?"

"천하를 가진 사내입니다."

"상아도 좋아할 거라고?"

"그렇습니다."

무가내는 천천히 턱을 쓰다듬었다. 그의 두 눈이 곧 갖게 될 장난감에 대한 기대감으로 부푼 아이처럼 반짝거렸다.

"그거 한번 해보자."

이제는 무가내를 웬만큼 알게 됐다고 자부하는 균현이지만, 이럴 때에는 그에 대해서 아무것도 모르는 것 같은 기분이 들었다.

"무엇을… 말씀입니까?"

"천하쟁패."

균현은 이마를 바닥에 밀착시킨 채 온몸을 부들부들 떨었다.

이제 총혈계는 희망이 보인다.

벼랑 끝에 몰려서 밑바닥이 보이지 않는 바닥으로 추락하기 직전이었는데, 이제야 비로소 한줄기 희망의 빛이 드리워지고 있었다.

균현은 흥분과 감동이 엄습하여 목이 메어서 금방 대답을
할 수가 없었다.
"왜? 하기 싫으냐? 그만둘까?"
균현이 대답이 없자 무가내는 시큰둥한 표정을 지었다.
"앗! 아, 아닙니다!"
균현은 화들짝 놀라 고개를 번쩍 들었다가 다시 이마를 바
닥에 찧었다.
"속하, 목숨을 바쳐 견마지로(犬馬之勞)하겠습니다!"
"견마… 그거, 개하고 말이라는 뜻 아니냐? 음… 욕 같은
데. 욕 맞지?"
"아, 아닙니다! 무조건 충성하겠습니다!"

第二十六章
거보(巨步)

다음날 아침.

황룡표국이 창업한 이래 제일 유명한 거물이, 그리고 가장 많은 무리가 찾아왔다.

아니, 쳐들어왔다는 표현이 맞을 정도로 거물과 무리는 고압적으로 행동했다.

정협맹 이십오맹숙 중의 한 명이며 강소무림의 절대자 천중검협이 맹숙 직속 휘하인 정감단 전원과 구룡방 여섯 명의 방주, 그리고 구룡방 내전의 일류 급 정예 고수 이백여 명을 이끌고 온 것이다.

"혈풍신옥을 데려와라."

천중검협 옆에 바짝 붙어선 구룡방 이방주 철검룡의 쩌렁한 일성이었다.

지난밤에 무가내는 밤을 꼬박 새우다시피 했다.

균현에게 당금 무림의 정세에 대해서 자세한 설명을 듣느라 그랬다.

자신의 목표를 '천하쟁패'로 세운 무가내는 무림에 대해서 알아야겠다는 데에 생각이 미쳤다.

그래서 균현에게 천하, 그리고 무림에 대해서 자세하게 공부를 했다.

진작부터 그런 이야기를 하고 싶어서 입이 근질거렸던 균현은 되도록 사마총혈계의 몰락, 그리고 부흥을 주제로 하여 동이 훤하게 터올 때까지 긴 설명을 했다.

무가내가 은예상과 함께 나란히 대전으로 들어서고 그 뒤를 냉운월과 석중명, 당경림이 따랐다.

활기차게 걷고 있는 은예상의 모습은 겉으로 보기에도 더 이상 과거의 그녀가 아니었다.

선천병을 앓고 있을 때의 그녀는 실바람에도 흔들리는 가녀린 한 떨기 수선화 같았다.

그런데 지금의 그녀 모습은 백합의 우아함에 장미의 아름다움, 모란의 화려함, 수선화의 청초함을 두루 갖춘, 그야말로 백가지 꽃들의 아름다움만을 집대성해 놓은 듯한 백화지미(百花之美)의 눈부신 모습이었다.

뒤를 따르고 있는 냉운월과 석중명, 당경림도 더 이상 어제의 그들이 아니다.

냉운월은 원래 일 갑자의 내공을 지니고 있었는데 생사현관이 소통되면서 하룻밤 사이에 내공이 곱절인 이 갑자, 백이십 년으로 급상승되어 버렸다.

당경림은 오십 년에서 백 년, 석중명은 삼십 년에서 육십 년, 일 갑자로 급증했다.

만약 이들 세 사람이 자신들과 비슷한 내공 수준의 적과 싸운다면 백전백승하게 될 것이다.

같은 내공 수준이라고 해도 일반인과 생사현관이 소통된 사람하고는 격이 다르기 때문이다. 물론 후자 쪽이 훨씬 강한 것은 두말할 필요가 없다.

세 사람은 상승된 내공보다 열 배쯤은 더 강해진 자부심으로 무장한 채 보무도 당당히 무가내의 뒤를 따랐다.

무가내 일행이 대전으로 들어서자 실내에 있던 모든 사람들의 시선이 일제히 가장 앞장선 무가내에게 집중되었다가 자연스럽게 은예상에게 옮겨졌다.

천하제일미라고 불렸던 며칠 전보다 훨씬 아름다워진 그녀를 쳐다보지 않는다면 사람이 아니거나 정신이 이상한 사람이 분명할 터이다.

심지어 천중검협마저도 은예상을 주시했다. 물론 그는 수양이 깊기 때문에 경박한 마음을 품지는 않았다.

은예상을 보면서도 다른 사람들처럼 감탄 어린 표정을 짓거나 남몰래 탄식을 토해내지 않는 사람이 또 한 명 있었다.

천중검협의 바로 뒤에 서서 그의 어깨너머로 은예상을 주시하고 있는 한 명의 백의청년이었다.

이십이삼 세가량의 나이에 이마에는 영웅건을 둘렀으며, 훤칠한 키와 넓은 어깨, 잘록한 허리, 관옥과 같은 준수한 용모를 지녀서 누구든지 한 번 보면 잠시 동안 눈을 떼지 못할 정도의 기남아였다.

그렇지만 그를 더욱 돋보이게 하는 것은 티 없이 깨끗하고 맑은 정기(正氣)였다.

그가 바로 천중검협을 수행하고 온 정감단의 단주(團主)인 유성검(流星劍) 화영(華榮)이었다.

정협맹에는 모두 세 개의 정감단이 있으며, 각기 풍(風), 운(雲), 광(光)으로 불리는데 순위는 없으며, 유성검 화영은 풍정감단주였다.

은예상은 두 팔로 무가내의 팔을 가슴에 안 듯이 꼭 붙잡고 있어서 그녀의 풍만한 젖가슴이 그의 팔을 지그시 누르고 있는 상태였다.

그러나 사람들은 그녀의 아름다움에 홀려서 아직 그것까지는 발견하지 못한 것 같았다.

대전의 모든 사람들이 여전히 은예상에게서 시선을 떼지 못하고 있을 때, 화영은 그녀 옆에서 걷고 있는 무가내의 얼굴로 다시 시선을 던졌다.

　그는 눈이 부실 듯 아름다운 은예상보다는 그녀와 함께 나란히 걷고 있는 무가내에게 더 짙은 호기심을 느꼈다.

　대체 어떤 사내이기에 저토록 아름다운 여자의 환심을 사고 있는 것인지 궁금했던 것이다.

　무가내는 천중검협 다섯 걸음 앞에서 그를 마주 보고 걸음을 멈추었다.

　그는 못마땅한 얼굴로 가볍게 눈살을 찌푸리며 천중검협에게 대뜸 명령했다.

　"일어나라."

　하지만 그의 말을 아무도 제대로 듣지 못했다. 아니, 제대로 듣기는 했다.

　그렇지만 설마 귀때기가 새파란 무가내가 칠십 세가 넘은 무림의 명숙인 천중검협에게 감히 그런 말을 했을 리가 없을 것이라고 생각했다.

　천중검협이 앉아 있는 태사의는 평소에 은기도의 자리였다.

　태사의 뒤에는 유성검 화영과 정감단이 질서있게 늘어서 있었고, 좌우에는 구룡방의 여섯 방주가, 대전 입구를 제외한 둘레에는 구룡방 내전의 정예 고수 이백 명이 겹겹이 포위하고 있었다.

　아니, 무가내 일행이 대전으로 들어선 순간 그들에 의해서 입구까지도 완전히 봉쇄되고 말았다.

그리고 은기도와 양신웅 등 황룡표국의 표두와 표사들 오십여 명은 구룡방 사람들에 의해 모조리 불려 나와 태사의 왼쪽에서 오 장쯤 떨어진 곳에 마치 죄인인 듯 옹송그리고 모여 있었다.

그들은 무가내가 나타났는데도 천중검협과 구룡방 방주들 면전이라 드러내서 아는 체도 하지 못하고 복잡한 표정으로 그를 주시할 뿐이었다.

그런데 그 모습이 마치 잠시 후에 도살장에 끌려갈 가축처럼 더없이 초라하게 보였다.

그들의 얼굴에 떠올라 있는 것은 자포자기였다. 지금 이 순간 그들이 무가내에게 원하는 것은 없었다.

설마 천방지축 무가내가 천중검협과 정감단, 그리고 구룡방의 여섯 방주와 내전의 이백 정예 고수를 감당할 것이라고는 감히 생각할 수 없기 때문이었다.

"못 들었느냐? 일어나라!"

무가내가 천중검협을 주시하며 같은 주문을 했는데, 이번에는 조금 언성을 높였다.

그제야 중인은 자신들이 잘못 들은 것이 아니라는 사실을 깨달았다.

"이런 발칙한 놈!"

"이분이 누군 줄 알고, 이놈! 주둥이 닥치지 못하겠느냐?"

천중검협 좌우의 몇몇 구룡방 방주들이 잡아먹을 듯이 무가내를 쏘아보면서 으르딱딱거렸다.

태사의 왼쪽 끝에 약간 떨어져서 함초롬히 서 있는 자미룡은 착잡한 얼굴로 무가내를 바라보고 있었다.

하지만 무가내는 대전에 들어서서 지금껏 그녀에게 한 번도 시선을 주지 않았다.

아니, 자미룡의 눈길이 머문 곳에는 은예상이 있었다. 자미룡은 은예상을 바라보면서 자신이 한없이 초라하게 여겨지는 비애를 느끼고 있었다.

무가내는 자신이 두 번씩이나 요구했는데도 천중검협이 태사의에서 일어날 생각조차 하지 않자 은근히 부아가 치밀어 슬쩍 미간을 좁혔다.

"이봐, 영감. 이번에도 일어나지 않으면 허리를 부러뜨려서 영원히 일어나지 못하게 만들어주겠다."

하늘 높은 줄 모르고 기고만장 윽박지르는 무가내의 모습에 구룡방 방주들이 막 발작하려는 것을 천중검협이 손을 들어 만류했다.

천중검협은 무가내를 처음 보는 순간 그가 혈풍신옥일 것이라고 짐작했다.

또한 그가 구룡방 외전주와 천기표국 총표두를 죽이기는 했지만 극신도황 구양중겸을 죽일 만한 절세고수는 아니라고 판단, 아니, 확신했다.

그의 사람을 보는 안목은 정확하기로 무림에서 정평이 나 있다. 그런 그가 봤을 때 무가내가 구룡방 외전주와 정예 고 수들을 죽였다는 사실도 믿기 어려웠다.

그만큼 무가내는 별 볼일 없는 평범한 소년으로 보였다.

"소년, 어째서 노부에게 일어나라고 하는 것인가? 노부는 이곳에 앉을 자격이 없다고 생각하나?"

천중검협은 그것이 궁금했다. 또한 무가내가 무엇을 믿고 천둥벌거숭이처럼 윗사람을 몰라보고 나대는 것인지 이유도 알고 싶었다.

"그 자리는 장인어른의 자리다. 낯선 사람이 함부로 앉는 자리가 아니라는 말이다. 그러니 당장 장인어른에게 그 자리를 양보해라."

그러자 무가내는 마치 아이를 타이르듯 했다.

모두들 어이없는 표정을 지었지만 세 사람, 천중검협과 유 성검 화영, 그리고 자미룡은 진지했다.

"자네 장인어른이 누군가?"

무가내는 저만치에 겁에 질려 모여 있는 황룡표국 사람들 중에서 유달리 크게 당황하고 있는 은기도를 가리키며 당당 하게 말했다.

"저분이시다. 냉큼 양보해라."

천중검협은 잠시 은기도를 응시하더니 고개를 끄덕이면서 일어섰다.

"그렇군. 노부가 결례했네. 용서하게."

그의 행동에 구룡방 사람들은 크게 놀랐지만 함부로 나서지는 못했다.

그러나 그가 수양이 깊으며 매사에 공명정대하고 예의를 중시 여긴다는 사실을 잘 알고 있는 정감단 사람들은 그러려니 여겼다.

천중검협은 무가내에게 굽힌 것이 아니다. 그의 말이 옳다고 여긴 것이다.

무가내의 언행이 다소 불량하여 이소능장(以少凌長)한 것은 사실이지만, 객(客)이 찾아와 주인의 자리를 뺏어서 앉는 행위가 잘못이라고 인정한 것이다.

천중검협은 은기도를 손짓으로 불렀다.

"이리 와서 앉으시오."

"아, 아닙니다. 대협께서 좌정하십시오……."

무가내가 천중검협을 일어나라고 윽박지를 때부터 안절부절못하던 은기도는 연신 손사래를 치고 허리를 굽히며 어쩔 줄을 몰라 했다.

일개 표국주와 정협맹의 이십오맹숙 중 한 명이며 강소무림의 절대자인 천중검협의 신분적인 격차는 말 그대로 운니지차(雲泥之差), 구름과 진흙의 차이였다.

천중검협은 한 번쯤 사양을 했으니 자신의 할 도리는 다했다는 듯 다시 자리에 앉으려고 하는데, 무가내가 은기도에게 큰 소리로 외치는 바람에 주춤했다.

"장인어른! 당장 이리 와서 앉으시오! 내가 강제로 끌고 와야겠습니까?"

그의 말은 도저히 존장에 대한 말투라고 볼 수가 없었다. 차라리 명령이었다.

정협맹이나 구룡방 사람들은 어이없는 표정을 지었으나 무가내를 알고 있는 사람들은 개의치 않았다.

그렇지만 무가내의 거듭된 권유에도 은기도는 차마 따를 수가 없었다.

당금 무림의 스물다섯 개 거성(巨星) 중의 한 인물인 천중검협 앞에서 태사의가 제 자리랍시고 버젓이 앉을 용기가 그에게는 없었다.

그때 은예상이 여전히 무가내의 팔을 붙잡은 채 은기도를 보면서 장미 꽃잎 같은 입술을 열었다.

"숙부님, 자리를 내어주시면 다음에는 표국, 그다음에는 식솔들을 내어주시렵니까? 어서 와서 앉으세요."

그녀의 말은 비단 은기도뿐만 아니라 모든 사람의 마음을 크게 움직였다.

그러자 이번에는 석중명과 당경림이 우렁차게 외쳤다.

"좌정하십시오! 표국주!"

천중검협 등이 혈풍신옥에게 용건이 있어서 찾아온 것이지만, 바야흐로 사태는 은기도가 자신의 자리에 앉느냐 마느냐로 귀추가 주목되고 있는 상황이 되고 말았다.

뒤를 이어 양신웅과 황룡표국 표두, 표사들도 일제히 허리를 굽히며 종용했다.

"자리에 좌정하십시오! 표국주!"

결국 은기도는 순전히 타의에 의해서 태사의에 앉을 수밖에 없었다.

그러나 여좌침석(如坐針席), 바늘방석에 앉은 것처럼 불안하기 이를 데 없었다.

"아무래도 잘못 온 것 같으이."

천중검협이 떠날 의향을 보이면서 씁쓸하게 중얼거렸다.

무가내가 천방지축 버릇이 없기는 하지만 구양중겸을 죽였다고는 생각할 수가 없어서 헛걸음을 한 것이라 여겼다.

그는 구룡방으로 돌아가서 이 사건을 원점에서 다시 조사해야겠다는 생각을 하고 있었다.

정감단과 구룡방 방주들은 천중검협의 말뜻을 알아듣고 대전을 나갈 준비를 하기 시작했다.

"중명, 경림, 문을 닫아라."

"넷!"

그때 무가내가 불쑥 명령하자 석중명과 당경림이 부리나케 대전 입구로 달려가 굳게 문을 걸어 잠갔다.

정협맹과 구룡방 사람들은 그것이 무슨 의도인지 짐작조차 하지 못했다.

“이놈! 무슨 짓이냐? 너희 모두 이 안에서 떼죽음을 당하고
싶다는 뜻이냐?”

철검룡이 발을 구르면서 으름장을 놓았다. 그뿐만 아니라
모든 사람들이 무가내의 행동에 어이없는 표정을 지었다.

그러나 무가내는 철검룡은 무시한 채 천중검협 앞으로 두
걸음 더 다가가 멈추었다.

은예상은 그의 팔을 놓고 그 자리에 서 있었고, 냉운월과
석중명, 당경림이 그녀의 좌우와 뒤에 서서 호위하듯 했다.

그것은 누가 시킨 것도 아닌 자연스러운 행동이었다.

정협맹과 구룡방 사람들 중에서 긴장하거나 경계하는 사
람은 아무도 없었다.

무가내, 즉 혈풍신옥을 비롯한 황룡표국의 오십여 명 남짓
한 머릿수로 자신들을 어떻게 할 것이라고는 눈곱만큼도 염
려하지 않기 때문이었다.

그저 어떻게 하려는 것인지 두고 보자는 분위기였다.

무가내는 팔짱을 턱 끼고 천중검협을 똑바로 쳐다보면서
입을 열었다.

“너, 오늘 죽어야겠다.”

이상한 일은, 무가내가 입만 열었다 하면 모두들 자신의 귀
를 의심하면서 ‘설마’ 하는 표정을 짓는다는 사실이다.

워낙 허무맹랑하고 가당치도 않은 말을 하기 때문인데, 그
것은 지금도 예외가 아니었다.

무가내가 방금 그 말을 했을 때, 정협맹과 구룡방 사람들은 그가 미쳤거나 천중검협이 누군지 모르는 놈이라는 결론을 내려야만 했다.

그러지 않고서야 어떻게 천중검협 앞에서 그런 말을 할 수 있겠는가.

그래서 아무도 발작을 일으키거나 무가내를 꾸짖으려고 하지 않았다.

그러면서 그가 곧 뼈아픈 웅분의 대가를 치를 것이라고 믿어 의심하지 않았다.

천중검협은 아무나 찔러보고 들었다 놨다 할 수 있는 인물이 아닌 것이다.

천중검협은 위엄있는 표정으로 조용히 물었다.

"노부는 평생에 걸쳐서 죄를 짓지 않았다고 자부하는데, 과연 노부가 죽어야 하는 이유가 무엇인가?"

그는 이곳에 있는 많은 사람들의 이목 때문에 화를 내지 않는 것이 아니다.

화를 낼 만한 일이라면 누가 있더라도 낼 테지만, 지금은 그보다 무가내가 그렇게 말하는 이유가 궁금했다. 화를 내는 것은 그다음이라도 늦지 않았다.

무가내는 팔을 쭉 뻗어 손가락 두 개를 천중검협의 얼굴 앞에 펼쳐 보였다.

"두 가지 이유가 있다. 첫째, 너는 내 친구들을 불구로 만든 놈들 중 하나다. 그래서 죽어야 한다. 둘째, 너는 제이차 혼천대전 당시에 사마총혈계를 배신한 정협맹의 우두머리들 중 한 명이다.”

무가내가 엄청난 내용의 말을 했는데도 천중검협은 눈빛이 가볍게 흔들렸을 뿐이다. 하지만 내심으로는 가슴이 뜨끔! 할 정도로 적잖이 놀랐다.

“음, 좀 더 구체적으로 설명해 주겠나? 자네 친구들은 누구고, 제이차 혼천대전 때 노부가 어떻게 사마총혈계를 배신했다는 말인가?”

그는 적잖이 놀랐지만 무가내가 수박 겉핥기식으로 어디선가 무슨 얘기를 약간 듣고 와서는 시비를 걸고 있는 것이라고 생각했다.

하지만 그는 너무 놀란 나머지 착각을 했다. 방금 전에 무가내가 말한 내용은 누군가 단지 수박 겉핥기식으로 알고 있다는 사실만으로도 정협맹이 뿌리부터 송두리째 흔들릴 만한 굉장한 사건이 될 수 있었다.

무가내는 미간을 좁혔다.

문득 중상을 입은 네 마물이 천중검협을 비롯한 열다섯 명에게 협공을 당해서 불구가 됐다는 생각을 하자 마치 자신의 일인 양 분노가 솟구쳤다. 지금과 같은 분노는 무가내 자신도 예상하지 못했던 일이었다.

그는 오악도를 떠나기 전날 네 마물을 불구로 만든 자들을 찾아내서 복수를 해주겠다고 말했고, 그래서 그들에게 하나의 이야기를 듣게 되었다.

자초지종, 모든 전말이 아니라 네 마물 자신들이 불구가 됐던 상황만 뚝 떼어내서 단편적인 설명을 해준 것이다.

그렇지만 그것만으로도 무가내를 분노하게 만들기에 부족하지 않았다.

그때 무가내의 눈에서 일순 새파란 안광이 번쩍 뿜어졌다가 스러졌다.

그 눈빛은 바로 앞에 있는 천중검협과 그의 뒤에 서 있던 화영만이 발견할 수 있었다.

두 사람의 표정이 가볍게 변할 때, 무가내가 이를 갈 듯이 조용한 어조로 중얼거렸다.

"별유선당(別有仙堂)이라고 말하면 알겠느냐?"

"……!"

이번만큼은 천중검협의 얼굴에 적이 놀라움이 떠올랐다. 그가 수양이 깊은 인물이라는 것을 감안한다면, 몹시 놀란 것이라고 할 수 있었다.

과거 정협맹은 제이차 혼천대전에서 승리한 사마총혈계의 대마종과 사대종사를 죽이기 위해서 별유선당이라는 곳으로 유인, 정협맹을 이끄는 열다섯 명이 협공을 가했었다.

이 사실은 대마종과 사대종사, 그리고 정협맹의 열다섯 명 외에는 아무도 모른 채 이십여 년 동안 비사(秘史) 속에 깊숙이 묻혀 있었다.

무가내는 천중검협을 쏘아보면서 두 번째 이유를 말했다.

"이십 년 전 대천신등이 중원무림을 침공했을 때, 네놈들은 정협맹을 만들어서 대항했지만 여지없이 패하고 말았다."

그것이 제일차 흔천대전이었다.

"그래서 사마총혈계의 대마종에게 도와달라고 요청을 했었지. 그때 대마종은 한 가지 조건을 달았다. 만약 사마총혈계가 대천신등을 물리치면 사마총혈계를 무림의 한축으로 인정해 달라고 말이다. 사마총혈계는 이미 무림의 한축이었는데 너희들이 인정하지 않았기 때문에 사실 그것은 별로 어려울 것 없는 조건이었다."

지금 그가 하는 말은 전부 균현에게 들은 얘기다. 그것을 토씨 하나 틀리지 않고 고스란히 천중검협에게 옮기고 있는 중이었다.

그가 이 말을 하는 이유는 두 가지다.

첫째, 오악도의 네 마물과 균현의 말을 두루 들어본 연후에 네 마물이 사마총혈계의 사대종사가 분명하다고 판단했기 때문이다.

그것은 곧 그들 네 마물이 정협맹에게 배신당해 공격을 받았다는 뜻이다.

둘째, 무가내는 어제 천하쟁패를 해보겠다고 결심을 했다.

사내대장부로서 중원에 나와 유람이나 하면서 소일하느니

무엇인가 큰 야망을 이루어보겠다는 생각에서였다.

그 야망을 이루는 데 가장 큰 걸림돌이 바로 정협맹이다. 그래서 지금 순전히 시비를 걸고 있는 것이었다.

대전에 있는 사람들은 지금 무가내가 하는 말에 어리둥절한 표정이었다. 생전 처음 듣는 내용이기 때문이었다.

무가내는 천중검협을 벌레를 보듯 주시하면서 말을 이었다.

"궁지에 몰려 있었던 정협맹은 사마총혈계의 네 개 파, 즉 사독요마를 구파일방과 같은 반열로 받아들여 십삼파일방으로 인정해 주겠다는 제안까지 했었다."

천중검협의 얼굴에 놀라움이 떠올라 있었다. 지금 그는 무가내의 말에 너무 큰 충격을 받았기 때문에 표정을 관리해야 한다는 사실조차 잊고 있었다.

"그런데 너희는 어떻게 했느냐? 사마총혈계가 팔만여 정예 고수를 거의 잃다시피 하면서 제이차 혼천대전에서 승리하여 대천신등을 물리치고 나자 그들과의 약속을 지키기는커녕 오히려 탕마령이란 것을 발동하여 사마총혈계의 남은 세력들을 소탕하려 들지 않았었느냐?"

구룡방과 황룡표국, 심지어 정협맹 정감단 고수들마저 크게 놀라서 천중검협을 주시하고 있었다.

그들의 눈빛이 묻고 있었다, 무가내의 말이 사실이냐고.

무가내는 오악도의 네 마물에게 자신들이 어떻게 당했는

지에 대해서 들었고, 균현에게는 사마총혈계가 정협맹에게 배신을 당했던 일을 소상하게 들었다.

무가내가 바보가 아닌 이상 뿌리가 하나인 같은 맥락의 두 사건을 하나로 연결하여 해석하는 것은 별로 어려운 일이 아니었다.

그는 정협맹이 사마총혈계와의 약속을 지키는 대신 대마종과 사대종사를 별유천지라는 곳으로 유인, 협살(挾殺)하려 했을 것이라고 추리했다.

사대종사를 죽이려고 한 정협맹이 사마총혈계의 절대자인 대마종을 빼놓았을 리가 없다.

그래서 무가내는 정협맹이 대마종을 포함한 다섯 명을 협살하려고 음모를 꾸몄을 것이라고 판단했다.

천중검협은 너무 놀라서 일순간 아무 말도 하지 못한 채 무가내를 쳐다보기만 했다.

그의 놀라는 표정이나 침묵은 무가내의 말을 인정한다는 모습으로 비추어졌다.

"사마총혈계가 변방의 대천신등과 내통, 결탁하여 중원무림을 제패하려는 것을 불도진명계와 강호유림계가 연합해서 결성한 정협맹이 쳐부쉈다는 것이 우리가 알고 있는 중원무림의 역사예요. 그렇다면 그것이 사실이 아니었나요?"

그때 한쪽 끝에서 내내 침묵하고 있던 자미룡이 냉정한 표정과 목소리로 천중검협을 주시하며 말문을 열었다.

모든 사람들의 시선이 자미룡에게 집중됐다.

그러나 그녀는 개의치 않고 힐책하듯이 말을 이으면서 무가내와 천중검협 쪽으로 천천히 걸어왔다.

"그런데 사마총혈계가 대천신등을 쳐부수어 몰아냈으며, 그런데도 불구하고 정협맹이 그들과의 약속을 지키지 않고 오히려 탕마령을 발동하여 지난 이십 년 동안 사마총혈계를 토벌해 왔다니, 만약 그게 사실이라면 정협맹은 천하무림을 능멸하고 속인 협잡꾼의 집단이에요!"

그녀의 말은 통렬하고 날카로웠다. 그것은 무가내가 하고 싶은 말이었지만, 그는 말주변이 없었고 그런 말은 균현에게 배우지 않았다.

천중검협은 여전히 아무 말도 하지 못했다. 그는 이십 년 전에 별유선당에서 대마종과 사대종사를 협살하는 사건에 가담했지만 그것은 자신의 뜻이 아니었다.

또한 대천신등을 몰아낸 사마총혈계를 배신하고 오히려 탕마령을 발동할 때에도 그는 반대하는 입장이었다. 그런 일은 그의 신조에 위배되는 일이었기 때문이다.

그렇지만 어쨌든 그는 정협맹의 핵심 인물로서 그 일에 대해서 책임을 통감하고 있었다.

그는 거짓말을 하지 못하는 성품이다. 더구나 소위 무림의 명숙이라는 거물들은 거짓말을 하지 않는다.

오랜 세월 동안 만인 위에 군림하다 보면 자연히 몸에 배는

습관인 것이다.

권력과 힘을 동시에 지니고 있기 때문에 굳이 거짓말을 할 필요가 없는 것이다.

꼭 거짓말을 해야 할 경우에는 힘으로 눌러 버리면 된다. 그래서 무림의 법은 강자의 법이다.

자미룡은 무가내의 말에 큰 충격을 받았다. 그래서 진실을 알고 싶었다.

그녀는 천중검협 앞에 그를 마주 보고 오만한 자세로 섰다. 그러다 보니 천중검협과 마주 서 있는 무가내 옆에 서게 되었다.

"말씀해 보세요. 그것이 사실인가요?"

거짓말을 못하는 천중검협은 차라리 침묵을 했다.

그때 뒤늦게 사태를 수습하려는 철검룡이 자미룡을 꾸짖었다.

"칠방주! 대협께 무슨 무례인가? 어서 사과드리게!"

"흥! 대협이 대답을 못하는 것으로 봐서는 사실인 것 같군요! 그렇다면 나는 중원삼십육태두의 하나인 구룡방에 더 이상 있기 싫어요! 구역질나요! 사부님도 사마총혈계를 배신한 자들 중의 한 사람이었을 테니까요!"

철검룡의 꾸짖음에도 자미룡은 오히려 구룡방에서 탈퇴할 것을 선언해 버렸다.

그제야 중인은 그녀가 무가내 곁에 서 있는 것이 무심결이 아니라 의도적이었다는 사실을 깨달았다.

무가내는 자미룡의 행동을 개의치 않고 천중검협을 똑바로 주시했다.

"너만 죽으면 이곳에 있는 다른 사람은 해치지 않겠다."

무례하면서도 광오한 약속이었다.

천중검협은 무가내의 눈에서 시퍼런 안광이 넘실거리는 것을 발견하고 움찔 자신도 모르게 몸을 떨었다.

그는 일신에 가공한 내공을 지니고 있어야만 그런 눈빛을 지닐 수 있다는 사실을 알고 있다.

그리고 그는 이십 년 전에 그런 눈빛을 갖고 있었던 한 인물을 만난 적이 있었다.

바로 대마종 마군황이었다.

"더 이상 두고 볼 수가 없구나!"

창!

그때 철검룡이 느닷없이 검을 뽑으면서 곧장 무가내를 공격해 갔다.

그와 함께 좌우에 있던 두 명의 방주도 일제히 도검을 뽑아 공격에 합세했다.

철검룡은 바보 천치가 아니다.

혈풍신옥이 구방주 쇄금룡을 단지 반탄지기만으로 중상을 입혔다는 사실을 알고 있기 때문에 혼자 상대하려는 우를 범하지 않고 사전에 전음으로 두 방주에게 지시하여 합공을 펼친 것이다.

자신 혼자서도 충분히 무가내를 제압할 수 있다고 믿지만 만전을 기하기 위해서였다.

"어딜!"

그러자 자미룡이 발끈하여 무가내의 앞을 가로막으면서 허리춤의 채찍을 펼쳐 들었다.

그녀는 무가내를 보호해야 한다는 일념 때문에 지금 공격해 오는 세 명의 방주 중에서 자신이 한 명조차 상대하지 못한다는 사실마저 망각했다.

그녀의 그런 돌발적인 행동은 아무도 예상하지 못했으며, 왜 그러는 것인지도 알지 못했다.

"우욱……!"

"크으으……."

그런데 공격해 오던 철검룡과 두 명의 방주, 그리고 막아선 자미룡까지 동시에 크게 비틀거리면서 신음을 토해내는 것이 아닌가.

그들 네 사람은 몹시 고통스러운 듯 목과 가슴을 움켜잡으면서 비틀거리다가 급기야 모두 그 자리에 주저앉더니 입에서 왈칵 검붉은 핏덩이를 토해냈다.

그런가 하면 겉으로 드러난 얼굴과 손이 빠르게 짙은 검푸른색으로 변해갔다.

그것은 어느 누가 보더라도 독에 중독된 증상이 분명했다.

실내의 모든 사람들은 극도로 경악하여 크게 동요했지만 어느 누구 하나 중독된 사람들에게 다가서지 않았다.

오히려 슬금슬금 그들로부터 멀어졌다. 자신들도 중독될까 봐 두려웠던 것이다.

그러나 천중검협과 화영, 정감단 고수들은 그 자리에서 한 걸음도 움직이지 않았다.

사람들은 놀라서 주위를 두리번거렸다. 누가 독을 풀었는지 찾으려는 것이지만 아무도 뜻을 이루지 못했다.

무가내가 독을 풀었을 것이라고 생각하는 사람은 아무도 없었다.

그는 대전 안 모든 사람들의 시선을 집중적으로 받고 있었으며, 독을 푸는 듯한 어떠한 동작도 취하지 않았다.

중독된 네 명은 그 자리에 가부좌의 자세로 앉아 독을 몰아내기 위해서 운공을 하려고 했다.

그런 행동은 중독되었을 때 취하는 가장 기본적인 상식이고, 빨리 운공을 할수록 해독할 가능성이 높았다.

"진아, 운공하지 마라."

자미룡이 막 공력을 끌어올리려고 할 때 머릿속이 웅웅 울리면서 누군가의 음성이 들렸다.

그것은 귀를 통해서 전해지는 전음입밀의 수법이 아니라 뇌가 자신의 몸에게 명령을 내리는 듯한 느낌이었다.

자미룡은 즉시 운공을 중지했다. 하지만 일어나지 않고 그

자리에 가만히 앉아서 눈을 감았다.

그녀는 방금 뇌를 울린 음성의 주인이 무가내라는 것을 즉시 알아차렸다.

그리고 반사적으로 무가내가 독을 풀었을지도 모른다는 짐작을 했다.

그래서 그를 쳐다보지도, 일어서지도 않은 것이다. 자신의 섣부른 행동 때문에 그의 계획이 잘못될지도 모른다는 우려 때문이었다.

사실 무가내는 조금 전 말을 마친 직후에 은예상과 냉운월 등 네 사람, 그리고 황룡표국 사람들에게 전음을 보내 열 호흡 동안 숨을 멈추고 있으라고 미리 언질을 주고 나서 쥐도 새도 모르게 대전 전체에 독을 풀었다.

그의 능력으로 한꺼번에 많은 사람들에게 전음을 보내는 것은 그다지 어려운 일이 아니다.

또한 만독불침지신이며 체내에 백여 종류의 무서운 극독을 지니고 있는 그가 무색무취의 절독을 푸는 일쯤은 아무것도 아니었다.

그러나 무림에서 독은 금기시, 사갈시되어 있다. 정정당당하게 무공 실력으로 대결을 해야지, 독을 사용한다는 것은 비겁한 짓이며 잔인한 행위이기 때문이다.

그런 이유 때문에 무림에서는 아예 독인(毒人)들을 무림인으로 인정하지도 않는다.

　그러나 황룡표국 사람들은 무림에 대해서 아무것도 모르는 무가내를 이해했다.

　또한 은예상과 냉운월 등은 무가내가 무슨 짓을 하더라도 맹목적으로 지지할 준비가 되어 있었다.

　더구나 황룡표국 사람들은 무슨 짓을 해서라도 이 난관을 타개하고 싶은 간절한 마음이었기에 독이 아니라 그보다 더한 것을 사용해도 상관이 없다는 생각이었다.

　그때 구룡방 방주 중 한 명이 무가내를 쏘아보며 날카롭게 외쳤다.

　"네가 독을 썼느냐?"

　무가내는 태연히 고개를 끄덕였다.

　"응."

　"독을 쓰다니, 네놈이 그러고도 무림인이냐?"

　"난 무림인 아니다."

　"그럼 뭐냐?"

　"나는 무가내야."

　무가내의 태연한 대답.

　무가내에게 소리쳤던 방주는 본전도 건지지 못하고 분노로 얼굴이 붉으락푸르락했다.

　"크윽!"

　"와악!"

　그때 운공을 하고 있던 철검룡과 두 명의 방주가 갑자기 검은 핏덩이를 토해내더니 픽픽 쓰러졌다.

그들 세 명은 쓰러진 채 눈을 허옇게 까뒤집고 온몸을 격렬하게 떨더니 곧 잠잠해졌다.

그것으로 끝이었다.

완전히 숨이 끊어진 것이다. 그들의 입과 코, 눈, 귀에서 검은 핏물이 꾸역꾸역 흘러나왔고, 핏물에서는 토악질 나는 악취가 진동했다.

갑자기 대전 안이 고요해졌다. 절반은 공포에 질렸고, 나머지 절반은 분노에 떨었다.

그렇지만 정협맹과 구룡방 사람들은 무가내가 도대체 언제 독을 썼는지 그 누구도 알지 못했다.

더구나 철검룡과 두 명의 방주가 자신을 공격할 것이라는 사실을 어떻게 알고 그들만 골라서 독을 썼는지 귀신이 곡할 노릇이었다.

그들은 그것 때문에 또 다른 두려움에 휩싸인 채 무가내를 뚫어지게 주시하면서 그의 조그만 동작 하나에도 촉각을 곤두세웠다.

그러면서 그들은 바닥에 앉아 있는 자미룡을 힐끔거렸다.

철검룡 등과 같이 중독되어 운공을 하고 있던 그녀는 멀쩡했기 때문이다.

자미룡은 철검룡 등이 비명을 지르면서 쓰러질 때 깜짝 놀라서 눈을 떴다.

그녀는 더 이상 앉아 있을 필요를 느끼지 못하고 일어나서 무가내 옆에 다소곳이 섰다.

그때 천중검협이 진중한 어조로 무겁게 입을 열었다.

"모두 운공조식을 하지 마시오. 운공을 하면 체내의 독이 발작할 것이오."

그는 아무래도 이상해서 선 채 슬쩍 운공을 해봤다가 자신이 이미 중독된 사실을 깨달았던 것이다.

고수들은 웬만한 독은 운공을 해서 몰아낼 수 있는데, 절독은 그렇지가 않다.

그것은 운공을 하면 오히려 더 빠르게 독기를 체내에 퍼뜨린다. 그래서 절독인 것이다.

천중검협의 말에 좌중은 또 다른 두려움에 휩싸였다. 여기저기에서 공포와 분노가 뒤섞인 거친 숨소리만이 들릴 뿐, 아무도 움직이지 않았다.

"크으으……."

"우욱……!"

그때 대전을 포위하고 있던 구룡방 고수들 이백 명 중에서 삼십여 명이 조금 전에 철검룡 등이 그랬던 것처럼 칠공에서 피를 쏟으면서 풀썩풀썩 쓰러졌다.

그들은 두려움과 극도의 긴장 때문에 천중검협의 경고에도 불구하고 조심스럽게 운공을 해보다가 체내에 스며들어 있던 독이 발작한 것이다.

그들은 쓰러져서 잠시 동안 데굴데굴 구르기도 하고 몸을 떨면서 처절한 비명을 지르다가 곧 잠잠해졌다. 죽은 것이다.

그렇지만 정협맹 정감단 고수들은 단 한 명도 운공을 하지 않았다. 그만큼 명령 체계가 확고하다는 뜻이다.

삼십여 명이 순식간에 떼죽음을 당했다. 그것도 언제 어떻게 중독됐는지도 모르는 사이에 말이다.

좌중에는 일곱 사람, 천중검협과 유성검 화영, 은예상과 냉운월을 비롯한 세 명, 그리고 자미룡을 제외한 모든 사람들이 공포에 질려 있었다.

황룡표국 사람들이라고 해도 예외는 아니었다. 그들은 중독되어 한꺼번에 삼십여 명이 피를 토하고 죽는 광경을 난생처음 보았다.

천중검협은 무림이 인정하는 거물 중에 거물이고, 화영은 사내 중에 사내다.

그렇기에 두 사람은 지금처럼 막바지에 몰린 상황에서도 의연할 수 있는 것이다.

더구나 천중검협은 삼 갑자에 이르는 내공으로 암암리에 해독을 시도하고 있었다.

다른 사람들에게 운공을 하지 말라고 한 것은 그들이 내공으로 독을 몰아낼 만한 수준이 못 되기 때문이었지만, 그는 자신이 있었다.

강호의 온갖 경험을 두루 겪어본 그는 과거에도 몇 차례 중독됐던 적이 있었다.

하지만 그때마다 운공으로 독을 몰아냈기에 지금도 그럴 수 있을 것이라고 확신했다.

또한 해독한 후에 무가내를 제압하여 정협맹으로 압송해야겠다고 생각을 바꾸었다.

은예상과 냉운월, 자미룡 등은 무가내를 믿기 때문에 느긋할 수 있지만 화영은 아니다.

그가 추호의 표정 변화도 없이 당당할 수 있는 것은 순전히 그의 두둑한 배짱과 기개 때문이었다.

주르르…….

그때 묵묵히 서 있던 천중검협의 입가에서 갑자기 가느다랗고 검붉은 핏물이 흘러내렸다. 그와 함께 상체가 가볍게 앞뒤로 휘청거렸다.

운공으로 해독을 하려다가 실패한 것이다. 그가 중독된 독은 지금껏 그가 경험한 것과는 전혀 다른 종류였다.

천중검협 뒤에 장승처럼 서 있는 화영은 비틀거리는 그를 보고 그가 해독을 하다가 잘못됐음을 직감했다.

그것을 보고 무가내가 어깨를 흔들면서 득의하게 웃었다.

"클클클! 극정절독(極精絶毒)을 해독하려면 최소한 사 갑자 내공이 있어야 한다. 너, 영감탱이는 그 정도 내공은 없는 것 같구나."

"극정절독……."

천중검협이 크게 놀라 입을 벌리면서 무가내를 쳐다보았다.

극정절독이 천하십대절독(天下十代絶毒) 중의 하나이며, 저 유명한 독망계의 절대자인 만독신군의 성명절독이라는 사실은 웬만한 무림인이라면 거의 알고 있다.

은예상과 냉운월, 석중명, 당경림을 제외한 모든 사람들이 적잖이 놀라는 얼굴로 무가내를 쳐다보았다.

"너는… 만독신군과 어떤 관계냐?"

천중검협이 놀라움을 감추지 못하는 얼굴로 물었다. 여태 무가내를 '자네' 라고 부르다가 '너' 라고 바뀌었다.

또한 그는 말을 하는 중에도 입에서 꾸역꾸역 검붉은 피가 흘러나왔다.

"친구야."

무가내는 히죽 웃었다.

'친구' 라는 말이 모두의 귀에는 '만독신군의 제자' 라는 소리로 들렸다.

차앙!

순간 그 누구도 예상하지 못했던 일이 벌어졌다. 천중검협이 전광석화처럼 어깨의 검을 뽑는 것과 동시에 곧장 무가내의 머리를 세로로 쪼개어간 것이다.

두 사람의 거리는 겨우 네 걸음 정도에 불과했다. 그러므로 천중검협 정도의 절정고수가 전력을 쏟아내어 공격을 하면 무가내가 제아무리 용빼는 재주가 있어도 절대 피하지 못할 것이라고 모든 사람들은 예상했다.

그러나 그들의 예상은 철저하게 빗나갔다. 혈검, 즉 삼절마제의 삼절 중에는 신절이 들어 있다.

그의 보법인 귀영미리보(鬼影迷離步)를 전개한다면 무가내는 천중검협의 공격을 충분히 피하고도 남는다.

그러나 그는 피하지 않았다.

"앗! 풍 가가!"

"악! 가가!"

"상공!"

"수석 표두!"

무가내와 가장 가까이에 있던 은예상과 자미룡, 냉운월, 석중명, 당경림이 동시에 제각각의 호칭으로 비명처럼 외치며 대경실색했다.

꽝!

"흐악!"

다음 순간 고막을 떨어 울리는 폭음과 처절한 비명성이 동시에 터져 나왔다.

그리고 사람들은 하나의 시뻘건 고깃덩이가 허공에 피를 무지개처럼 쫙 뿌리면서 일직선을 그으며 날아가는 광경을 멍한 표정으로 쳐다보고 있었다.

방금 사람들은 마치 환상 같은 것을 목격했다.

공격해 가던 검이 무가내의 머리에 닿는 순간 철벽에라도 부딪친 것처럼 거세게 튕겨지는 것과 그 순간 검을 잡고 있던 천중검협의 온몸이 찰나지간에 짓뭉개져서 시뻘건 고깃덩이로 변하여 튕겨 날아가는 광경을 말이다.

펙!

천중검협, 아니, 커다란 고깃덩이는 대전을 가로질러 칠팔 장이나 날아가 맞은편 벽에 부딪치면서 들러붙었다.

그것은 더 이상 사람의 형상을 지니고 있지 않았다. 어디가 머리고 팔다리인지 구분할 수조차 없었다.

잘 다져진 커다랗고 시뻘건 고깃덩이가 벽에 붙어 있는데, 그 복판에 한 자루 검이 거꾸로 박혀 있었고, 칼날에서 피가 뚝뚝 떨어졌다.

조금 전까지 그 고깃덩이는 정협맹 이십오맹숙의 한 명이며, 강소무림의 절대자 천중검협이라는 이름을 갖고 있었다.

화영은 벽에 붙은 고깃덩이를 아연실색한 표정으로 쳐다보았다. 그는 방금 자신의 눈앞에서 순식간에 벌어진 일을 믿을 수가 없었다.

무가내는 손 하나 까딱하지 않고 가만히 서 있는데 어떻게 공격하던 천중검협이 그냥 죽는 것도 아니고, 핏덩이로 짓뭉개질 수가 있다는 말인가?

화영은 미처 무가내가 금강불괴지체일 것이라는 것까지는 생각해 내지 못했다. 그만큼 금강불괴지체는 현실과 많이 동

떨어진 것이다.

대전 안에는 칠흑 같은 어둠보다 더 짙고, 심해보다 더 깊은 침묵과 북해의 한풍보다 더 싸늘한 공포가 감돌았다.

무가내를 제외한 모든 사람들이 극한의 공포에서 자유롭지 못한 상태가 되었다.

"너."

그때 공포의 주체인 무가내가 턱을 슬쩍 들어 올려 화영을 가리켰다.

그 바람에 사람들은 깜짝 놀라서 움찔움찔 몸을 떨었다.

그러나 정작 당사자인 화영은 당당하게 우뚝 선 채 추호도 겁먹지 않은 얼굴로 무가내를 마주 쳐다보았다.

"사내다운 놈이구나. 이름이 뭐냐?"

전혀 예상치 않게도 무가내가 벙긋 미소를 지으면서 물었다. 그는 처음부터 화영의 범상치 않은 모습을 줄곧 지켜봤었고 또 마음에 들어했다.

호한식호한(好漢識好漢)이라, 즉, 영웅이라야만 영웅을 알아본다는 것이다.

"나는 정협맹 풍정감단을 맡고 있는……."

"그냥 이름만 말해라."

"화영이다."

무가내는 고개를 끄덕였다.

"너 같은 사내를 죽이는 것은 아까운 일이다. 가거라."

여태 한 번도 변하지 않았던 화영의 얼굴에 움찔 가벼운 놀라움과 의아함이 동시에 떠올랐다.

그리고 대전 내에 있던 사람들은 무가내의 느닷없는 말에 크게 놀랐다.

화영은 굳은 얼굴로 무가내를 쏘아보았다. 그의 얼굴에는 수치와 분노가, 그리고 무가내의 본심이 무엇인지 알아내려는 고심이 범벅이 되어 떠올라 있었다.

그러나 지금 같은 상황에서는 무가내의 말을 액면 그대로 믿을 수밖에 없었다.

무가내가 화영을 살려줘서 추호도 이득을 얻을 만한 것이 없기 때문이다.

그렇지만 화영은 능력도 안 되고, 중독까지 된 극도로 불리한 상황에서 천중검협의 복수를 한답시고 객기를 부릴 정도로 우매한 사람이 아니다.

화영은 잠시 동안 입을 악문 채 분노와 수치심을 삭였다.

"무슨 뜻이냐?"

"살려주겠다는 것이다. 너는 지금 네 수하들을 데리고 여길 떠나도 좋다."

무가내의 말대로 하자면 조건없이 놔주겠다는 것이다, 단지 화영의 사내다움이 마음에 든다는 이유만으로.

자신도 살고 수하들도 무사히 데리고 떠날 수 있으니 화영으로서는 최상의 상황이다.

정감단 고수들은 평소에 고도의 수련과 수양을 쌓았기 때문에 어떤 상황에서도 흔들림이 없지만 지금은 상황이 다르다. 그들의 얼굴에는 어서 이곳을 벗어났으면 하는 간절함이 떠올라 있었다.

화영은 수하들의 심정을 십분 짐작하고 또 이해하고 있지만 쉽사리 이곳을 떠나기가 어려웠다. 그러기에는 그의 자존심이 너무 큰 상처를 입었고, 천중검협의 죽음을 모른 체할 수가 없었다.

평소 냉철했던 그의 수양과 이성은 지금 이 순간 심하게 금이 가고 있었다.

그는 냉엄한 표정과 눈빛으로 무가내를 쏘아보았다.

"너의 정체는 무엇이냐?"

"나는 무가내야."

"나를 희롱하는 것이냐?"

정체를 물었는데 이름을 말한다. 더구나 천하에 '무가내'라는 이름 같은 것은 없다.

그것은 지독하게 고집이 세다는 말뜻인데, 어찌 사람이 그런 이름으로 불릴 수 있겠는가.

"천만에, 나는 너 화영이 마음에 들었다. 그러니까 널 희롱할 생각은 없어. 내 이름은 무가내가 맞다."

어차피 지금 이곳에서 벌어지고 있는 일들이 전부 믿어지지 않는 것뿐이다. 그러니 상대방의 이름이 '무가내' 라고 하면 어떻고 아니면 또 어쩌랴.

화영은 지그시 이를 악물었다.

"나를 해독시켜 다오. 그리고 너와 한번 싸워보고 싶다."

무가내는 감탄을 터뜨리면서 손을 뻗어 화영을 가리켰다가 거두었다.

"오오! 정말 너는 사내답구나!"

무가내는 진심으로 감탄한 것이지만, 그것이 화영을 더욱 비참하게 만들어서 분노를 들끓게 했다.

"언제든지 덤벼보아라."

무가내가 고개를 끄덕이자 화영은 목에 핏대를 세웠다.

"나를 해독시켜 줘야 할 것 아니냐?"

무가내는 빙그레 미소 지었다.

"너와 네 수하들은 이미 해독됐다."

화영과 정감단 고수들은 깜짝 놀라 조심스럽게 운공을 해보고는 체내에 추호의 독도 남아 있지 않다는 사실을 확인하고 더욱 놀랐다.

화영은 무가내가 조금 전에 감탄을 하면서 자신에게 팔을 뻗었다가 거두었던 사실을 기억해 냈다.

해독을 시켰다면 그때뿐인데 어떻게 팔을 뻗었다 거두는 간단한 동작만으로, 또한 그토록 신속하게 해독을 시킬 수 있는 것인지 믿어지지가 않았다.

그렇다면 아예 처음부터 화영과 정감단 고수들을 중독시

키지 않은 것인가, 라는 의문이 들 수도 있지만 그런 것은 아닌 듯했다.

천중검협과 구룡방 사람들을 모두 중독시켰는데 어째서 그들만 놔두었겠는가.

화영은 천천히 걸음을 옮겨 무가내의 다섯 걸음 앞에 우뚝 마주 섰다.

그는 묵묵히 무가내를 응시했다. 조금 전까지만 해도 그를 악마의 화신 정도로 여겼는데, 방금 전에 화영 자신과 수하들을 놓아주겠다면서 서슴없이 해혈을 해주는 것을 보고 약간 심경의 변화가 일어났다.

솔직히 화영은 무가내가 자신이 속해 있는 정협맹의 어떤 인물보다도 사내답다고 생각했다.

무가내 쪽에서 본다면 정협맹은 제이차 흔천대전 이후 중대한 약속을 위반한 배신자이고, 천중검협 등은 그의 친구들을 협공한 원수들이다.

그러므로 그가 정협맹을 적대시하고 천중검협을 죽인 것은 조금도 도리에 어긋나는 일이 아니다. 오히려 원수를 갚은 것이다.

그러나 화영은 정협맹의 수하다. 아니, 그 이전에 정의를 수호하여 중원무림에 평화를 심겠다는 것이 그의 목표다.

그런 시각으로 봤을 때에 화영에게 무가내는 명백한 적이다.

　조금 전 그의 폭로에 천중검협이 당황하여 대답을 못하는 것을 화영도 똑똑히 봤다.

　그것은 무가내의 말을 시인한 것이나 다름이 없다. 하지만 아직 명확하게 밝혀진 것은 아니다.

　화영은 막연한 심중만 갖고 자신이 몸을 담고 있는 정협맹을 배신할 사람이 아니다.

　그리고 무엇보다 중요한 사실은 지금 그가 자존심을 크게 다쳤다는 사실이다.

　"공격하겠다. 준비하라."

　지그시 이를 악문 화영은 무가내에게서 시선을 떼지 않은 채 공격할 자세를 취했다.

　그는 무가내의 무위를 직접 보지 못했지만 자신이 그의 상대가 되지 못할 것이라고 예상했다.

　그렇다고 이대로 물러날 수는 없었다. 물러나면 목숨은 건지겠지만 목숨보다 더 중요한 명예를 잃게 된다.

　어쩌면 죽을힘을 다 쏟아낸다면 무가내를 제압할 수 있을지도 모른다. 무가내만 제압하면 모든 것이 원활하게 해결될 것이다.

　화영은 평소 자신의 무위에 대해서 대단한 자부심을 지니고 있으며, 사부나 몇몇 무림 명숙을 제외하고는 패배해 본 적이 없었다.

　"준비 같은 것은 안 해도 된다."

무가내의 솔직한 말이었지만 그것은 끝까지 화영의 속을 긁어놓았다.

'이놈!'

차앙!

한순간, 이미 이 갑자 공력을 극한으로 끌어올리고 있던 화영은 쾌속하게 무가내를 향해 비스듬히 허공으로 쏘아가면서 어깨의 검을 뽑았다.

쐐애액!

아니, 뽑는 순간 이미 사문의 절기인 유성적하검(流星赤霞劍)이 전개됐다.

화영은 청성파(靑城派) 장문인의 대제자로, 청성파의 절기인 유성적하검에 통달했다.

청성파 개파 이래로 화영만큼 유성적하검을 완벽하게 전개하는 제자가 없다는 평판을 들을 정도였다.

물론 사부인 청성파 장문인 청운자(靑雲子)보다는 위력면에서 많이 떨어진다.

그것은 단지 청운자의 내공이 삼 갑자 반으로 화영보다 일 갑자 반이나 높기 때문이다.

화영의 두 발이 바닥에서 다섯 자 높이로 떠오른 상태에서 일도양단 검을 그어 내리자 일곱 줄기의 검기가 부챗살처럼 무가내를 향해서 뿜어져 나갔다.

일곱 줄기 모두 무가내의 전신 요혈을 노리고 쏘아가는데,

복판의 검기는 푸른색이며 가장 굵고, 좌우 여섯 개의 검기는 붉은색이며 손가락 굵기였다.

그 광경은 마치 붉은 노을이 깔린 석양을 한 줄기 유성이 가로지르는 것처럼 아름다웠다. 그래서 이름 하여 유성적하검인 것이다.

청운자는 실전됐던 유성적하검을 발굴, 재해석하여 완성시켜서 무림의 일절로 만들었다.

그런데 일곱 줄기 검기가 지척에 이르도록 무가내는 아무런 대응도 하지 않은 채 오히려 입가에 미소를 머금은 채 고개를 끄덕였다.

"예쁜 검법이로군!"

자신을 죽이려는 적의 검법더러 예쁘다니, 그 말 역시 화영의 자존심을 심하게 건드렸다.

그때였다.

콰아아!

화영은 자신의 뒤쪽에서 귀에 익은 거센 파공음을 들었다.

그러나 자신의 공격이 무가내의 반 장 거리까지 쇄도하고 있는 상황에서 뒤돌아볼 여유가 없었다.

아니, 굳이 뒤돌아보고 확인을 하지 않아도 그 파공음이 자신의 수하들, 즉 풍정감단 고수 이십여 명이 일제히 공격을 펼친 것이라는 사실을 직감할 수 있었다. 파공음만 들어도 알 수가 있다.

그들 딴에는 단주를 돕는다고 협공을 하는 것이리라. 하지만 그들은 자신들의 행위가 화영의 자존심에 치명타를 안길 줄을 예상하지 못했다.

평소 화영이 정의롭고 자존심이 강하다는 사실을 잘 알고 있는 수하들이었다.

하지만 지금은 상황이 상황인지라 일제히 합공을 하여 무가내를 쓰러뜨리려는 것이었다.

'이런……'

화영은 착잡함을 금치 못했다. 하지만 이미 엎질러진 물. 돌이킬 수는 없는 상황이었다.

그는 순간적으로 갈등했다.

초식을 거두어 그나마 한가닥의 양심과 정의를 지킬 것이냐, 아니면 수하들과 합공을 하여 무가내를 죽이거나 제압할 것인가 하는 것이었다.

그러나 그도 인간이다.

정의와 협의도 중요하지만, 소악마 같은 저자를 제압해서 무림의 화근을 초기에 제거하고 천중검협의 원수를 갚는 것이 더 중요할 수도 있다.

경달권변(經達權變), 그때그때 상황에 따라서 적당한 수단을 발휘하는 것은 지휘자의 덕목 중 하나이다.

찰나를 열로 쪼갠 짧은 순간 동안 고심을 하다가 결국 화영은 결심을 했다.

오늘의 일 때문에 후일 두고두고 자신이 괴로워하더라도 합공을 하여 무가내를 제압하기로.

화영을 비롯한 도합 스물한 명의 공격은 실로 무시무시한 합공이었다.

풍정감단 이십 명은 오랜 시간 동안 함께 숙식하면서 수련을 해왔기 때문에 거의 모든 동작을 마치 한 몸인 것처럼 구사할 수가 있다.

그들은 화영처럼 검기를 발출하지는 못하지만, 그 아래 단계인 검풍을 발출하여 무가내를 공격하고 있었다.

일곱 줄기의 검기와 이십 개의 검풍이 무가내 한 몸으로 쏟아져 가는 위력은 산악이라도 무너뜨릴 것처럼 가공했다.

은예상과 자미룡, 냉운월 등과 황룡표국 사람들은 만면에 경악지색을 떠올린 채 그 광경을 주시하고 있었다.

풍정감단 이십 명이 발출한 검풍은 눈에 보이지는 않지만, 그 기세만은 생생하게 느껴졌다.

살을 베고 뼈를 쪼개는 날카로운 예기가 대전 안에 가득 난무하고 있었다.

그들이 보기에 무가내는 이 합공에서 결코 무사하지 못할 것 같았다.

그러면서도 늘 그랬듯이 그가 이 난관도 타개해 줄 것이라 믿으려고 애썼다.

그러나 화영이나 풍정감단 고수들, 그리고 황룡표국 사람들까지 모두 잊고 있는 사실이 있다.

조금 전에 천중검협이 어떻게 하다가 죽었는지를 잠시 망각하고 있다는 사실이었다.

무가내는 금강불괴지체다.

이 갑자의 검기나 그보다 약한 검풍 따위로는 그의 머리카락 한 올조차 건드릴 수가 없다.

그러나 무가내는 금강불괴지체에 이 상황을 맡기고 싶지는 않았다.

스으으—

"……?!"

화영은 자신이 발출한 일곱 개의 검기가 무가내의 온몸에 작렬하려는 순간, 그가 갑자기 자신을 향해 유령처럼 쏘아오는 것을 발견했다.

화영은 자신이 헛것을 보는 듯한 착각을 느꼈다. 무가내가 그 자리에 그냥 서 있는 것 같기도 하고, 또한 자신을 향해 어둠처럼 슥 다가오는 것 같기도 했기 때문이다.

착시 현상 같았지만 그런 것 같지도 않았다.

무가내가 귀영미리보를 전개한 것이다.

화영은 자신의 필생 공격을 무가내가 오히려 마주 쏘아오는 무모한 동작으로 그처럼 간단하게 피하는 것을 목격하면서도 놀랄 여유조차 없었다.

무가내가 순식간에 자신의 코앞까지 쇄도하고 있는 것을

똑똑히 보고 있었기 때문이다.

무가내와 화영의 몸이 부딪치기 직전이었고, 두 사람의 얼굴이 불과 두 자 거리로 가까워졌다.

문득 화영은 무가내의 입가에 떠올라 있는 한줄기 흐릿한 미소를 발견했다.

잔인하기 그지없는 미소, 즉 살소(殺笑)였다.

화영의 온몸에 본능적인 소름이 쫙 끼칠 때,

쉬익!

무가내는 유령처럼 화영의 곁을 닿을 듯이 스쳐 지나갔다.

화영은 순간적으로 자신이 무가내에게 당했을 것이라고 생각했다.

당하지 않을 이유가 없었다. 그가 살수를 전개하지 않을 이유는 하나도 없는 데 반해서 살수를 전개할 이유는 수없이 많기 때문이다.

그런데 어딜 어떻게 당했는지 전혀 느껴지지 않았다.

그럴 수 있다. 원래 작은 상처는 아픔이 느껴지지만 큰 상처일수록 고통을 느끼지 않는 경우가 비일비재하다.

화영은 부지중 고개를 돌려 뒤돌아보았다. 그의 뒤에는 풍정감단 고수들이 있고, 무가내가 스쳐 지나 그들에게 쏘아갔기 때문이다.

스긍!

화영의 고개가 뒤로 완전히 돌려지기 전에 듣기 거북한 음향이 뒤쪽에서 흘렀다. 어째서인지 그 음향은 화영의 등골을 저리게 만들었다.

그가 고개만 뒤로 돌려 뒤돌아봤을 때, 무가내가 최초의 살인을 막 시작하고 있었다.

무가내는 부챗살처럼 펼쳐진 상태로 돌진해 오고 있는 풍정감단 이십 명의 한복판으로 뛰어들면서 오른손에 쥐고 있는 거무튀튀한 기이한 모양의 검을 그어댔다.

화영은 방금 전에 들었던 기이한 음향이 무가내가 발검을 하는 소리라는 것을 그제야 깨달았다.

무가내의 검에서는 검기도, 검풍도 발출되지 않았다.

발출할 능력이 없어서가 아니라는 사실을 화영은 보는 즉시 알아차렸다.

무가내가 양 떼 속에 뛰어든 한 마리 늑대 같았기 때문에 구태여 그럴 필요가 없었다.

무가내의 괴검(怪劍)이 풍정감단 고수 한 명의 목 부위를 언뜻 스치는 것 같았다.

아무런 소리도 나지 않았다. 그리고 괴검에 목이 스친 고수는 아무렇지도 않은 듯 계속 앞으로 달려나갔다.

무가내는 어느새 두 번째 풍정감단 고수를 향해 유령처럼 다가들고 있었다.

조금 전에 화영에게 접근하던, 바로 그런 보법이었다.

두 번째 풍정감단 고수는 무가내가 자신에게 접근한 것을 쳐다보지도 못한 상태에서 그의 괴검에 자신의 목 부위를 무방비로 내줘야만 했다.

화영이 상체를 뒤로 돌렸을 때, 무가내는 괴검으로 네 명째 목을 스치는 중이었고, 화영이 완전히 몸을 돌렸을 때에는 일곱 명째 베고 있었다.

이윽고 화영이 얼굴에 놀라는 표정을 떠올리기 시작하고, 풍정감단 고수들이 그제야 공격하던 기세를 멈추었을 때, 최초 괴검에 목을 스친 고수가 달려나가던 자세를 바꾸지 못한 상태에서 앞으로 푹 고꾸라졌다.

툭!

쓰러지면서 상체가 앞으로 기울자 목에 가느다란 혈선(血線)이 생기는가 싶은 순간, 그 부분이 잘려지면서 머리통이 바닥에 떨어져 뒹굴었다.

그리고 무가내의 괴검에 목이 스친 여섯 명이 앞 다투어 쓰러지면서 목 위의 머리가 잘려져 나뒹굴었다.

"안 돼!"

완전히 몸을 돌린 화영이 울부짖으면서 무가내를 향해 쏘아가기 시작할 때 풍정감단 고수 세 명의 목이 더 베어졌다.

풍정감단은 순식간에 절반인 열 명이 한결같이 목이 잘려 죽었다.

나머지 절반이 비로소 무가내를 상대로 싸울 태세를 갖추었을 때에는 이미 늦어도 많이 늦은 후였다.

무가내가 전개하는 귀영미리보는 육안으로는 도저히 따라잡을 수 없을 정도로 빨랐다.

상상이라도 할 수 있겠는가, 눈으로 따라잡을 수 없는 빠르기라는 것을.

그것이 바로 귀영미리보다.

열 명의 풍정감단 고수 중에서 몇몇은 무가내의 아주 흐릿한 모습을, 그가 자신들의 목을 베는 순간 단 한 번 찰나지간에 볼 수 있었다.

그나마 나머지는 무가내의 모습조차 보지 못한 상태에서 목이 잘렸다.

무가내는 불과 세 호흡 만에 풍정감단의 일 갑자 반 내공을 지닌 일류고수 이십 명을 죽인 후 동작을 멈추었다가 한쪽 방향을 향해 쳐다보지도 않은 상태에서 검을 쭉 뻗었다.

검끝은 이성을 잃은 채 무가내를 향해 전력으로 쏘아오던 화영의 목을 정확하게 찌를 듯이 겨누었다.

화영이 순간적으로 이성을 잃었다고는 하지만 자신을 향해 겨누고 있는 검끝으로 목을 쑤셔 넣을 정도는 아니다.

그는 무가내의 검끝에서 아슬아슬하게 멈춘 채 분을 이기지 못하고 어깨를 들먹이면서 격하게 씨근거렸다.

자신의 눈앞에서 수년 동안 한솥밥을 먹으며 동고동락하던 수하 이십 명이 졸지에 시체로 변했으니 눈이 뒤집히지 않으면 사람이 아닐 것이다.

“흐으으… 이 살인마……!”

화영은 당장 무가내를 죽이지 못하는 것이 원통하다는 듯 눈을 희번덕이며 이를 갈았다.

무가내는 가볍게 눈살을 찌푸리며 이해할 수 없다는 듯 중얼거렸다.

“날더러 살인마라고? 나는 너희들을 살려주겠다고 했는데도 나를 공격했다. 그리고 이들을 죽이지 않았으면 오히려 내가 죽었을 것이다. 나는 내가 살기 위해서 이들을 죽였는데 그것이 살인마라는 말인가?”

화영의 목이 무가내의 검첨에 약간 찔려 피가 흘렀다.

무가내는 고개를 갸웃거렸다.

“예전에 너희도 여러 가지 이유로 많은 사람들을 죽였을 것이다. 그렇다면 너희도 살인마로구나.”

빠르게 이성을 되찾은 화영은 복잡한 표정을 지으면서 아무 말도 하지 못했다.

무가내의 말은 틀리지 않았다. 그는 화영을 비롯한 풍정감단을 모두 살려주겠다고 했는데, 화영이 구겨진 자존심을 회복하려는 옹졸한 마음 때문에 무가내를 공격했고, 이십 명의 수하가 거기에 가세했다.

그리고 결정적으로 화영은 마지막 순간에 검을 거두고 수하들을 제지할 수 있었는 데도 불구하고 오히려 그 기회에 무가내를 제압하기 위해서 공격을 강행했었다.

역지사지(易地思之). 입장을 바꿔놓았더라도 화영 역시 무가내처럼 행동했을 것이다.

즉, 자비를 베풀었는데도 공격해 온다면 죽일 수밖에 없었을 것이라는 뜻이다.

아니, 그에게는 무가내만 한 능력이 없기 때문에 외려 죽임을 당했을 것이다.

이것은 추호도 무가내를 원망할 일이 아니었다. 그래서 화영은 더욱 속이 쓰렸다.

"널 살려주겠다고 했으니 약속을 지키겠다. 가거라."

무가내는 화영의 목을 찌르고 있던 석검을 거두면서 다시 한 번 자비를 베풀었다. 그는 그만큼 화영이 마음에 들었다.

화영은 두 발을 딛고 서 있는 바닥이 한없이 아래로 꺼지는 듯한 절망을 느꼈다.

무엇이라고 설명할 길 없는 비애와 허탈감 같은 것들이 몰려들어 그를 한 마리 벌레보다 못한 존재로 만들었다.

문득 그는 조금 전 무가내의 검첨에 찔렸던 목이 따끔거리는 것을 느꼈다.

그제야 그는 자신이 무가내에게 당하지 않았다는 사실을 깨달았다.

무가내는 정면에서 화영에게로 쏘아와 그를 닿을 듯이 스쳐 가면서도 손을 쓰지 않았던 것이다. 그것이 그를 더욱 비참하게 만들었다.

무사의 길로 들어선 여덟 살 이후 최초로 맛보는 견디기 어려운 비참함이었다.

구룡방 대방주의 죽음을 조사하러 정협맹을 떠날 때에는 천중검협을 모시고 이십 명의 수하를 거느렸는데, 이제는 화영 혼자 정협맹으로 돌아가야만 한다.

무가내는 다시 한 번 화영을 살려주겠다는 말을 하고는 묵묵히 그를 주시하고만 있었다.

실내의 모든 사람들, 황룡표국이나 구룡방 사람들도 화영을 쳐다보고 있었다.

화영은 암울한 눈빛으로 무가내를 쳐다보았다.

화영의 복잡한 심정하고는 달리 무가내의 얼굴은 지극히 평온했다. 그는 천지개벽이 벌어져도 변하지 않을 것 같은 표정이었다.

화영은 그의 얼굴에서 조금 전의 악마 같은 잔인함과 살기 같은 것을 추호도 발견하지 못했다. 단지 순진무구함과 친근함이 떠올라 있을 뿐이었다.

친근함이라니, 개가 웃을 일이었다.

이윽고 화영은 어깨를 축 늘어뜨린 채 몸을 돌려 대전 입구로 걸어갔다.

첫걸음을 떼어놓을 때에는 가슴속에 무가내에 대한 증오와 원한만이 가득했는데, 서너 걸음을 걷기도 전에 그런 것들은 씻은 듯이 사라지고 자기 자신에 대한 초라함과 자괴감만이 소용돌이처럼 속에서 부글거렸다.

'그를 탓할 일은 아니다. 내가 못났을 뿐이다. 내가 그였더라도 그렇게 했을 터.'

화영이 대전을 몇 걸음 남겨놨을 때 뒤쪽에서 무가내의 낮은 호통성이 들렸다.

"너희들은 못 간다!"

구룡방 사람들에게 하는 말이었다. 그들이 화영을 따라서 나오려다가 무가내에게 제지를 당한 모양이었다.

화영은 무가내가 구룡방 사람들을 모두 죽이려 한다는 사실을 깨달았지만 지금은 그저 먼 나라의 일처럼 느껴졌다.

지금 이 순간은 자신이 정협맹 사람이라는 것도, 정의와 협의를 수호하는 사람이라는 사실도 잊었다.

그는 희대의 살인마에게 두 번씩이나 자비를 받은 한 마리 벌레일 뿐이었다.

그저 한시바삐 이 자리를 벗어나고 싶을 뿐이었다.

"우리를… 어쩔 셈이냐?"

구룡방의 살아남은 세 명의 방주 중 한 명이 무가내를 보면서 더듬거리며 물었다.

세 명의 방주와 내전 백칠십여 명의 고수는 두려움에 질리고 긴장된 표정으로 무가내를 주시했다.

반면에 무가내는 해맑은 미소를 지으면서 대답했다.

"한 가지 약속을 하면 살려주마."

살려준다는 말에 구룡방 사람들의 얼굴에 한가닥 희망이 떠올랐다.

"구룡방을 그만둬라."

그의 말에 모두들 의아한 표정을 지었다.

세 방주 중 한 명이 물었다.

"그만두라는 것은 무슨 뜻이냐? 우리더러 구룡방을 탈퇴하라는 것이냐?"

"탈퇴가 뭐냐?"

무가내의 무식함이 여지없이 노출되고 있었다.

방주는 그가 무식하다는 것을 알아차리고 말을 바꾸었다.

"우리더러 구룡방을 나가라는 것이냐는 말이다."

"그렇다. 너희들만 말고 모조리 데리고 나가라."

구룡방 사람들은 또 머리를 갸웃거렸다. 구룡방 사람들더러 구룡방을 모조리 나가라니, 무슨 뜻인지 얼른 이해하기가 어려웠다.

그때 은예상이 무가내 곁으로 다가와 구룡방 세 방주를 보면서 장미 꽃잎 같은 입술을 열었다.

"구룡방을 해체하라는 것이에요."

그러고 나서 그녀는 무가내에게 작게 속삭였다.

"구룡방을 없애 버린다는 뜻이 맞죠?"

무가내는 헤벌쭉 웃으며 고개를 끄덕였다.

"오! 그래! 역시 우리 마누라는 똑똑하군!"

은예상은 살포시 얼굴을 붉혔고, 자미룡은 깜짝 놀라서 은예상을 바라보더니 곧 슬픈 얼굴로 고개를 숙였다.

무가내는 구룡방 사람들에게 은예상의 말을 다시 한 번 앵무새처럼 되풀이했다.

"구룡방을 해체해라."

그는 마치 저잣거리의 점포 하나를 그만두라는 식으로 간단하게 요구했다.

구룡방 사람들의 얼굴에 극도로 놀라고 또 어이없는 표정이 가득 떠올랐다.

무가내는 쐐기를 박았다.

"해체하지 않으면 깡그리 죽여 버리겠다."

구룡방 사람들은 착잡한 표정을 지을 뿐, 아무도 입을 열지 못했다.

그들은 무가내가 천중검협과 이십 명의 풍정감단 고수들을 어떻게 죽였는지, 구룡방 이방주인 철검룡 이하 두 명의 방주, 그리고 내전의 정예 고수 삼십여 명을 어떻게 독살했는지 두 눈으로 똑똑히 봤다.

지금 구룡방 사람들 눈앞에 우뚝 서 있는 미소년은 그들로서는 생전 처음 마주하는 절세고수다.

구룡방을 해체하지 않으면 깡그리 죽여 버리겠다는 말이 단지 엄포가 아니라는 것을 모두들 잘 알고 있었다.

여태까지 벌어진 일들을 지켜보고 있던 은기도와 양신웅

등 황룡표국 사람들은 제정신이 아니었다.

처음에는 구룡방 세 명의 방주가 언제 뿌렸는지도 모를 절독에 중독돼서 죽더니, 잠시 후에는 당금 무림에서 가장 명망 높은 거목 중에 거목인 천중검협이 중독된 상태에서 무가내를 공격하다가 도리어 시신조차 제대로 남기지 못한 채 처참하게 죽임을 당했다.

그다음에는 풍정감단 단주인 유성검 화영과 그의 수하 이십 명을 무가내가 마음대로 중독시켰다가 다시 해혈시켜 주는가 하면, 그들 이십 명의 일류고수를 불과 서너 차례 호흡할 짧은 시간에 모조리 죽여 버렸다. 그것도 한결같이 목을 잘랐다.

그것은 가히 검신(劍神)이라고 불러야 할 정도의 가공할 실력이었다.

은기도와 양신웅 등은 무가내의 무위가 자신들이 지금껏 생각하고 있던 것보다 훨씬 더 고강하다는 사실을 깨달았다.

그런데 무가내는 이제 다짜고짜 구룡방을 해체하라고 강압하고 있는 것이다.

억지도 이런 억지가 없었다.

대저 구룡방이 어떤 방파인가. 중원삼십육태두의 하나이며, 절강무림의 패자가 아니던가.

또한 거느리고 있는 고수들의 수만도 이천여 명에 달하고, 절강무림의 수많은 방, 문파들이 충성을 맹세했으며, 운영하고 있는 사업도 수십 개에 달한다.

그런 구룡방을 말 한마디로 해체시키려 들다니, 고금을 통틀어 이런 막무가내 같은 경우는 전례가 없을 터이다.

잠시 고요한 침묵이 흐른 후, 구룡방 사람들의 시선은 한 사람에게 집중되었다.

그는 지금 상황에서 구룡방 방주들 중에서 가장 신분이 높은 오방주였다.

사람들이 그를 주시하는 이유는, 그에게 구룡방의 해체 여부를 결정하라는 무언의 요구였다.

오방주는 착잡한 표정으로 무가내를 쳐다보았다.

무가내는 팔짱을 낀 채 느긋한 모습으로 오방주를 마주 쳐다보았다.

시선이 마주치자 오방주는 급히 외면을 했다. 무가내의 시선을 마주 쳐다볼 용기가 나지 않았다.

'음! 저놈은 한다면 하는 놈이다! 이곳의 모든 사람을 쥐도 새도 모르게 중독시켰는데, 본 방 수하들이라고 중독시켜 죽이지 못하겠는가.'

그때 무가내의 중얼거림이 오방주의 고막 속으로 후비고 들어왔다.

"구양중겸처럼 세로로 쪼개져서 죽고 싶으면 너희들 마음대로 해라."

"……"

오방주와 구룡방 사람들의 얼굴빛이 흑색으로 변했다.

무가내의 말인즉, 대방주 극신도황 구양중겸을 자신이 세로로 쪼개서 죽였다는 뜻이라는 사실을 알아듣지 못한 구룡방 사람은 아무도 없었다.

결국 대방주를 죽인 흉수가 밝혀졌지만 구룡방 사람들이 할 수 있는 일은 아무것도 없었다. 오히려 지금은 구룡방이 분해되기 직전의 상황이었다.

오방주는 더욱 착잡한 표정으로 비지땀을 흘리면서 한참을 고민하다가 이윽고 무겁게 입을 열었다.

"해……."

여기저기에서 침 삼키는 소리가 들렸다.

"음… 해체하겠다."

무가내는 가볍게 고개를 끄덕였다.

"잘 생각했다. 너는 많은 사람들의 목숨을 살렸으니 나중에 극락에 갈 것이다."

극락이 무엇인지도 모르면서 빙염이 하던 말을 잘도 주워섬기는 무가내다.

"우리를 해혈시켜 다오."

오방주의 요구에 무가내는 구룡방 세 명의 방주와 백칠십여 명의 고수를 향해 한차례 팔을 휘둘렀다가 거두었다.

"됐다. 이제 가봐라."

구룡방 사람들은 아까 무가내가 화영과 풍정감단 고수들

에게 슬쩍 팔을 한 번 뻗는 것으로 해혈시켜 준 것을 목격했지만 그래도 미심쩍어서 조심스럽게 운공을 해보고 나서야 자신들이 해혈됐다는 사실을 확인했다.

구룡방 세 명의 방주와 백칠십여 명의 고수는 무가내의 눈치를 살피면서 슬금슬금 대전을 빠져나갔다.

"균현."

무가내가 중얼거리듯이 나직이 불렀는데도 잠시가 지나도록 균현이 나타나지 않았다.

단 한순간도 무가내의 근처에서 떠나지 않는 그인데 이상한 일이었다.

"균현, 거기 없느냐?"

"네… 넷!"

무가내의 두 번째 부름에 갑자기 허공중에서 깜짝 놀라는 듯한 커다란 외침이 터지면서 시커먼 물체 하나가 무가내 앞으로 뚝 떨어졌다.

쿵!

묵직한 소리를 내며 한 사람이 무가내 앞에 나뒹굴었다.

균현이었다.

그는 평소에 무가내 앞에 나타날 때에는 흐릿한 흑무를 뿌리면서 유령처럼 신비스럽게 나타났는데, 지금은 만취한 사람처럼 볼썽사납게 바닥에 떨어진 것이다.

"무슨 일 있느냐?"

무가내는 엉거주춤 예를 취하는 균현을 보면서 의아한 얼굴로 물었다.

"네… 아… 아닙니다!"

균현은 크게 당황해서 횡설수설했다. 아니, 사실은 아까부터 경악하고 당황했는데 아직도 정신을 차리지 못하고 있는 것이었다.

그도 그럴 것이, 무가내가 만독신군의 성명절독인 극정절독을 사용하는 것과 자신의 입으로 만독신군이 친구라고 말하는 것을 똑똑히 들었으며, 또한 삼절마제의 성명검법인 참마검을 입신지경에 이른 솜씨로 보여주었기 때문에 혼이 다 달아나 버린 것이다.

균현은 예를 취한 후 어정쩡한 자세로 허리를 굽힌 채 무가내를 쳐다보았다.

그의 짐작이 틀림없다면 무가내는 구주사황에 이어 만독신군과 삼절마제의 제자, 즉 세 사람의 공동 전인이 분명했다.

사마총혈계의 사대종사 중에서 무려 삼대종사의 공동 전인이라니, 그야말로 경천동지할 일이었다.

문득, 균현의 뇌리를 스치는 한 가지 생각이 있었다.

'혹시 소주께선 요선계주이신 요선마후의 진전까지 물려받으신 것이 아닐까?'

균현은 일단 그런 생각이 들자 정말 그럴 것이라는 확신 같은 것이 생겼다.

　무가내가 사대종사 중 세 명, 즉 삼대종사의 진전을 이어받
았다면 나머지 한 명인 요선마후의 진전까지 물려받았을 가
능성이 크지 않겠는가.

　그러나 균현은 주위에 사람들이 많아 직접 물어보는 것을
뒤로 미루었다.

　무가내가 무엇인가를 결정할 때의 버릇, 즉 손으로 턱을 쓰
다듬다가 이윽고 말문을 열었다.

　"균현, 구룡방에 가본 적이 있느냐?"

　균현은 여전히 정신을 못 차리고 있는 중이어서 무가내의
말을 듣지 못했다.

　아니, 들었지만 다른 생각에 골몰하느라 말만 듣고 내용을
깨닫지 못했다.

　구주사황의 제자라서 그림자처럼 모시게 된 무가내가 알
고 보니 사대종사 모두의 공동 전인일 것이라는 확신이 들자
그저 기쁘고도 감격해서 아무 생각도 들지 않았다.

　그때 무가내가 슬쩍 세 개의 손가락을 한꺼번에 튕기자 미
약한 지풍이 뿜어져서 균현의 이마와 관자놀이, 귀밑 세 군데
혈도를 가볍게 찍었다.

　부르르!

　다음 순간 균현은 온몸을 한차례 세차게 떨더니 무가내에
게 공손히 허리를 굽혔다.

“하명하십시오, 소주.”

방금까지만 해도 정신을 차리지 못하던 그는 순식간에 평소보다 더 맑고 상쾌한 정신 상태가 됐다.

무가내가 일종의 섭혼술(攝魂術)로 균현의 해이해진 정신을 일깨워 준 것이다.

“구룡방에 가봤느냐고 물었다.”

“물론 가봤습니다.”

무가내의 물음에 균현은 지체없이 대답했다. 방금 전하고는 판이한 모습을 보고 있는 사람들은 무가내가 그에게 무슨 오묘한 수법을 전개했을 것이라고 짐작했다.

“어떻더냐?”

“무슨…….”

“거길 우리 소굴로 쓰면 어떻겠느냐는 말이다.”

산적 무리처럼 소굴이란다.

“아……!”

균현은 등 한복판을 커다란 바늘로 찔렸을 때 같은 탄성을 터뜨렸다.

무가내의 말인즉, 구룡방을, 아니, 구룡방이 사용하던 전각군을 천하쟁패의 거점으로 활용하자는 뜻이었다.

무가내가 사대종사의 공동 전인일 것이라는 판단 때문에 대경실색했던 균현은 조금 전에 무가내가 구룡방을 해체하는 과정을 지켜보면서 아예 혼비백산했다.

그런데 무가내는 또다시 구룡방을 거점으로 사용하자는 기발하기 짝이 없는 발상을 내놓았다.

균현은 그런 생각은커녕 구룡방을 해체한다는 생각조차 하지 못했다.

그는 무가내를 다시 쳐다보았다. 여태 그가 알고 있던 무가내는 껍데기였다는 생각이 들었다.

아니면 진짜 무가내의 백분의 일 정도 겨우 알고 있었던 것 같았다.

'완벽한 분이시다……!'

균현은 존경과 경외심 가득한 표정으로 눈이 부신 듯 무가내를 쳐다보았다.

막강하고 총명하다. 또한 순진무구하면서도 때에 따라서는 소름이 끼칠 정도로 잔인무도하다.

뿐인가? 칼로 자르듯 치밀한 결단력은 또 어떤가.

굳이 흠이라면 무식하다는 것뿐인데, 무식한 것이야 배우면 채워지는 것이다.

"뭘 보냐?"

무가내는 균현이 한동안 자신을 빤히 쳐다보자 턱을 치켜들며 물었다.

"네? 아… 그냥……."

무가내는 고개를 젖히고 껄껄 웃었다.

"하하하! 다 알고 있다! 아무리 봐도 정말 멋진 사내로구나,

그런 생각하고 있었지?"
"네? 아… 네."
균현은 무가내에 대한 한 가지 흠을 빼먹었다.
무가내는 천하의 어느 누구보다도 뻔뻔스러웠다.

第二十七章
여보

은예상은 자못 긴장했다.

아니, 그녀뿐만이 아니라 뒤에 서 있는 냉운월과 석중명, 당경림도 긴장된 표정을 떠올린 채 무가내를 주시했다.

은예상 맞은편에는 무가내가 평소와는 달리 단정한 자세와 진지한 표정으로 앉아 있었고, 그 뒤에는 균현이 어둠, 그 자체처럼 우뚝 서 있었다.

은예상과 냉운월 등이 긴장하는 이유는 무가내가 단정한 자세와 진지한 표정을 하고 있기 때문이었다. 그의 그런 모습은 처음 보는 것이었다.

"상아, 너에게 할 말이 있다."

이윽고 무가내가 입을 열었다. 목소리 역시 평소와는 판이하게 다른 진중한 것이었다.

"말씀하세요."

은예상은 조심스럽게 대답했다. 그녀는 무가내를 이미 정인으로 받아들였기 때문에 평소에 마치 지아비를 대하듯 예절을 갖추었다.

"나는 목표를 세웠다."

은예상 등은 조금 전보다 더 긴장했다.

무가내는 흐트러지지 않은 자세로, 그리고 세상에 태어나 가장 진지한 목소리로 말했다.

"천하를 갖고 싶다."

은예상과 냉운월, 석중명, 당경림은 똑같이 만면에 경악지색을 가득 떠올렸다.

그리고는 실내에 너무도 고요한 침묵이 오랫동안 흘렀다.

사실 무가내가 자신의 결심을 은예상 등에게 굳이 밝힐 필요는 없었다.

하지만 그는 은예상에게만큼은 자신의 결심을 꼭 말하고 싶었다. 그녀를 남이라고 여기지 않기 때문이다.

냉운월 등은 여전히 얼굴에 경악지색을 떠올리고 있었지만, 은예상은 잠시 후에 차분한 표정을 되찾았다.

문득 은예상은 조심스럽게 일어나 옆으로 두어 걸음 비켜나더니 무가내를 향해 날아갈 듯이 큰절을 올렸다.

그녀의 갑작스런 행동에 무가내는 가볍게 놀랐다.

"상아."

은예상은 이마를 바닥에 댄 자세에서 더없이 공손한 어조로 입을 열었다.

"풍 랑(風郞)의 대망이 이루어지기를 진심으로 바랍니다. 소녀, 미력이나마 목숨을 다해 풍 랑을 돕겠습니다."

"상아……."

무가내는 적잖이 감동해서 가슴이 뭉클했다. 사실 그는 은예상이 반대하면 곤란하다고 생각했다.

그런데 막상 그녀가 목숨을 다해서 돕겠다고 하자 벌써 천하를 다 얻은 것처럼 기뻤다.

그는 마음속으로 오악도의 네 마물을 가족처럼 생각하고 있었는데, 중원에 출도한 이후에 비로소 한 명의 가족을 더 얻었다.

균현은 은예상을 굽어보면서 두 눈에 이채를 띠었다. 그는 사실 무가내가 자신의 결심을 은예상에게 말하겠다고 했을 때 겉으로 표현을 하지 않았지만 달갑지 않게 여겼다.

사내대장부가 결심하고 행동에 옮기면 여자는 그저 따르면 되는 것이지 일일이 보고까지 하려는 무가내를 이해하지 못했었다.

그런데 지금 균현은 은예상에게서 당당한 여걸(女傑)의 기개를 발견했다.

그녀는 그저 여필종부하면서 남자에게 맹종하거나 시시콜콜 잔소리나 하는 평범한 여자가 아니었다.

균현은 장차 무가내가 천하를 쟁패하는 과정에서 은예상이 큰 힘이 되어줄 것 같은 예감이 들었다.

그때 냉운월이 은예상 뒤에서 무가내를 향해 무릎을 꿇고 머리를 조아리면서 우렁우렁하게 외쳤다.

"상공을 지금 이 순간부터 주군(主君)으로 받들어 목숨을 다해서 모시겠습니다!"

순간 석중명과 당경림의 얼굴에 당황함이 떠올랐다. 냉운월에게 선수를 뺏겼기 때문이다.

두 사람은 뒤질세라 급히 냉운월 좌우에 무릎을 꿇고 이마로 바닥을 짓찧었다.

쿵! 쿵!

"죽을 때까지 주군으로 모시겠습니다! 부디 저희를 버리지 마십시오!"

비록 소문파인 숭검문의 제자였던 냉운월이고, 표국의 일개 표사와 쟁자수였던 당경림과 석중명이었지만 무가내 같은 신인(神人)을 알아보지 못한다면 말이 되지 않는다.

그런데 어찌 된 일인지 무가내는 눈을 끔뻑거리면서 그들 세 사람을 굽어보기만 할 뿐 쓰다 달다 아무런 말이 없었다.

그렇게 약간의 시간이 흐르면서 실내에는 어색한 공기가 흘렀다.

무가내가 아무 말이 없으니 은예상과 냉운월 등은 어떻게
해야 할지 모르고 그저 무릎을 꿇고 머리를 조아린 채 가만히
있을 수밖에 없었다.

"소주, 뭐라고 한 말씀 하셔야지요."

마침내 균현이 조심스럽게 무가내를 불러 그를 일깨우려
고 했다.

무가내는 가볍게 눈살을 찌푸리면서 머리를 득득 긁었다.

"거… 참! 저들이 날 주군으로 모시겠다는데 말이야. 대체
주군이 뭐지?"

서 있는 사람이나 부복하고 있는 사람 모두 움찔 가볍게 몸
을 떨면서 착잡한 표정을 지었다. 그들은 이 순간 모두 무가
내의 무식함에 치를 떨었다.

이 정도 되면 자신의 무식함을 부끄러워할 법도 한데, 그는
한술 더 떴다.

"그리고 상아가 날 왜 풍 랑이라고 부르는지도 모르겠어."

사실 그는 은예상이 처음에 자신을 '가가' 라고 부른 것도,
냉운월이 '상공' 이라고 부른 것도, 균현의 '소주' 라는 호칭
도 그 뜻을 모르고 있었다.

다만 그다지 중요한 것 같지 않아서 내버려 두고 있었는데,
지금은 꼭 짚고 넘어가야 할 상황이었다.

"음……."

균현은 결국 자신이 설명할 수밖에 없음을 깨닫고 낮게 헛

기침을 했다.

"소저께서 소주를 '풍 랑'이라고 호칭한 뒤의 '랑(郞)'자는 사랑하는 정인이나 남편을 부를 때 사용합니다."

"그… 래? 내가 상아의 남편……."

무가내는 귀가 뻔쩍 뜨여 헤벌쭉한 표정을 짓더니 얼른 은예상을 일으켜서 자리에 앉게 했다.

"으헤헤… 힘들 텐데 왜 무릎을 꿇고 있어? 어서 앉아."

그는 갑자기 균현을 돌아보면서 의아한 얼굴로 물었다.

"그럼 나는 상아를 뭐라고 불러야 하지?"

은예상은 수줍음에 얼굴을 붉히면서 고개를 숙였다.

균현은 슬쩍 고개를 모로 꼬았다. 평생 여자를 가까이 해본 적이 없는 그였기에 마누라를 점잖게 무엇이라고 부르는지 금방 생각이 나지 않았다.

이 궁리 저 궁리 하던 그는 한순간 반색을 하더니 짐짓 엄숙하게 가르쳐 주었다.

"여보라고 하시면 될 겁니다."

순간 고개를 숙이고 있던 은예상의 몸이 움찔 굳어지는 것을 무가내와 균현은 발견하지 못했다.

균현은 자신이 무가내를 가르친다는 사실에 어느 정도 신이 나서 '여보'에 이어 '주군'이 무엇인지에 대해서도 소상히 알려주었다.

"음, 그렇군."

무가내는 고개를 끄덕이고 나서 여전히 부복하고 있는 냉운월 등 세 사람에게 가볍게 손을 저었다.

"주군은 싫다. 우리 친구하자."

그의 가벼운 손짓에 부드럽지만 강력한 무형지기가 뿜어져서 세 사람의 몸을 펴게 하는 것과 동시에 일으켜 세웠다.

"그럴 수 없습니다! 주군으로 모시지 못할 바엔 차라리 자결을 하겠습니다!"

냉운월이 또다시 부복하면서 비장하게 외치자 석중명과 당경림도 즉시 따라서 부복했다.

"자결하겠습니다!"

무가내는 가볍게 고개를 끄덕였다.

"어쩔 수가 없군."

세 사람은 기대 어린 표정으로 고개를 들고 무가내를 바라보았다.

"그럼 자결해."

무가내가 대수롭지 않게 말하자 세 사람의 얼굴이 흑빛으로 변했다.

무가내는 균현을 돌아보며 물었다.

"그런데 자결이 뭐야?"

"음, 스스로 목숨을 끊는 것입니다."

"이런… 그럼 안 되겠군."

정말 무식해도 너무 무식한 무가내였다.

오악도의 네 마물은 무공만 덥다 가르치기만 했지, 학문이나 상식 따윈 입도 벙긋하지 않았었다.

"어쩔 수 없군. 내가 너희들의 주군이 될 테니 죽는 것만은 참아라."

세 사람은 기쁜 표정으로 이마를 바닥에 대며 합창을 했다.

"주군께 충성을 다하겠습니다!"

무가내는 고개를 끄덕이고 나서 돌아보지 않은 채 균현에게 물었다.

"균현, 그런데 너는 왜 내게 소주라고 부르느냐? 대체 소주가 무슨 뜻이지?"

"속하는……."

균현은 화살이 자신에게 돌아오자 가볍게 놀랐다가 곧 진중한 목소리로 공손히 대답했다.

"구주사황은 속하의 주군이셨습니다. 소주께선 그분의 제자이기 때문에 소주라고 부르는 것입니다."

"음, 주군의 제자를 소주라고 부른다는 거로군?"

"그렇습니다."

무가내는 가볍게 눈살을 찌푸렸다.

"그런데 균현, 너는 도대체 몇 번이나 말해야 알아듣겠느냐?"

균현은 바짝 긴장했다.

"무슨 말씀이신지……."

“나는 소기의 제자가 아니라는 말이다.”

“그렇지만⋯⋯.”

“소기가 얼마나 바보, 멍청이인 줄 아느냐? 멍청하기로 치면 오악도에서 소기하고 독구가 막상막하야.”

균현은 가볍게 눈을 빛내며 조심스럽게 물었다.

“오악도는 무엇이고 독구는 누굽니까?”

“오악도는 내가 살던 곳이고, 독구는 예전에 무림에서 만독신군이라고 불렸대.”

“아⋯⋯.”

균현은 자신의 짐작 한 가지가 맞아떨어지자 부지중 나직한 탄성을 흘렸다.

무가내는 균현의 마음을 아는지 모르는지 그가 자신을 소기의 제자로 생각한다는 사실이 영 불만이었다.

“혈검 정도라면 또 모를까. 소기나 독구, 빙염, 세 마물은 내 사부가 될 자격이 없어.”

그의 입에서 네 사람의 이름이 줄줄이 나오자 균현은 극도로 흥분해서 자신도 모르게 호흡이 거칠어졌다.

“혹시⋯ 혈검과 빙염이라는 분이 무림에서 활동하셨을 때의 별호를 알고 계십니까?”

“응. 혈검은 삼절마제고, 빙염은 요선마후였대.”

“헉!”

예상은 하고 있었지만 그 사실이 무가내의 입을 통해서 밝혀지자 균현은 너무 놀라고도 감격해서 헛바람을 토해내며 한참 동안이나 아무 말도 하지 못했다.

무가내는 균현이 또 오해를 할까 봐 손을 내저었다.

"다시 말하는데, 나는 네 마물의 제자가 아냐. 그들에게 무공을 배우고 내공을 일 갑자씩 뺏어먹기는 했지만 절대 제자는 아냐."

무가내에게 '사부' 라는 것은 '아버지' 같은 느낌이었다. 그리고 그에게 '아버지' 는 몹시 낯선 존재였다.

그들 네 명을 자신의 사부라고 인정하고 나면 괜히 어색하고 낯선 존재가 될까 봐 한사코 사부라는 사실을 부정하고 있는 것이었다.

"알겠습니다. 그럼 속하가 무엇이라고 부르면 되겠습니까?"

"그냥 친구는 어떨까?"

'친구' 라는 단어와 존재를 몹시 좋아하는 무가내였다.

"천부당만부당하신 말씀입니다!"

균현은 펄쩍 뛰고 나서 공손히 허리를 굽혔다.

"그러시면 속하도 주군이라 부르겠습니다."

친구를 갖고 싶은 무가내는 시큰둥하게 대꾸했다.

"좋을 대로 해."

분위기가 진작되기를 기다리고 있던 은예상이 조심스레 입을 열었다.

“풍 랑, 소녀와 함께 잠시 갈 곳이 있어요.”

방금까지도 가볍게 눈살을 찌푸리고 있던 무가내는 그녀를 보는 순간 헤벌쭉 웃었다.

“그래, 여보.”

은예상은 얼굴을 붉히면서 균현을 살짝 흘겼다.

균현은 그녀의 시선을 외면하면서 무가내에게 물었다.

“주군의 존함은 무엇입니까?”

은예상이 무가내를 ‘풍 랑’이라고 불렀기 때문에 본명이 따로 있을 것이라 여긴 것이다. 누가 보더라도 ‘무가내’는 이름으로는 어울리지 않았다.

무가내는 자신의 팔짱을 낀 은예상에게 이끌려서 방문으로 걸어가며 태연히 대꾸했다.

“나랑 친구하면 가르쳐 줄게. 난 친구와 가족에게만 내 이름을 말해줄 거야.”

은예상은 가족이라는 얘기다. 그렇다고 균현이 무가내의 이름을 알기 위해서 친구가 될 수는 없는 노릇이다.

*　　　*　　　*

한바탕 거센 태풍이 황룡표국을 휩쓸고 지나간 후에 은기도는 자신의 집무실에서 총표두 양신웅과 탁자를 마주하고 앉아서 차를 마시고 있었다.

두 사람은 아직도 놀라움이, 아니, 경악이 사라지지 않은 상태였다.

오히려 시간이 지나면서 아까 있었던 일들을 곱씹어 생각하게 되자 그 당시에 미처 생각하지 못했던 것들이 한꺼번에 와르르 떠올라 그때보다 몇 배나 더 놀라움과 혼란스러움에 빠져서 헤어나지를 못하고 있었다.

두 사람은 이미 반 시진가량 마주 앉아 있었지만 어느 누구도 먼저 입을 열지 않았다.

그저 습관적으로 찻잔을 입으로 가져가면서 깊은 생각에 잠겨 있을 뿐이었다.

이런 상황에서 대저 무슨 말을 할 수 있을 것이며, 무슨 말이 필요하겠는가.

어느 날 한 명의 소년 무가내가 쟁자수를 하겠다고 나타난 이후부터 황룡표국을 중심으로 벌어진 사건들은 하나같이 은기도와 양신웅의 상식을 초월한 일들이었다.

"후우……."

마시던 찻잔에 차가 떨어지자 은기도는 찻잔을 탁자에 내려놓으면서 자신도 모르게 긴 한숨을 토해냈다.

처음에는 천기표국이 황룡표국을 강제로 병합시키려고 하는 작은 일이었다.

아니, 황룡표국의 존망이 달린 큰일이었지만, 나중에 벌어진 사건에 비하면 그것은 오히려 작은 일이라고 할 수 있었다.

그때는 그저 천기표국에 병합을 당하든지 아니면 황룡표국의 문을 닫으면 해결할 수 있는 일이었다.

하지만 지금은 그 정도로는 절대 수습이 되지 않게 돼버렸다.

천기표국은 구룡방이 벌여놓은 수십 개의 사업 중 하나일 뿐이었다.

그런데 천기표국에 병합당하지 않으려고 구룡방 대방주를 죽이더니 이젠 구룡방을 아예 해체시켜 버렸다.

어찌 보면 벼룩을 잡으려고 초가삼간을 통째로 태워 버린 격이라고 할 수 있었다.

더구나 정협맹 이십오맹숙 중 한 명이며 강소성 천중보의 보주이고, 중원삼협 중 한 명인 천중검협을 처참하게 죽이고, 정협맹 풍정감단 이십 명을 전멸시켜 버렸다.

그 모든 일들이 황룡표국에서 벌어진 것이다.

이제는 황룡표국을 포기하는 것 정도로는 절대 해결할 수 없는 상황에 이르고 말았다.

"후우……."

생각을 거듭할수록 가슴에 태산이 얹힌 듯 더욱 답답해지기만 하는 은기도가 재차 한숨을 토해냈다.

양신웅은 조심스럽게 은기도를 쳐다보았다.

"표국주, 어째서 한숨을 쉬십니까?"

그가 왜 한숨을 쉬는지 이유를 몰라서 묻는 것이 아니다.

그렇게 말문을 연 것뿐이다.

"웅 제, 이 일을 어쩌면 좋은가."

양신웅의 얼굴에 설핏 씁쓸함이 스쳐 지나갔다. 그는 공손히 자신의 의견을 말했다.

"기호지세(騎虎之勢)입니다."

호랑이를 타고 쏜살같이 달리는 기세이니 도중에 내릴 수 없다는 것이다.

물론 호랑이는 무가내를 가리킨다.

은기도는 우울한 얼굴로 대꾸했다.

"호랑이가 달려가는 목적지가 대체 어딘 줄 알기나 하고 하는 말인가? 그리고 머지않아서 호랑이는 정협맹에게 포살될 것일세."

양신웅은 속이 탔다. 그는 은기도가 지금과 같은 천재일우의 기회를 반가워하지 않고 오히려 염려하는 것이 마음에 들지 않았다.

양신웅은 전형적인 사내대장부다. 그저 그런 시골 구석의 무도관에서 무술을 배웠지만 혼신을 다했고, 그 결과 무도관에서 제일가는 실력자가 된 후 훌훌 털고 시골을 떠나 항주로 와서 이십삼 세 젊은 나이에 황룡표국의 쟁자수가 되었다가 오늘에 이른 그였다.

어떻게 보면 입지전적인 인물인 것이다.

황룡표국의 표사가 되고 나중에는 총표두의 지위에까지

올랐지만, 그는 그 정도로 만족하지 않았다. 그에게는 무인으로서의 꿈과 야심이 있었다.

드넓은 중원 천하를 질타하고픈 대장부의 꿈과 만인에게 호령하고 싶은 무인의 야심이 그것이다.

하지만 그러기에는 그 자신의 실력이 너무 왜소했다. 그래서 잠시 날개를 접은 채 황룡표국을 둥지로 삼아 삼년불비(三年不飛)의 각오를 씹어 삼키고 있는 중이었다.

그렇지만 은기도는 달랐다. 양신웅이 알고 있는 은기도는 그릇이 작았다.

양신웅 같은 야심도 없었으며 그저 하루하루 별 탈 없이 지내면 그것으로 만족했다.

만약 양신웅이 은기도라면 숙부를 장인어른이라고 극진히 대접하고 받드는 무가내라는 호랑이의 등에서 절대 내리지 않을 것이다.

양신웅은 진심 어린 표정과 목소리로 은기도를 설득했다.

"형님, 이런 기회는 설혹 삼생(三生)을 산다고 해도 찾아오기 어려운 것입니다. 부디 탄복(坦腹:사위)과 함께 천하를 마음껏 웅비하십시오."

그러나 은기도는 어이없다는 표정을 지으며 오히려 양신웅을 책망했다.

"자네, 지금 제정신으로 하는 말인가? 머잖아서 정협맹의 토벌대가 들이닥칠 텐데 사위와 함께 웅비를 하라니, 그런 말도 안 되는 소리는 그만두게!"

양신웅은 착잡한 표정으로 다시 한 번 설득을 하려다가 그만두었다.

은기도의 태도가 너무 강경해서 무슨 말로도 마음을 돌릴 수 없을 것 같았기 때문이다.

그때 방문이 열리면서 전혀 예상하지도 않았던 무가내와 은예상이 들어왔다.

은기도와 양신웅은 본능적으로 동시에 벌떡 일어섰다. 황룡표국에서의 무가내의 지위는 수석 표두고, 은기도에게는 조카사위지만, 그가 너무도 어마어마한 존재라서 경거망동할 수가 없었다.

그런데 무가내가 갑자기 은기도 앞으로 다가서더니 공손히 허리를 굽히는 것이 아닌가.

"장인어른, 무적방(無敵幫)의 방주가 돼주십시오."

느닷없는 말에 은기도와 양신웅은 똑같이 어리둥절했다.

허리를 굽힌 채 펴지 않고 있는 무가내 옆에 서 있던 은예상이 공손히 설명했다.

"풍 랑은 조만간 구룡방 자리에 무적방을 개파할 계획이에요. 그래서 풍 랑은 초대 무적방주를 숙부님께서 맡아주시기를 원한답니다."

은기도와 양신웅은 갑작스러운 일로 대경실색해서 아무 말도 못하고 멀뚱멀뚱 서 있을 뿐이었다.

아까 무가내가 수하처럼 부리는 흑포인, 즉 균현에게 구룡 방을 자신들의 소굴로 사용하는 것이 어떻겠느냐고 말했을 때에는 농담이겠거니 여겼다.

그런데 실제로 방파를 개파하겠다고 하니 그저 망연자실 할 뿐이었다.

더구나 그 방파의 방주를 자신에게 맡아달라는 말을 들은 은기도는 독사에게 목을 물린 것처럼 자지러져서 두 손을 마 구 휘저으며 펄쩍 뛰었다.

"말도 안 되는 소리! 나는 절대 그럴 수 없다!"

은예상은 은기도가 방주의 지위를 수락하지 않을 것이라 고 예상은 했다.

평소에 그녀가 알고 있는 은기도의 소심한 성품이라면 당 연히 거절할 것이라고 생각했지만 이렇게까지 펄펄 뛰며 반 대를 할 줄은 몰랐다.

"장인어른, 부탁합니다. 무적방주가 돼주십시오."

그러자 무가내가 다시 은기도에게 허리를 굽히면서 간곡 하게 부탁했다.

무가내의 지금 행동은 은예상의 조언에 의한 것이었다.

은예상은 무가내가 천하쟁패를 하겠다는 말을 들은 이후 그라면 능히 시도해 볼 만한 능력이 있다고 판단했다.

또한 그러기 위해서 자신이 할 수 있는 모든 도움을 아끼지 않겠다고 결심했다.

　물론 은예상 자신은 천하쟁패라는 것에 조금도 관심이나 욕심이 없다.

　다만 사랑하는 무가내의 야망이기 때문에 그것을 꺾으려 하기보다는 전심전력으로 돕겠다는 생각을 한 것이다.

　조금 전에 은예상은 무가내더러 잠시 같이 갈 곳이 있다면서 함께 별채를 나와 이곳으로 오는 도중에 한 가지 조언을 해주었다.

　은기도가 은예상의 숙부고 가족의 존장(尊長)이니 아무쪼록 그를 대우해 줘야 한다는 것과 정중하게 부탁하는 예의를 가르쳐 주었다.

　무가내는 무조건 은예상이 시키는 대로만 하는 것이 아니었다. 그가 생각하기에도 그녀의 말이 옳은 것 같아 마음에서 우러나는 부탁을 하는 것이다.

　그리고 이곳으로 오면서 무가내는 은예상에게 방파를 세웠으면 하는데 이름을 무엇으로 하면 좋겠느냐고 묻자, 그녀는 잠시 생각하는 듯하다가 ‘무적방’ 이라는 이름을 조심스럽게 꺼내놓았다.

　무가내가 어느 누구에게도 패하지 않기를 간절하게 바라는 마음에서 ‘무적’ 이라는 이름을 생각해 낸 것인데, 그는 그 이름을 듣는 순간 마음에 쏙 들어 더 생각할 것도 없이 방명을 무적방이라고 정해 버렸다.

　무가내가 두 차례에 걸쳐서 허리를 굽히며 부탁을 하는데도 은기도는 요지부동이었다.

아니, 그는 오히려 얼굴을 차갑게 굳히면서 자신의 뜻을 밝혔다.

"수석 표두, 아니, 자네를 지금 이 순간부터 황룡표국의 수석 표두 지위에서 해임하겠네."

무가내는 굽혔던 허리를 펴고 의아한 표정으로 은기도를 쳐다보았다.

은예상과 양신웅은 적잖이 놀라는 얼굴로 은기도를 쳐다보았다. 두 사람은 그가 무슨 의도로 그런 말을 하는지 짐작할 수 있을 것 같았다.

은기도는 극도로 긴장했다. 지금 하려는 말 때문에 무가내가 분노하여 자신을 죽일 수도 있다는 생각이 들었으나, 설마 은예상이 있는 자리에서 살수를 쓰지는 않을 것이라고 내심 위로를 했다.

오히려 말을 하지 않아서 나중에 자신과 가족, 그리고 황룡표국이 큰 화를 당할 것이라는 염려에 사로잡힌 그는 다분히 이성을 잃은 상태였다.

"그리고 나는 처음부터 자네를 조카사위라고 인정하지 않았었네. 다시 말하면, 나와 자네는 원래부터 아무런 관계도 아니라는 뜻이지."

그는 지금이라도 무가내와의 모든 인연을 끊으면 정협맹으로부터의 보복에서 무사하지 않을까 하는 계산을 속으로 하고 있었다.

무가내는 크게 충격을 받은 얼굴로 은기도를 쳐다보았다.

은기도는 꿀걱 침을 삼키고 그를 똑바로 마주 쳐다보았다.

은예상은 무가내가 큰 충격을 받았다는 사실을 깨달았다.

무가내는 은기도의 단호한 표정을 보고는 얼굴색이 크게 변해서 이번에는 은예상을 돌아보았다.

은예상은 너무나도 따스한 미소를 지으면서 손을 뻗어 무가내의 손을 잡았다.

단지 손만 잡았을 뿐인데, 무가내는 은예상의 따뜻한 체온을 느끼면서 방금까지 불안했던 마음이 봄눈 녹듯이 사라지는 것을 느꼈다.

은예상은 은기도를 바라보면서 조용하지만 단호한 목소리로 입을 열었다.

"숙부님, 저는 이 사람을 제 남편으로 여기고 있어요."

은기도의 얼굴이 복잡하게 마구 흔들렸다. 그 모습은 마치 초원에 불어닥친 강풍에 풀들이 제멋대로 미친 듯이 요동치고 있는 것 같았다.

은예상의 얼굴에 쓸쓸함이 떠올랐다. 하지만 그녀는 자신이 해야 할 말을 망설이지 않았다.

"숙부님께서 풍 랑을 조카사위로 인정하지 않으신다면 저는 숙부님과 절연(絶緣)을 할 수밖에 없어요."

무가내와 은예상, 양신웅은 은기도의 얼굴에 망연자실한

표정이 떠오르는 것을 지켜보았다.

은예상은 더 이상 아무 말도 하지 않고 똑바로 은기도를 바라보았다.

사람이 인생을 살아가다 보면 어떤 중대한 결정을 내려야 할 때가 간혹 있게 마련인데, 은예상은 지금이 바로 그때라고 생각했다.

그렇다고 어떤 이익을 추구하기 위해서 무가내를 따르려는 것이 아니었다.

그녀는 다만 사랑을 따르고 또 믿고 싶은 것뿐이었다.

"네가 감히……."

어이없는 표정이던 은기도는 마침내 얼굴에 역력한 분노를 떠올리며 은예상을 쏘아보았다.

은예상은 은기도를 바라보며 착잡한 표정을 지었다가 곧 지그시 입술을 깨물며 무가내를 바라보았다.

"풍 랑, 소녀는 숙부님과 절연하겠어요. 다시 말해서, 소녀와 숙부님은 이제 아무런 관계도 아니에요. 더 이상 숙부와 조카 사이가 아니라는 것이지요. 풍 랑은 어떻게 하시겠어요?"

무가내는 은기도를 쳐다보았다가 다시 은예상을 바라보며 염려스럽게 물었다.

"괜찮겠어?"

은예상은 애써 미소를 지어 보였다.

“소녀에겐 풍 랑만 있으면 돼요.”

무가내의 가슴이 잔잔하게 일렁였다. 그는 은기도에게 정중히 허리를 굽혀 인사를 했다.

“숙부님, 안녕히 계십시오. 이제 나는 황룡표국의 수석 표두도 아니고 당신의 사위도 아닙니다.”

이어서 은예상의 손을 잡고 방을 나갔다.

그때 양신웅이 급히 무가내의 뒤를 따라 나오며 외쳤다.

“잠깐! 할 말이 있네!”

문밖에서 무가내와 은예상이 멈춰 서자 양신웅은 의복을 단정히 한 후에 정중하게 입을 열었다.

“무가내, 당신의 천하쟁패에 나도 동참하고 싶소.”

무가내는 잠시 그를 응시하다가 고개를 끄덕였다.

“따라와라.”

무가내와 은예상이 몸을 돌려서 걸어가자 양신웅은 그 뒷모습에 대고 무릎을 꿇으며 이마를 바닥에 대면서 우렁차게 외쳤다.

“속하 양신웅! 주군을 위해 목숨을 바치겠습니다!”

은기도는 활짝 열린 문밖으로 양신웅이 부복해 있는 모습을 보면서 착잡하기 이를 데 없는 표정을 지었다.

第二十八章

무적방(無敵幇)

대맛춤
大麖宗

　무가내에게 구룡방을 해체하겠다고 약속했던 세 명의 방주는 끝내 약속을 절반만 지켰다.

　그들은 구룡방으로 돌아가서 모든 수하들을 모아놓고 황룡표국에서 있었던 일들을 자세히 설명한 후에 방을 전격 해체한다고 일방적으로 선포했다.

　당연히 구룡방의 천칠백여 수하는 벌집을 쑤셔놓은 것처럼 들끓었다.

　세 방주와 함께 황룡표국에서 모든 과정을 지켜봤던 내전의 백칠십여 명의 고수는 자신들이 보고 들은 일들을 몸서리를 쳐가면서 모두에게 낱낱이 설명해 주었다.

결국 구룡방은 두 패로 갈렸다.

구룡방을 해체하는 쪽에 찬성하는 패와 반대하는 패였다.

반대하는 패의 수는 삼백여 명 정도였으며, 간부 급들과 정예 고수들이 주축을 이루었다.

그들이 구룡방 해체를 반대하는 이유는 너무도 간단했고 또 명백했다.

자신들이 여태까지 누려왔던 기득권을 포기하는 것이 아까웠기 때문이다.

하급이나 중급들이야 원래 구룡방에서도 그럭저럭 녹봉이나 받으면서 생활했으니 이제라도 다른 방파에 들어가서 다시 시작하든가 아니면 장사나 농사를 지어도 되지만, 간부 급들이나 정예 고수들은 자신들이 다져 놓은 탄탄한 기반을 하루아침에 포기해야 하는 것이 결코 쉬운 일이 아니었다.

구룡방 해체를 찬성하는 편에는 당연히 황룡표국에서 돌아온 세 명의 방주와 내전 백칠십여 명의 정예 고수도 포함되어 있었다. 아니, 그들이 주축이 되었다.

그들은 두 번 다시 그런 끔찍한 경험을 하고 싶은 생각이 없었던 것이다.

떠나는 자들의 동작은 빨랐다. 그들은 환란을 피해 도망치는 피난민들처럼 불과 반나절 만에 짐을 싸 들고 우르르 구룡방을 빠져나갔다.

땅거미가 깔릴 무렵에는 구룡방 해체에 반대하는 간부 급과 정예 고수 삼백여 명만이 남았다.

그러나 그들은 다음날 아침에 떠오르는 태양을 보지 못했다.

끝까지 구룡방을 사수하자면서, 아니, 자신들의 기득권을 포기할 수 없다며 구룡총전 일층 대전에 모여서 필사항전을 각오하던 그들은 한 명도 남김없이 다음날 아침 싸늘한 시신으로 변해 있었다.

사도십존의 한 명이며, 사혼보의 보주, 그리고 사마절강혈계를 이끌고 있는 지혈계주(支血界主) 사혼귀존 균현이 사혼보와 사마절강혈계의 정예 사파 고수 천 명을 이끌고 자정이 조금 넘은 시각에 구룡방을 급습했던 것이다.

급습이라고는 하지만 구룡방을 사수하던 삼백여 명은 정예 고수들이다.

그래서 사마절강혈계도 예상했던 것보다 큰 피해를 입었다. 이백여 명이 사망하고 삼백여 명이 다쳤다.

사마절강혈계가 승리한 것은 순전히 천 명이라는 다수로 밀어붙였다는 한 가지 이유 때문이었다.

만약 삼백 대 삼백으로 싸웠다면 절대 이기지 못하고 패했을 것이다. 그만큼 구룡방의 삼백여 명은 강력했다.

처음에 무가내가 구룡방의 삼백여 명을 간단하게 깡그리 독살시키자고 했는데, 균현이 자신에게 맡겨달라고 간청을 하다시피 했다.

균현이 그런 막대한 손실을 감수하면서까지 구룡방의 남은 세력들을 자신이 처리하겠다고 간청한 것은, 무가내가 혼자 몸이 아니라는 사실을 인식시켜 주려는 의도였다.

또한 그의 천하쟁패라는 원대한 대업(大業)에 자신과 사마절강혈계, 더 나아가서는 총혈계도 힘을 보탰다는 깊은 뜻이 담겨 있었다.

그리고 그의 의도는 보기 좋게 성공했다. 무가내는 자신에게 꽤 든든한 조력자들이 있다는 사실을 알고는 흡족함을 감추지 못했다.

구룡방이 있던 전당강 가의 야트막한 언덕에 무적방이 들어서는 일은 순조롭게 착착 진행되었다.

이십 년 전에는 사, 독, 요, 마의 집합체인 사마총혈계가 존재했었는데, 지금은 총혈계라고 부른다.

최초로 사독요마를 일통한 제일대 대마종 마군황이 이끌던 전성기 시절의 사마총혈계는 이천삼백여 개의 방, 문파에 무려 오십만 명에 달하는 수하를 거느렸고, 정예 고수만도 십이만 명에 달했다.

그런데 지난 이십여 년 동안 정협맹의 탕마령으로 인해서 칠 할 이상이 죽임을 당했으며, 이 할은 뿔뿔이 흩어져 깊숙이 숨어들었고, 나머지 일 할에도 채 못 미치는 사오만 명 정도가 겨우 사독요마의 명맥을 유지하고 있는 정도였다.

하지만 현재 총혈계가 거느리고 있는 고수들의 수는 겨우

만 오천여 명에 불과하다.

나머지는 천하 곳곳에서 소규모로 모여 정체를 감춘 채 은밀하게 활동하고 있다. 정체가 드러나는 순간 정협맹의 표적이 되기 때문이다.

총혈계는 일 년 전에 살아남은 사대종사의 심복 수하들에 의해서 발족된 이후 지금까지 세 차례에 걸쳐서 혈마첩(血魔帖)을 천하각지의 사독요마들에게 보냈고, 그렇게 해서 운집한 수가 일만 오천인 것이다.

세 차례 혈마첩을 받았음에도 불구하고 총혈계로 모이지 않은 사독요마들은 나름대로 이유가 있었다.

지금 현재까지도 천하무림에는 정협맹의 탕마령이 발동되어 있는 상황이다.

그런데 천하 곳곳에서 갖가지 전혀 다른 모습으로 변신한 채 그나마 삶을 영위하고 있던 사독요마들이 혈마첩을 받고 오랜 은둔을 깨어 모습을 드러냈다가 자칫 정협맹의 촉각에 걸려들어 몰살당할지도 모른다는 우려가 있기 때문이었다.

또 하나, 그들은 아직 총혈계가 정협맹을 상대하기는 턱없이 부족하다고 판단했다.

아니, 이십 년 전에 비해서 초라하기 짝이 없는 지금의 총혈계의 전력으로는 정협맹과 상대한다는 자체가 어불성설이라고 생각하는 것이다.

그런 상황에서 겉으로 드러나 있는 총혈계에 사독요마가

모두 우르르 모여 있다가는 머잖아서 몰살당하기 십상이라고
여겨 총혈계에서 발부한 혈마첩을 받고서도 꼼짝도 하지 않
고 있는 것이었다.

현재 총혈계는 중원 남칠성북육성(南七省北六省)에 하나씩
도합 십삼 개의 지부, 즉 사마지혈계를 거느리고 있다.

그렇지만 총혈계와 십삼 개 사마혈계의 위치와 세부적인
사항은 일체 비밀에 싸여 있다.

그래서 정협맹은 총력을 기울여 총혈계와 십삼 개 사마지
혈계에 대해서 알아내려고 혈안이 돼 있는 상황이다.

균현은 십삼 개 사마지혈계 중에서 절강의 사마절강혈계
를 맡고 있는 지혈계주였다.

그의 휘하에는 천오백 명 정도의 수하가 있는데, 이번에 그
는 그중에 천 명이나 이끌고 구룡방 잔존 세력을 급습했다가
큰 피해를 입었다.

하지만 그로서는, 아니, 사마절강혈계로 봤을 때에도 잃은
것에 비해서 얻은 것이 훨씬 더 컸다.

균현은 과감한 결단을 내렸다. 사마절강혈계의 전 인원인
천삼백여 명을 모조리 새롭게 개파하는 무적방으로 충원한
것이었다.

그는 사마절강혈계의 천 명을 이끌고 구룡방 잔존 세력을
공격한 것이나 전 인원을 무적방에 충원한 사실을 아직 총혈
계에 보고하지 않았다.

만약 보고를 했다면 무가내를 돕지 못했을 것이다.

필경 총혈계에서는 무가내를 직접 데리고 오라는 명령을 내렸을 터이다.

더구나 무가내가 균현과 함께 총혈계에 갈는지도 미지수인데다, 절차가 복잡하고 늦어져서 지금처럼 무가내를 돕는 일은 불가능했을 것이다.

물론 균현이 돕지 않는다고 해도 무가내는 혼자서 능히 구룡방의 잔존 세력들을 깨끗이 처리했을 것이다.

또한 구룡방을 개파하는 데 필요한 사람들을 무슨 수를 써서라도 끌어 모았을 터이다.

물론 사마절강혈계의 잘 수련된 정예 고수 수준은 아니겠지만, 어쨌든 머릿수는 채울 것이다.

균현이 알고 있는 무가내는 거침없이 밀어붙이는 성격이고 또 그럴 만한 능력을 지니고 있기 때문에, 만약 균현이 때를 놓쳐서 제때에 그를 돕지 못한다면 그의 대업에 동참할 만한 명분이 없어지고 마는 것이다.

무적방을 개파하는 최초의 인원은 총 천삼백 명이었다. 물론 거의 대부분이 사마절강혈계의 수하들이고, 약 오십여 명 정도가 무가내와 양신웅을 따라온 황룡표국의 표두, 표사, 쟁자수들이었다.

균현은 무가내의 허락을 얻어 절강에서 더 많은 사독요마의 고수들을 끌어 모을 계획이었다.

무적방주는 무가내가 맡기로 했다.

그는 원래 유유자적한 성격이라서 방주 같은 것에 얽매이기 싫다고 거절했다.

하지만 은예상과 균현, 양신웅, 냉운월 등이 강력하게 권하는 바람에 결국 승낙하고 말았다.

무적방의 모든 지위와 조직 편제는 균현이 일임했다.

그는 과거 사마총혈계 총단에서 감찰과 규율, 집행 등을 총괄하는 부서인 형금부(刑禁府)의 부부주(副府主)였다.

예전 사마총혈계 총단에는 대마종을 비롯하여 사독요마의 사대종사, 그리고 그들 네 명의 직속 심복인 사도십존, 독림십악, 요계십화, 마도십혈 등 기라성 같은 거물들이 득실거렸기 때문에 사도십존의 말석이라고 할 수 있는 팔존(八尊)이었던 균현은 아무리 출중한 실력을 지니고 있다고 해도 일개 부의 부부주 정도가 고작이었다.

균현은 과거 형금부 부부주였던 시절의 경험과 지식을 십분 발휘하여 무적방의 직제를 완벽에 가깝게 짰다.

그렇게 무적방은 하루가 다르게 변모하고 있었다.

*　　　*　　　*

쏴아아…….

냉운월은 자신의 앞에 앉아 있는 은예상의 나신에 뜨거운 물을 조심스럽게 끼얹었다.

은예상은 냉운월에게 몸을 내맡긴 채 정면의 한곳을 응시하며 골똘히 깊은 생각에 잠겨 있었다.

그녀는 자신의 머릿속을 가득 메우고 있는 온갖 생각들을 정리하고 있는 중이었다.

부모님, 그리고 식솔들과의 단란했던 날들과 그들의 갑작스러운 죽음.

자신이 십팔 년 동안 부대끼면서 살았던 고향의 정감 넘치는 풍경과 이웃들.

호위무사인 냉운월과 단둘이서 험난한 천오백여 리 길을 도주해 오던 일.

이곳 숙부인 은기도와 그의 가족들과의 해후.

황룡표국에서 생활한 지난 한 달 남짓 동안 벌어진 여러 가지 일들.

그리고 마지막으로 떠오른 것은 무가내였다.

그가 부드럽게 미소 짓는 모습이 은예상의 눈앞에 선명하게 떠올랐다.

요즘 들어서 은예상은 자신이 십팔 년 동안 살아온 이유가, 아니, 이 세상에 태어난 목적이 무가내를 만나기 위해서였을 것이라는 생각이 자꾸만 들었다.

아마도 무가내라는 너무도 큰 희망을 만났기 때문에 그런 생각이 든 것이리라.

그렇지만 그를 이용하겠다든가 방패막이로 삼아 조진우의 마수에서 보호를 받아야겠다는 생각 따윈 하지 않았다.

다만 그를 사랑하고 있을 뿐이었다. 처음도 끝도 그를 사랑하는 것이다.

그래서 그가 이 세상의 모든 위험으로부터 그녀를 보호해 준다면 더할 나위 없이 좋으리라.

목욕하는 내내 생각에 잠겨 있던 은예상은 마침내 마음을 깨끗이 정리했다.

그녀는 작고 흰 두 주먹을 꼭 쥐고 내심 힘있게 외쳤다.

'이제 내게는 오직 풍 랑뿐이야. 죽어도 그만 믿고 따를 거야.'

쏴아아…….

냉운월이 다시 뜨거운 물을 끼얹었다. 목욕은 이미 끝났지만 은예상의 상념을 방해할까 봐 그녀는 약간의 간격을 두고 규칙적으로 물을 뿌려주고 있었다.

'그리고 냉 무사…….'

냉운월의 존재가 생각난 은예상은 그녀를 돌아보며 엷은 미소를 지어 보였다.

은예상은 다시 앞을 쳐다보면서 살짝 얼굴을 붉혔다.

"나… 어때요?"

"무엇이… 말씀입니까?"

뜬금없는 물음에 냉운월은 가볍게 의아한 표정을 지었다.

“내 몸, 밉지는 않은가요?”

그렇게 말해놓고서 은예상은 얼굴이 확 붉어져서 고개를 푹 숙였다.

냉운월에게 그런 말을 했기 때문이 아니라 다른 불순한 상상을 했기 때문이다.

평소 자신의 용모나 몸매에 대해서는 남다른 자부심을 갖고 있었던 은예상이다.

그런데 무가내가 그녀의 몸을 어떻게 생각하고 있을까, 혹여 밉다고 하지는 않을까 은근히 걱정이 앞섰다.

“장난하십니까?”

냉운월의 볼멘소리에 은예상은 정신을 차리고 고개를 돌려 그녀를 보았다.

“네?”

“한번 속하를 보십시오. 이런 몸뚱이를 갖고 사는 사람도 있는데 소저의 몸이 밉지 않느냐고 물으시다니, 장난이 아니고 뭡니까?”

은예상은 아무에게나 자신의 나신을 보이지 않는다. 예전 숭검문 시절에도 어릴 때부터 자신을 키워준 유모가 목욕을 시켜주었다.

지금 이곳에서 그녀는 단 두 사람에게만 자신의 나신을 보인다. 무가내와 냉운월이다.

냉운월은 은예상을 씻겨주기 위해서 자신도 나신이 되어

있는 상태였다.

은예상은 웬만한 남자 뺨칠 정도로 근육질의 몸을 지니고 있는 냉운월을 보면서 자신이 실언했음을 깨달았다.

"미안해요, 냉 무사."

"완벽합니다."

은예상이 사과를 하자 냉운월은 생뚱맞은 소리를 했다.

"뭐가요?"

"소저의 알몸 말입니다."

그것은 말주변이라고는 없는 냉운월이 할 수 있는 최대의 찬사였다.

"고마워요."

은예상은 살짝 화제를 바꾸었다.

"그런데 풍 랑은 어떤가요?"

냉운월은 가볍게 미간을 좁혔다.

"주군의 알몸은 본 적이 없습니다."

"그게 아니라……."

은예상은 얼굴을 확 붉혔다.

당연히 냉운월은 무가내의 알몸을 본 적이 없을 것이다.

그러나 은예상은 똑똑히 봤다.

그를 처음 만났던 회계산 그 폭포에서. 그래서 그때 모습이 떠올라 얼굴이 붉어진 것이다.

"풍 랑은 지금 뭘 하고 계신가요?"

냉운월은 한가닥 기대 어린 표정을 지었다.

"무적궁(無敵宮)에 계십니다. 가시겠습니까?"

무적궁은 무적방의 심장부로서 예전 구룡방 대방주 극신도황의 집무실인 구룡총전을 가리킨다. 균현은 그곳을 무가내의 집무실로 정했다.

무가내는 은예상더러 이곳 별채에 쉬며 운공조식을 하고 있으라면서 냉운월을 호위로 붙여주었다.

물론 별채 안팎은 사혼보의 홍염당(紅焰堂) 백여 명이 물샐틈없이 완벽하게 지키고 있다.

홍염당주는 예전에 첫 표행을 떠난 무가내의 표물을 강탈하려다가 크게 당했던 바로 그 홍의인이었다.

냉운월은 그렇게 말해놓고서 조심스럽게 은예상의 대답을 기다렸다.

그녀의 대답 여하에 따라서 냉운월은 절간처럼 고요한 이 별채에서 은예상을 호위하고 있는, 고문과도 같은 임무에서 벗어날 수도 있을 것이다.

주군으로 모시게 된 무가내의 명령이라 불복할 수는 없는 일이지만, 냉운월은 지금처럼 은예상을 호위하는 것보다는 무가내의 측근에서 무적방을 개파하는 활기찬 일에 동참하고 싶어서 안달이 난 상태였다.

남들은 모두 바쁘게 제 할 일을 하고 있다. 그중에서도 석중명이나 당경림 같은 놈들조차도 무적방이 좁다 하고 설치고 다니는 중이다.

그런데 냉운월은 절간 같은 곳에 갇혀서 상전을 지키고 있어야 하다니, 은예상을 목욕시키는 내내 남몰래 땅이 꺼질 정도로 한숨을 푹푹 내쉰 그녀였다.

"아니에요. 풍 랑께서 이곳에 있으라고 하셨으니 말씀에 따라야지요."

은예상이 다소곳이 대답하자 냉운월은 또다시 깊은 한숨을 내쉬었다.

은예상이 별채를 나가지 않는 한 냉운월도 이곳에서 처녀귀신이 되어야만 할 것이다.

"방에 가서 운공조식을 해야겠어요."

은예상이 일어서서 조용히 말하자 냉운월은 그녀의 늘씬하면서도 풍염한 몸의 물기를 닦아주면서 자신도 무가내가 가르쳐 준 무공이나 익혀야겠다고 생각했다.

"그자, 이제는 포기한 것 같지 않은가요?"

냉운월에게 몸을 내맡긴 채 문득 은예상이 조심스럽게 말을 꺼냈다.

지금 말하는 자에 대해서는 생각하는 것조차 싫지만 한 번은 짚고 넘어가야 할 얘기였다.

냉운월은 그녀의 말뜻을 즉시 알아차렸다.

"조진우라는 놈 말입니까?"

그렇게 말하는 냉운월의 두 눈에서 새파란 살기가 번뜩였다. 예전 같으면 조진우에게 십 초식도 버티지 못하고 패하겠지만, 지금은 생사현관이 소통되어 내공이 이 갑자에 달하는 수준이다.

더구나 그녀와 석중명, 당경림, 세 사람은 무가내에게 한 가지 검법을 전수받고 있는 중이다.

쾌뢰검(快雷劍)이라는 검법인데, 무가내의 말에 의하면 냉운월은 아직 쾌뢰검의 일 할 경지도 이루지 못했다고 한다.

쾌뢰검을 배우기 시작한 지 이제 겨우 열흘 남짓 됐으니 당연한 일이다.

그렇지만 냉운월은 자신이 예전에 비해서 내공만이 아니라 검법까지도 두 배 이상 고강해졌음을 느끼고 있었다.

일 할의 경지에도 이르지 못한 검법이 이 정도인데 만약 십이 성까지 완성한다면 대저 얼마나 위력적일는지 상상하는 것만으로도 가슴이 뛰는 냉운월이었다.

그래서 그녀는 지금 당장 조진우와 한판 붙는다고 해도 자신이 있었다.

물론 그것은 자신감일 뿐이다. 광천패도 조진우는 강호십패의 한 명이며 내공이나 무공 면에서도 냉운월을 훨씬 능가하는 수준이었다.

냉운월은 조진우에 대한 살심을 간신히 억누르고 나서 한참 만에야 갈라진 목소리로 대답했다.

"놈은 아마 소저를 포기한 것 같습니다."

"그런 것 같지요?"

은예상은 기쁜 표정을 지었다.

자신이 위험에서 벗어났다는 사실보다는 그 일 때문에 무가내에게 더 이상 심려를 끼치지 않아도 된다는 사실 때문에 안도한 것이었다.

냉운월은 이를 갈 듯이 냉랭하게 중얼거렸다.

"만약 그놈이 소저를 찾으러 항주까지 왔었다고 해도 주군의 위세에 지레 겁을 먹고는 사타구니에 오줌을 지리며 담주(潭州: 호남성 장사)로 꽁무니를 뺐을 겁니다."

그녀는 이날까지 살아오면서 여자로서의 교육 따위를 한 번도 받은 적이 없다.

그 대신에 거친 사내들하고만 어울려 싸움질이나 했기 때문에 입이 거칠었다.

은예상은 그녀의 거침없는 말투에 살짝 아미를 찌푸렸다가 조진우가 겁을 먹고 꽁무니를 뺐을 것이라는 말에 크게 고무되어 살짝 미소를 지었다.

은예상이 생각해 봐도 냉운월의 말이 맞을 듯했다.

조진우는 그렇게 쉽사리 은예상을 포기할 위인은 아니다. 수소문을 하여 항주에 은예상의 숙부가 살고 있다는 정보를 입수해 여기까지 찾아오기는 했을 것이다.

하지만 그녀가 다른 남자의 여자가 됐다는 사실과 그 남자가 바로 구룡방 대방주를 죽이고, 순식간에 구룡방을 해체했

으며, 천중검협을 죽인 바로 그 혈풍신옥이라는 사실을 알고
는 자신이 어떻게 해볼 수 없다고 판단하여 사해방으로 돌아
갔을 가능성이 컸다.

그것이 아니라면 조진우의 거칠고 급한 성격으로 볼 때 아
직까지 은예상 앞에 모습을 드러내지 않을 리가 없었다.

＊　　　＊　　　＊

무가내는 정말이지 눈코 뜰 새 없이 바쁜 나날을 보내고 있
는 중이었다.

얼마나 바쁜지 용변을 볼 겨를도 없어서 내공으로 몸속에
서 대소변을 태워 기체화시켜 날려 버렸으며, 식사는 걸어다
니거나 선 채로 육포나 건량을 씹어 먹었다.

그는 원래 골치 아픈 것은 딱 질색인 성격이라 균현더러 모
든 것을 알아서 처리하라고 지시했다.

균현은 그러겠다고 대답하고서 며칠 동안은 사혼보의 몇
몇 심복들을 거느리고 무적방 곳곳을 쏘다니며 일사천리로
일을 처리하는 것 같았다.

그러더니 그는 나흘째부터 일거리를 무가내에게 가지고
왔다.

소위 결재(決裁)라는 것이었다.

무가내가 귀찮다면서 그것도 균현더러 처리하라고 하자,

그는 공손하지만 엄숙하게 말했다.

"속하와 몇몇 전문가들이 본 방 내의 수백 가지 일들을 모두 계획하거나 추진 중에 있습니다만… 그렇지만 그런 것들을 최종적으로 결정하실 분은 방주이신 주군입니다."

그래서 무가내가 하품을 하며 대꾸했다.

"그것도 네가 해."

그런데 예상 밖으로 균현의 태도는 강경했다.

"결재는 주군께서 하셔야 합니다. 속하의 윗분이시기 때문입니다."

"못하겠다면?"

"무적방을 해체하는 수밖에 없습니다."

"그럼 해체하지 뭐."

사실은 무적방을 만든 것도 별다른 의미가 있어서 한 것이 아니니까 해체하는 것도 간단하다는 것이 그의 단순한 생각이었다.

균현은 무가내가 처음 보는 굳은 표정을 짓더니 곧 허리를 굽혔다.

"명령이시라면 무적방을 해체하겠습니다."

"응."

"우선 무적방에 있는 사람들을 모두 제자리로 돌려보내야 합니다."

"돌려보내."

"그러겠습니다. 은예상 소저는 황룡표국으로."

"……!"

무가내의 얼굴이 슬쩍 변했다.

"주군께서도 소저를 따라 황룡표국으로 가시겠습니까?"

그 말에 무가내는 뜨거운 물에 손을 담근 어린아이 같은 표정을 지었다.

"주군을 따라온 황룡표국 총표두 양신웅과 수십 명의 표두, 표사, 쟁자수들도 다시 되돌려 보내겠습니다."

"끙……."

무가내는 자신도 모르게 앓는 소리를 냈다.

균현은 염려스러운 표정으로 말을 이었다.

"그렇지만 표국주 은기도가 크게 상심을 한 것 같던데, 받아줄지 모르겠군요."

사건의 전말이야 어찌 됐든 간에 은예상은 은기도에게 단호하게 절연을 선언하고 그 길로 뛰쳐나왔다.

그리고 쟁자수에서 수석 표두까지 초고속 승급을 하면서 온갖 사건들을 일으켰던 '태풍의 눈' 무가내까지 황룡표국이야 어찌 되든 말든 쪼르르 은예상을 따라 나와 버렸고, 냉운월, 석중명, 당경림도 떡의 콩고물처럼 묻어 나왔다.

더구나 양신웅마저 무가내를 따르겠다면서 수십 명의 표두와 표사, 쟁자수들을 우우 몰고서 한꺼번에 무적방으로 옮겨왔는데 이제 와서 모두 돌아가야 하다니, 무가내는 갑자기 머리가 지끈거렸다.

그는 세상에 태어나서 지금 처음으로 '책임' 이라는 것에 직면하고 있었다.

오악도에서는 '책임' 같은 것을 하등 느낄 필요가 없었다. 그저 저지르고 돌아서기만 하면 됐던 것이다.

그때 균현이 마지막 쐐기를 박았다.

"속하가 데리고 온 천삼백여 명은 원래 사마절강혈계 휘하 여섯 개 방, 문파에 있던 자들로서 자신들이 그동안 이루어놓았던 모든 기반을 홀홀 털어버리고 무적방으로 온 것이었습니다만……."

그는 몹시도 처연한 표정과 목소리로 말을 하다가 애써 용기를 내는 듯한 표정을 지었다.

"음… 다시 시작하는 수밖에 달리 방법이 없겠지요. 버리고 온 기반을 다시 이루려면 몇 년이 걸릴지 아니면 수십 년의 세월이 걸릴지 모르겠지만… 주군께서 무적방을 해체하신다니 어쩔 수 없는 일이겠지요."

무가내는 착잡한 표정을 지었다.

사실 그에게는 본인만 모르는 성격 하나가 있었다.

바로 '순진무구' 라는 것이다.

그는 균현이 말한 것들을 하나씩 차근차근 생각해 보았다.

무적방을 해체하게 되면 자신과 은예상, 그리고 냉운월 등과 양신웅 등이 줄줄이 황룡표국으로 돌아가야 한다는 것.

만약 돌아가지 않는다면 무가내가 그들 모두를 이끌고 어디론가 가서 앞으로의 생계를 책임져야만 하는데, 그걸 생각하면 눈앞이 캄캄해졌다. 최소한 무가내의 입장에서 볼 때는 그랬다.

더구나 균현과 그가 이끌고 온 천삼백여 명이라니…….

마침내 무가내는 자세를 똑바로 하고는 진지한 얼굴로 균현에게 말했다.

"가르쳐 줘. 결재라는 것을 어떻게 하는 거지?"

그래서 무가내는 그때부터 균현의 뒤를 따라다니면서 결재 혹은 최종 결정이라는 것을 할 수밖에 없었다.

사실 이것은 균현의 계략이었다.

그는 무가내가 경천동지할 능력을 지니고 있기는 하지만 정신적으로 결여된 부분이 몇 가지, 아니, 아주 많기 때문에 장차 천하쟁패를 하는 과정에서 많은 어려움에 직면하게 될 것이라고 예상했다.

그래서 균현은 무가내를 감히 가르쳐야겠다는 생각을 하게 된 것이다.

물론 무가내의 성격까지는 손을 댈 수 없겠지만, 지식이 쌓이면서 성격도 고쳐지면 금상첨화일 터이다.

수많은 사람을 책임져야 하는 일파지존(一派至尊)이 된다는 것은 그리 호락호락한 일이 아니다.

더구나 무가내는 천하를 도모해 보겠다고 결심을 했다. 천

하 위에 군림할 절대자라면 더더욱 지금과 같은 무식함과 모
난 성격으로는 곤란할 것이다.

　균현의 계획은 순조롭게 진행됐다.

　처음에 무가내는 마지못해서 균현을 따라나서 게으르고
귀찮은 얼굴로 이것저것 건성으로 기웃거리며 대충대충 결재
혹은 최종 결정을 내렸지만, 시간이 지날수록 균현이 소개하
고 설명하는 방 내의 여러 가지 일들, 즉 방무(幇務)에 관심을
갖기 시작했다.

　그러던 무가내는 어느 순간 무적방이 자신이 세운 방파라
는 사실을 확연히 깨달았다.

　그래서 조금씩 애정을 쌓아갔으며, 나중에 부실함이 드러
나 위험을 초래하면 안 된다는 기특한 말까지 해가면서 이것
저것 기발한 발상을 떠올려 방의 조직이나 건물, 수하들의 지
휘 편제에까지 조언을 하는 수준까지 발전했다.

第二十九章

무적오군(無敵五軍)

　무적궁 일층 대전은 원형인데 폭이 삼십여 장에 이를 정도로 웅장하고 드넓었다.

　세 개의 계단으로 이루어진 폭넓은 단상 위 한복판에 놓인 태사의에는 칠흑처럼 검은 흑의에 눈처럼 흰 활수포(闊袖袍)를 걸친 무가내가 의젓한 자세로 앉아 있었다.

　그런데 활수포의 앞면에는 새카만 흑표(黑豹)가, 등에는 비상하는 모습의 붉은 봉황(鳳凰)이, 양쪽 어깨에는 푸른 독사(毒蛇)와 황금색의 독취(禿鷲:독수리)가 각각 비단 수실로 정교하게 수놓아져 있었다.

　그리고 이마에는 하나의 영웅건(英雄巾)을 둘렀으며, 그것에는 빙 둘러서 꿈틀거리며 승천하는 한 마리 천룡(天龍)이 수놓아져 있었다.

울긋불긋 몹시 화려하고 괴상한 옷차림이었지만, 그런 옷을 만들어달라고 요구한 사람은 무가내였다.

넓은 단상에는 태사의 하나만 놓여 있었고, 무가내 혼자만 앉아 있었다.

그리고 세 개의 계단 아래 넓은 대전에는 수십 명이 여러 종류의 복장을 한 채 질서있게 무가내 쪽을 향해 서 있었다.

앞줄에는 은예상과 균현, 냉운월, 석중명, 당경림, 양신웅이 나란히 서 있었다.

무가내와 균현이 은예상은 굳이 단하에 설 필요 없이 무가내 옆 자리에 앉으라고 권했는데도 그녀는 의자를 치우게 하고 스스로 단하에 내려갔다.

오늘은 무적방이 모든 준비를 마치고 중요 인물들에게 보직(補職)을 명하는 날이었다.

그래서 은예상은 오늘만큼은 자신도 다른 사람들과 평등한 위치에 있어야 한다고 생각한 것이다.

그녀는 자신이 그렇게 함으로써 무가내의 위상이 조금이라도 살아나기를 원했고, 실제로 그렇게 됐다.

태사의에 좌정한 무가내는 천천히 단하에 도열한 사람들을 쓸어보았다.

왠지 가슴이 따뜻해지는 것 같았고, 아랫배에 묵직하게 힘이 들어갔다.

그것이 무엇인지는 모르겠지만 어쨌든 기분이 아주 좋았다.

이윽고 무가내의 시선이 제일 먼저 은예상에게 향했다.

그녀는 비단으로 지은 연분홍 채의(彩衣)를 입었는데, 마치 하늘에서 방금 선녀가 하강한 것처럼 눈이 부시도록 아름다운 모습이었다.

은예상을 쳐다보기만 하면 그저 좋아서 헤벌쭉해지는 무가내가 이런 엄숙한 자리라고 해서 다르겠는가.

아니나 다를까, 그의 얼굴이 흐물흐물해지면서 눈은 게슴츠레, 입은 반쯤 헤에 벌어졌다.

그의 그런 모습을 발견한 은예상은 부끄러워서 살짝 얼굴을 붉혔다.

그녀는 무가내의 그런 얼굴이 무슨 의미인지 잘 알고 있다.

사랑이다.

그것도 보통 사랑이 아닌, 거대한 사랑인 것이다.

"큼!"

그때 균현이 주먹을 입에 대고 나직이 헛기침을 했다. 무가내를 일깨워 주기 위해서였다.

"어흠!"

그러자 무가내는 퍼뜩 정신을 차리며 균현보다 더 큰 헛기침을 하면서 허리를 폈다.

대전에 모인 수십 명은 무적방 전체 인원 천사백여 명이 소속된 각 부서의 장(長)이 될 사람들이었다.

하지만 그들은 자신들이 어느 부서의 장이 될는지 아직은 전혀 모르고 있는 상태였다.

단지 균현만이 알고 있는데, 그것은 그 자신이 '누가 어느 부서의 장으로 적당하다' 는 보고서를 작성하여 무가내에게 품신(稟申)했기 때문이다.

무가내의 시선이 다시 은예상에게 향했다. 그녀의 보직을 제일 먼저 정해주려면 그녀를 쳐다볼 수밖에 없었다.

그렇지만 은예상의 너무도 아름다운 모습에 시선이 닿는 순간 무가내의 얼굴은 어김없이 스르르 풀어지며 헤벌쭉이 떠올랐다.

"큼!"

"어흠!"

균현이 재차 헛기침을 했고, 무가내는 더 큰 헛기침으로 스스로를 부추겼다.

무가내는 자신이 은예상만 쳐다보면 정신을 못 차린다는 사실을 알기 때문에 어서 빨리 그녀의 보직을 정해줘야만 한다고 생각했다.

이윽고 그는 자신으로서는 최대한 엄숙한 표정과 목소리로 은예상을 불렀다.

"여보!"

순간 은예상의 얼굴이 새빨갛게 홍당무로 변했다. 그녀는 설마 무가내가 이런 자리에서까지 자신을 ‘여보’라고 부를 줄은 예상하지 못했다.

그렇지만 그녀는 무가내의 얼굴에 떠올라 있는 엄숙한 표정을 보고는 자신의 실수를 깨달았다.

얼마 전에 무가내는 균현에게 자신이 은예상을 어떻게 불러야 하느냐고 물었는데, 그때 균현은 ‘여보’라고 부르면 된다고 가르쳐 주었다.

그것이 잘못된 것은 아니지만, 이런 자리에서는 어울리지 않는다고 은예상이 미리 무가내를 가르쳤어야 했는데 미처 그럴 겨를이 없었다.

앞줄의 사람들은 씁쓸한 표정을 지었고, 나머지 수십 명은 터져 나오는 웃음을 참으려고 안간힘을 다하면서 얼굴을 일그러뜨렸다.

하지만 끝내 참지 못하고 대전 여기저기에서 짜내는 듯한 웃음소리가 흘러나왔다.

“소녀 은예상, 방주의 하명을 기다립니다.”

빨리 이 난국을 수습해야겠다고 생각한 은예상은 무가내를 향해 날아갈 듯이 절을 올리면서 심산유곡에서 흐르는 맑은 계류 같은 어여쁜 목소리로 말했다.

무가내는 자신을 향해 절을 하고 있는 은예상의 조금 전보다 더 아름다운 모습을 보면서 헤벌쭉 풀어지려는 자신의 얼굴을 결사적으로 경직시키며 급히 보직을 임명했다.

"여보를 내 마누라로 임명한다!"

'끙!'

균현은 속으로 앓는 신음 소리를 흘렸다.

그런데 그가 어쩌고 자시고 할 새도 없이 무가내가 쪼르르 단하로 뛰어내려 가더니 은예상을 일으켜 단상으로 이끌고 올라갔다.

아까 은예상의 의자를 치웠기 때문에 단상에는 태사의 하나뿐이었지만, 역시나 무가내는 추호도 개의치 않고 그곳에 은예상과 나란히 앉았다.

태사의가 크다고는 하지만 둘이 앉기에는 좁다. 무가내는 어떻게든 둘이 나란히 앉아보려고 노력하다가 결국에는 은예상을 번쩍 안아 자신의 무릎에 앉히고 말았다.

그는 아무렇지도 않은 행동이었지만, 그를 제외한 모든 사람들은 아연실색했다.

은예상이 어쩔 줄을 모르고 무가내 허벅지 위에서 풍만한 엉덩이를 옴찔거리면서 몸을 뒤채는 것을 그는 한 손으로 그녀의 허리를 안아 움직이지 못하게 한 뒤에 사람들이 웃거나 말거나 자못 엄숙한 표정으로 균현을 호명했다.

"균현."

어수선해지면서 또 한 차례 웃음보가 터지려는 상황이었는데 무가내의 호명에 장내가 조용해졌다.

"방주의 하명을 받자옵니다!"

균현은 자리에서 걸어나와 단하에 더없이 공손히 부복하면서 우렁차게 입을 열었다.

그의 그런 행동은 산만해진 분위기를 쇄신시켜 보려는 의도가 담겨 있었다.

과연 그의 쩌렁쩌렁 웅혼한 목소리에 장내는 순식간에 엄숙하게 변했다.

지금 대전 안에 도열해 있는 수십 명 중에 무가내가 알고 있는 사람들은 은예상과 균현, 냉운월, 석중명, 당경림, 양신웅과 몇몇 표두, 그리고 표사가 전부였다.

나머지 수십 명과 무적궁 밖 광장에 한 치의 흐트러짐도 없이 도열해 있는 천삼백여 명 균현의 수하들, 즉 사혼보와 사마절강혈계에 소속된 여섯 개 방, 문파 사독요마의 고수들은 조금도 알지 못하고, 그들 역시 무가내에 대해서는 소문으로 들은 것밖에는 알지 못한다.

그러므로 지금 이 자리는 사마절강혈계 휘하의 고수들과 무가내의 첫 대면이라고 할 수 있었다.

균현은 수하들에게 무가내에 대해서 일언반구도 설명하지 않았고, 또 굳이 할 필요도 없었지만, 그들이 무가내의 겉으로 드러나는 괴행과 단순한 모습만 보고 그를 잘못 평가하여 기강이 해이질 것을 우려하고 있었다.

무가내는 꼿꼿한 자세로 균현을 굽어보며 나직하지만 힘

있게 말했다.

"너는 혈검군(血劍軍)의 군장(軍長)을 맡으라."

부복한 채 이마를 바닥에 대고 있는 균현의 몸이 가볍게 움찔 떨렸다.

그렇지만 그것뿐, 더 이상의 반응은 없었다.

그러나 '혈검군' 이라니, 균현으로서는 듣도 보도 못한 조직명이었다. 그것을 자신더러 맡으라는 것이다.

더구나 그동안 치밀하게 작성하여 어젯밤에 그가 무가내에게 올린 조직과 지휘 편제에 대한 보고서에는 '혈검군' 이라는 조직이 들어 있지 않았다.

그는 과거 사마총혈계에서 형금부 부부주였던 경험을 바탕으로 무적궁의 전체 조직과 지위 등을 치밀하게 짰다.

그 결과 도합 사십팔 개의 조직과 지위, 지침, 강령 등을 거의 완벽하게 정했으며, 방주 바로 아래 지위로 총전주(總殿主)라는 것을 만들었다.

물론 총전주에 누구를 임명할 것인지에 대해서는 보고서에 언급하지 않았지만, 균현은 자신이 임명될 것이라는 사실을 믿어 의심하지 않았다. 자신밖에 할 만한 인물이 없기 때문이었다.

그런데 총전주는 고사하고, 하룻밤 사이에 도대체 '혈검군' 이라는 것이 어디에서 튀어나왔다는 말인가.

"존명을 받듭니다."

하지만 의문은 의문이고 복명은 복명이다. 균현은 더욱 몸을 낮추면서 웅혼하면서도 공손히 명을 받았다.

균현은 조심스럽게 일어나 고개를 숙인 채 뒷걸음질쳐서 자신의 자리로 갔다.

"양신웅."

막 자신의 자리에 서서 자세를 바로잡던 균현은 무가내의 나직한 목소리에 움찔 가볍게 몸을 떨었다.

그는 조금 전에 자신이 '혈검군장'으로 임명되었을 때보다 더욱 놀랐다.

그가 약간 어리둥절한 표정으로 쳐다보고 있는 사이에 양신웅이 부복을 하는 모습이 보였으며, 뒤이어 무가내의 목소리가 들렸다.

"너를 구주군(九州軍)의 군장으로 임명한다."

'구주군이라니……'

균현은 머릿속이 멍해지면서 흙탕물처럼 마구 어지러워졌다.

반면에 양신웅은 부복하여 이마를 바닥에 댄 자세에서 지금 자신이 꿈을 꾸고 있는 것이 아닌가 의심이 들 정도로 대경실색하고 있었다.

균현이 무적방의 제이인자가 될 것이라는 사실은 너무도 명약관화하다.

그리고 지위를 임명할 때 높은 지위부터 차례차례 호명하는 것이 일반적인 상식이다.

그런데 양신웅이 두 번째로 호명됐으니 그가 삼인자라는 뜻이 아니겠는가.

양신웅은 복명을 해야 하는 것도 잊은 채 부복한 자세에서 고개를 들어 아연실색한 얼굴로 무가내를 우러러보았다.

무가내는 넉넉하고도 담담한 미소를 머금은 채 가볍게 고개를 끄덕여 보였다.

그의 그런 모습은 양신웅이 평소에 알고 있던 무가내에 대한 선입관을 깡그리 지워지게 만들었다.

착각인지 모르겠지만, 지금 양신웅은 무가내에게서 만인지상(萬人之上)의 풍모를 발견했다.

후드득!

세차게 몸을 떤 양신웅은 아예 가슴을 바닥에 납작하게 밀착시키면서 간신히 복명을 했다.

"소… 속하 양… 신웅, 방주의 존명을 받들겠습니다……."

하지만 균현은 여전히 정신을 차리지 못하고 있었다. 냉철하기로 정평이 나 있는 사도십존의 팔존 사혼귀존이 무가내를 만난 이후 너무 많이, 그리고 자주 놀라고 있었다.

추호도 예상하지 못했던 얼토당토않은 임명 때문에 놀라고 있는 판국에 무가내가 짓고 있는 저 자비로운 미소는 또 무엇이라는 말인가?

그런데 미소만이 아니었다.

무가내는 미소를 짓고 있으면서 동시에 잔잔한 위엄을 흘뿌려 내고 있었다.

위엄이라는 것을 배운 적도 없는 그가 어떻게 그럴 수 있는지 신기한 일이었다.

그런 위엄이 해일처럼 뿜어내는 패도적인 위엄보다 오히려 훨씬 더 좌중을 압도한다는 사실을 균현은 지금 막 깨닫고 있는 중이었다.

그 순간 균현은 한 가지 사실을 더 깨달았다, 자신이 무가내를 가르치려고 했던 것이 얼마나 무지몽매한 일이었는지를.

무가내는 그 스스로 학습하면서 진화(進化)하고 있는 중이었다, 몹시 빠른 속도로.

냉운월은 온몸이 찌릿찌릿할 정도로 긴장하여 눈도 깜빡이지 않고 무가내를 주시하고 있었다.

양신웅이 균현과 같은 반열의 지위에 임명됐다면 파격 중에서도 파격이다.

그렇다면 냉운월도 굵직한 한자리를 기대해 봐도 좋을 것 같았다.

아니, 그녀는 양신웅보다 무가내와 더 가까운 사이이니까 최소한 균현이나 양신웅과 같은 지위에 임명하는 것은 당연하지 않겠는가.

"너."

그때 무가내가 팔을 뻗어 한 사람을 가리켰다.

그런데 그가 가리킨 사람은 냉운월이 아니었으며, 앞줄도 아니었다.

무가내의 손끝은 두 번째 줄 복판을 가리키고 있었다. 정확하게 누구를 가리키는지 몰라서 서너 명이 놀란 표정으로 우왕좌왕했다.

엄숙한 자리에서 그래서는 안 되지만, 균현과 냉운월은 고개를 돌려 뒤를 돌아보고 있었다.

균현은 착잡한 표정으로, 냉운월은 불신의 표정으로.

"너, 수양강."

무가내가 손을 뻗은 채 뜻 모를 말을 했다.

그러자 흑의경장을 입고 있는 건장한 체구의 중년인 한 명이 눈에 띌 정도로 화들짝 놀랐다.

"소… 속하… 말씀이십니까?"

"그래, 너."

중년인은 너무도 놀라고 당황해서 그 자리에 멀뚱히 서 있기만 할 뿐, 어떤 반응을 보이지 않았다.

그는 사흔보 홍염당주였다.

예전에 무가내가 황룡표국의 쟁자수가 되어 안휘성으로 첫 표행을 나갔는데, 그의 표물을 털려고 했던 사파 무리의 우두머리였던 것이다.

또한 무가내가 무적방 개파 준비로 눈코 뜰 새 없이 바쁜

와중에 균현의 명령으로 은예상이 묵는 별채 안팎을 철통같이 호위하기도 했었다.

무가내는 바로 그를 세 번째로 지목한 것이었다.

정신을 못 차린 채 우두커니 서 있는 홍염당주를 균현이 나직이 꾸짖었다.

"무엇 하느냐? 방주께서 호명하셨잖느냐?"

"아……!"

그제야 홍염당주는 화들짝 놀라 그 자리에 무너지듯이 털썩 무릎을 꿇었다가 무릎걸음으로 단하까지 기어와 납작하게 부복을 했다.

"속하 오도겸(吳刀鉗), 하명을 받자옵니다."

"너를 만신군(萬神軍)의 군장으로 명한다."

"아아……."

홍염당주 오도겸은 너무도 황망하여 즉시 복명하지 못하고 몸을 가늘게 떨면서 무가내를 바라보았다. 그의 얼굴에 가득 떠올라 있는 것은 불신과 당황이었다.

균현은 혈검군과 구주군, 만신군의 역할이 무엇이며, 어떤 기준으로 군장을 뽑았는지 모른다. 지금은 그저 지켜볼 수밖에 달리 방법이 없었다.

문득 그의 시선이 무가내 무릎 위에 앉아 있는 은예상에게 멈추었다.

'그래, 그녀가…….'

어젯밤 내내 무가내와 은예상이 함께 있었던 사실을 균현은 기억해 냈다.

균현은 하나의 의문이 풀리는 것을 깨달았다. 자신의 보고서가 일체 무시되고 전혀 새로운 조직과 지휘 편제가 이루어진 배경에는 은예상의 조언이 있었을 것이라는 짐작이다.

물론 그녀가 무적방 내부 일에 대해서 무가내더러 이래라저래라 하지는 않았을 터이다.

그저 무가내의 말을 가만히 듣고 있다가 그의 뜻을 알아차리고 그가 원하는 조직명 같은 것을 알아듣기 쉽게 차근차근 일러주었을 것이다.

균현이 알고 있는 은예상은 총명하고 현명한 여자다. 남자를 앞질러서 나대는 빈계사신(牝鷄司晨) 따위는 하지 않을 사람인 것이다.

"냉운월."

오도겸이 얼이 빠져 있는 바람에 미처 복명을 하지 못하고 있을 때 무가내가 이번에는 냉운월을 호명했다.

그러나 그녀는 상심해서 고개를 숙이고 딴생각을 하느라 호명을 듣지 못했다.

그러자 바짝 긴장한 표정으로 옆에 서 있던 석중명이 팔꿈치로 슬쩍 냉운월의 옆구리를 찔렀다.

냉운월은 인상을 확 쓰면서 석중명을 노려보았다. 이런 상황만 아니라면 주먹이라도 한 대 날릴 기세였다.

당황한 석중명은 연신 눈짓으로 무가내를 가리켰다.

냉운월은 의아한 표정으로 무가내를 쳐다보다가 그가 자신을 보고 있는 것을 발견하고 움찔 몸이 굳었다.

아니, 무가내만이 아니라 은예상도, 그리고 모든 사람들이 자신을 주시하고 있다는 사실을 깨달았다.

하지만 가장 중요한 사실. 그녀는 이런 일이 왜 벌어지고 있는지를 알지 못했다.

그러나 그녀에겐 그녀만의 방법이 있다.

"속하를 불렀습니까?"

아예 탁 까놓고 무가내에게 묻는 것이다.

무가내가 고개를 끄덕이자 그녀는 아예 한술 더 떴다.

"왜요?"

"널 요마군(妖魔軍)의 군장으로 임명하려고."

"……."

일순간 냉운월의 얼굴에 놀라움보다는 어리벙벙한 표정이 떠올랐다.

조금 전까지만 해도 무가내가 자신을 호명하여 중책을 맡길 것이라고 기대했는데, 막상 그것이 실현되자 전혀 실감이 나지 않았다.

"싫다면 다른 사람을 임명하겠다."

그녀가 대답이 없자 무가내는 그렇게 말하면서 눈길을 다른 쪽으로 돌렸다.

"앗! 아, 아니에요! 제가 하겠어요!"

순간 냉운월은 뜨거운 인두로 등 한복판을 지진 것처럼 큰 소리를 지르면서 펄쩍 뛰어 오도겸 옆에 부복했다.

"방주의 존명을 받듭니다!"

"충성을 다하겠습니다!"

그때까지도 복명을 하지 않고 있던 오도겸과 냉운월은 거의 동시에 우렁찬 목소리로 외치며 고개를 조아렸다.

"군장 네 명은 앞으로 나서라."

무가내의 조용한 말에 균현과 양신웅, 오도겸, 냉운월이 단하에 나란히 무릎을 꿇었다.

무가내는 그들을 굽어보았다.

"우리 무적방의 조직은 모두 합쳐서 다섯 개가 전부다. 요마군이 돈을 버는 일과 방을 지키는 일, 그리고 질서를 지키는 일을 맡고, 다른 네 개 군은 오로지 싸움만 한다."

말주변도 학식도 없는 무가내의 말이지만 그것을 알아듣지 못하는 사람은 아무도 없었다.

그의 말뜻은, 냉운월이 군장을 맡은 요마군이 구룡방에서 하던 여러 사업들을 물려받아 운영을 하는 한편, 방의 경계와 호위, 질서유지를 담당하라는 것이다. 즉, 내전(內殿)의 역할을 총괄하라는 뜻이다.

무가내의 조직 편제는 특이했다. 다른 방, 문파들은 외전(外殿)보다는 내전이 더욱 강하거나, 최소한 내, 외전의 실력이

엇비슷한 것이 일반적인데, 무적방은 내전을 전체 세력의 오분의 일로 축소시켜 버렸다.

그리고 외전 역할을 하는 혈검군과 구주군, 만신군을 극대화시켜서 외부 활동에만 주력하도록 했다.

무가내가 뜻하는 외부 활동이란 곧 싸움이다.

그것은 그가 무적방을 개파한 목적이 현실에서의 편안한 안주가 아니라, 끊임없는 싸움을 통해서 세력을 넓혀가는 것임을 명백히 하고 있는 것이다.

네 명의 군장은 무가내의 그런 뜻을 분명히 깨달았다. 그래서 온몸에 잔뜩 힘이 들어갈 만큼 긴장했다.

문득 그들은 무가내가 방금 전에 '무적방의 조직은 모두 합쳐서 다섯 개가 전부다' 라고 했던 말을 기억해 냈다.

그렇다면 한 개 조직이 더 있다는 뜻이다.

그때 무가내의 시선이 도열해 있는 고수들 중에 맨 뒷줄로 향하더니 누군가를 불렀다.

"마랑도."

"넵!"

그러자 바짝 기합이 들어간 우렁찬 외침이 쩌러렁 대전을 울리는가 싶더니 뒷줄에서 한 사내가 쏜살같이 달려나와 균현 옆 단하에 부복했다.

"마랑도! 방주를 뵈옵니다!"

그것은 혼(魂)이 펄펄 살아 있는 목소리였다.

은예상도, 앞에 나란히 서 있는 균현을 비롯한 네 명의 군장도 그 목소리에서 시퍼렇게 잘 벼려져 있는 칼날을 생생하게 느꼈다.

균현은 부복해 있는 마랑도의 옆얼굴을 슬쩍 쳐다보았다.

뒤쪽에서 달려나왔으니 자신의 수하인 것은 분명한데 처음 보는 얼굴이었다.

하긴, 그가 어찌 천삼백여 명이나 되는 수하들의 얼굴을 모두 기억하고 있겠는가.

그런데 대체 저 어린 주군은 어떻게 이자를 알고 있는 것이라는 말인가?

"마랑도, 나를 알아보겠느냐?"

마랑도는 납작하게 부복한 자세에서 고개만 들어 한차례 무가내를 우러러보고는 다시 이마를 바닥에 붙였다.

"그렇습니다!"

"좋아. 일어나라."

마랑도는 목소리만 살아 있는 것이 아니라 일체의 머뭇거림도 없었다.

일어나라는 소리에 튕기듯 일어나 몸을 빳빳하게 쭉 편 채 시선은 정면을 향했다.

"아직 살아 있었구나."

무가내가 빙그레 미소를 짓자 마랑도의 몸이 후드득 세차게 떨렸다.

마랑도는 꾸벅 허리를 굽혔다가 폈다.

"그때는 제대로 인사도 못 드렸습니다."

절도있는 동작이고 자세였다.

무가내는 껄껄 웃으면서 손을 저었다.

"하하하! 인사는 무슨! 내가 갑자기 사라져 버려서 네가 더 놀랐겠구나!"

"사실 그랬습니다."

마랑도는 겸연쩍게 미소 지었다.

사실 마랑도는 무가내가 중원이라는 곳에 와서 처음 인연을 맺은 사람이라고 말할 수 있었다.

무가내가 처음 중원에 도착한 것은 절강성 앞바다에서 고기잡이를 하던 어부들의 그물에 건져 올려졌을 때였다.

무가내는 어부들에게 사람들이 가장 많이 있고 번화한 곳이 어디냐고 물었고, 그들은 서북쪽을 가리키면서 항주라고 대답했다.

무가내는 자세한 것은 묻지도 않고 그저 서북쪽으로만 줄기차게 달리다가 괄창산 산중에 있는 조그만 산촌 마을을 항주라고 착각하여 그곳에 들렀었다.

그때 그곳 주루에서 무가내는 의검문이라는 문파의 고수들에게 포위되어 위험에 빠져 있던 한 무리의 자의인들을 구해준 적이 있었다.

그들을 구해준 이유는 아주 간단했다. 그들은 혈마곡(血魔

슮)의 수하들이었는데, 무가내가 '혈' 이나 '마' 라는 말을 좋
아한다는 단순한 이유에서였었다.

마랑도는 무가내의 신적인 무공 실력을 보고는 크게 놀라
그에게 혹시 '총혈계' 에 계시는 분이냐고 묻기도 했었다.

식사를 한 이후 무가내는 그곳이 자신의 목적지인 항주가
아니라 산속의 작은 마을일 뿐이라는 사실을 알고는 그 즉시
그곳을 떠났다.

마랑도와 그의 수하들은 순식간에 하나의 점으로 사라져
가는 무가내의 모습을 본 것이 마지막이었다.

무가내는 마랑도를 보면서 빙그레 미소를 지었다.

"너희 혈마곡 사람들은 모두 너 같으냐?"

마랑도는 즉시 씩씩하게 대답했다.

"본 곡의 형제들은 모두 저보다 뛰어난 인물들입니다!"

그는 괄창산 산촌 마을에서 무가내 덕분에 구사일생 살아
난 후에 무사히 혈마곡으로 귀환하여 곡주에게 자신들이 겪
었던 일들을 자세히 보고했다.

곡주는 즉시 그 사실을 총혈계에 보고했으나 총혈계에서
는 별로 중요한 일이 아니라고 판단하여 결국 흐지부지되고
말았다.

마랑도가 속해 있는 혈마곡은 괄창산 산중에 있으므로 균
현이 지혈계주로 있는 사마절강혈계 휘하에 있다.

균현은 무가내를 만난 이후 그의 측근에서 그림자처럼 머

물면서 혹시 발생할지도 모르는 사태에 대비하기 위하여 사
마절강혈계 휘하 여섯 개 방, 문파 수하들을 모두 사흔보로
집결시켰었다.

　그때 혈마곡도 전 수하를 이끌고 사흔보로 왔으며, 이후 균
현이 천 명의 사독요마 고수들을 이끌고 구룡방의 잔존 세력
삼백여 명을 급습했을 때 마랑도도 천 명 중 속해 있었다.

　무가내가 균현을 따라다니면서 바쁘게 결재와 최종 결정
을 하고 있는 광경을 우연히 발견한 마랑도는 처음에 자신의
눈을 의심했었다.

　그러나 여러 차례 눈을 비비고 다시 봤지만 괄창산 작은 산
촌 마을에서 자신들을 구해주었던 무가내가 틀림없었다.

　무가내가 무적방주라니, 마랑도의 반가움과 기쁨은 이루
말할 수 없이 컸다.

　그렇지만 그는 혈마곡의 일개 당주의 신분이라서 감히 무
가내 앞에 나설 수가 없었다.

　그런데 무가내가 지금 그를 부른 것이다. 그것도 무적방 조
직 편제를 하는 자리에서 말이다.

　"혈마곡의 형제들은 모두 몇 명이냐?"

　무가내가 잠시의 침묵을 깨고 다시 물었다.

　그는 방금 전 마랑도의 말에서 동료들을 '형제' 라고 부른
다는 사실을 배워서 즉시 써먹었다. 그는 '형제' 라는 말이 매
우 듣기 좋았다.

무가내의 물음에 마랑도의 표정이 어두워졌다.

"저까지 삼십삼 명뿐입니다."

원래 혈마곡은 수하가 삼백여 명에 달했는데, 그동안 정협맹 토벌대에게 거의 모두 주살당하여 오십여 명 정도가 살아남았다.

그런데 얼마 전 구룡방 급습 때 다시 이십여 명을 잃어 현재는 고작 삼십삼 명만이 남아 있었다.

무가내는 고개를 끄덕였다.

"너와 혈마곡 형제 전원은 지금부터 무적군(無敵軍)이다."

"아……!"

마랑도는 나직한 탄성을 흘렸다.

무가내는 석중명과 당경림을 쳐다보았다.

"너희 둘도 무적군이다."

지금껏 자신들을 호명하지 않아서 조마조마했던 석중명과 당경림은 기쁜 표정을 지었다.

균현이 무척이나 조심스럽게 무가내에게 물었다.

"방주, 그런데 무적군 군장은 누굽니까?"

무가내는 득의한 표정으로 엄지손가락을 세워 자신의 가슴을 찌를 듯이 가리켰다.

"나."

모두의 얼굴에 크게 놀라는 표정이 가득 떠올랐다.

마랑도와 석중명, 당경림, 그리고 실내 뒷줄에 서 있던 두 사람은 감격에 겨워 눈물을 쏟을 것 같은 표정을 지었다.

그들 두 사람은 혈마곡주와 또 한 명의 당주였다.

무적군 군장이 무가내, 즉 무적방주라면, 모름지기 무적군은 최정예라는 뜻이다. 방주의 직속에 들었으니 어찌 기뻐하지 않겠는가.

무가내는 은예상을 태사의에 내려놓고 천천히 일어나 앞으로 두 걸음 나서 가슴을 활짝 펴고 천천히 좌중을 쓸어본 후에 균현과 양신웅, 냉운월, 오도겸을 보면서 웅혼한 목소리로 입을 열었다.

"이제부터 너희는 자신들의 군에 필요한 사람들을 잘 살펴서 뽑아라."

네 사람은 일제히 허리를 굽혔다.

"명을 받듭니다!"

무가내는 천천히 좌중을 쓸어보았다.

"무적방의 다섯 개 조직을 무적오군(無敵五軍)이라고 부르겠다! 장차 무적오군은 천하를 발아래에 두게 될 것이다!"

"와아아! 무적방 만세!"

"와와아! 무적오군 만세!"

다음 순간 우렁찬 함성이 터져 나왔다.

무가내는 일제히 함성을 내지르는 수하들을 굽어보면서 몸속의 피가 들끓는 것을 느꼈다.

그것은 십팔 년 동안 한 번도 경험한 적이 없었던 '투지(鬪

志)'라는 것이었다.

대전에서의 함성은 바깥 무적궁 광장에 운집해 있는 천삼백여 무적방 전 수하들의 함성으로 번졌다.

새파란 하늘 아래에서 터져 나온 함성은 늦여름 폭염의 기세를 짓눌렀다.

계하(季夏:늦여름) 어느 날.

오악도에서 온 천둥벌거숭이 무가내가 드디어 일파지존 무적방주가 되었다.

『대마종』 4권에 계속…

적포용왕

김운영
新무협 판타지 소설

『신마대전』『흑사자』의 작가 김운영.
그가 낚아 올리는 무협의 절정!
낚시 신동 백룡아! 장강에서 천존과 맞짱 뜨다!

적포천존(赤布天尊) 고금제일강(古今第一强)
인호타자연재해(人呼他自然災害)
40세 이후로 상대가 누구든 몇 명이든, 한 번도 패하지
않고 모두 이긴 적포천존. 70세 중반에 반로환동하여
무림인들을 절망에 빠뜨린 그가 말년에
제자를 만들어 말년에 호강할 계획을 세운다?!

천하에 두려울 것이 없는 '자연재해'와
그의 제자들이 무림에 나타났다!

세상을 보는 또 하나의 창 - inthebook.net
유행이 아닌 자유추구 - chungeoram.net
Book Publishing CHUNGEORAM

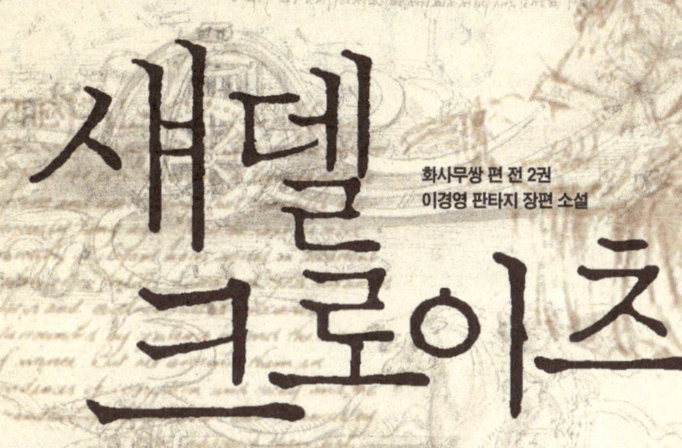

『가즈나이트』의 명성과 신화를 넘어설
이경영의 판타지의 새로운 상상력!

자신만의 독특한 세계관을 창조한 작가
이경영의 새로운 도전과 신선한 충격.

바란투로스의 특수부대 샤델 크로이츠의 리더 파렌 콘스탄.
야만족을 돕는 안개술사를 물리치기 위해 아시엔 대륙에서 온
불을 뿜는 요괴 소녀 카샤.
너무나 다른 두 사람이 운명의 길에서 만나다.
친구란 이름으로 시작된 모험, 그 앞에 놓인 난관과 운명의 끈은
어떻게 될 것인지……

"질투가 날 만도 하지.
요괴가 산신령을 엄마로 두는 건 흔한 일이 아니거든.
괜찮다, 파렌. 본좌가 아는 요괴들 전부 본좌를 질투하고 부러워하니까."
소녀는 손에 잔뜩 받은 빗물을 흘짝 마셨다.
파렌은 그 순수함에 웃음을 흘렸다.
그는 지금까지 자신이 봤던 그녀의 기이한 행동들을 어렴풋이나마 이해할 수 있을 것 같았다.
그렇게 친구가 된 둘은 그 길로 긴 여행을 떠나게 된다.

본문 중에-

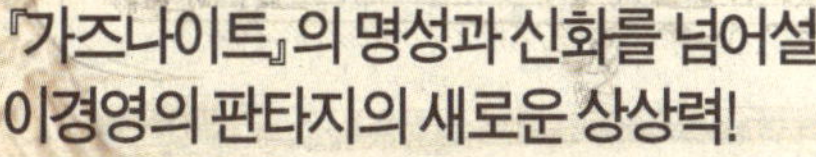

세상을 보는 또 하나의 창 - inthebook.net
유행이 아닌 자유추구 - chungeoram.net

Book Publishing CHUNGEORAM

학교에서는 가르쳐주지 않는
10대들을 위한 **인생수업**

작가 : 이빙 | 역자 : 김락준

10대들을 위한 나침반 같은 인생 교과서!
사회 초입에 들어서게 될 청소년들에게 들려주는
100가지 인생 이야기

내 인생의 방향잡기!
여행길에 오르기 전에 접해보자!

100가지 이야기, 100가지 명언

사람은 태어나면서부터 각기 다른 모습으로, 각기 다른 사고로 "인생" 이라는
여행길에 오르게 된다. 내가 지금 서 있는 이 위치에서 그리고 사회라는 공간에서
한 사람의 몫을 당당하게 해낼 수 있는 역량을 키워나가기 위해서는 어떠한 생각을
가지고 있어야 하는 걸까.

늦지 않게 준비하자! 스스로의 마음가짐이 자신의 미래를 결정한다!

설레는 마음으로 떠난 길일지라도 기존에 생각하고 있던 것과는 다르게 흘러가는
사회의 모습에 당혹스럽기도 할 것이다.

그러한 곳에 발을 들여놓기 위해 첫 발걸음을 막 뗀 청소년이라면 학교에서는
미처 배우지 못한 상황에 더욱이 큰 혼란스러움을 느낄 수밖에 없다.
시간이 흐를수록 사회가 한 인간에게 요구하는 것은 다양하고 세밀해지고 있다.
그러한 사회 속에서 자신만이 앞으로 나아가지 못해 제자리걸음을 하게 된다면 어떠할까.
미리 대비를 하지 않는다면 당신 역시 그러한 현상에 빠지는 또 한 명의 사람이 되고 말 것이다.

책장을 넘기는 순간, 책과 당신의 공감대가 형성된다!

적응을 위해 도움이 될 만한
인생의 지혜와 경험, 깨달음이 한가득 담겨있다.
그 속에 담긴 100가지 이야기 그리고 그와 관련된 100가지의 명언은
가슴 깊이 새겨 놓고 되뇌어 보기에 충분하다.

세상을 보는 또 하나의창 - inthebook.net
유행이 아닌 자유추구 - chungeoram.net

Book Publishing CHUNGEORAM

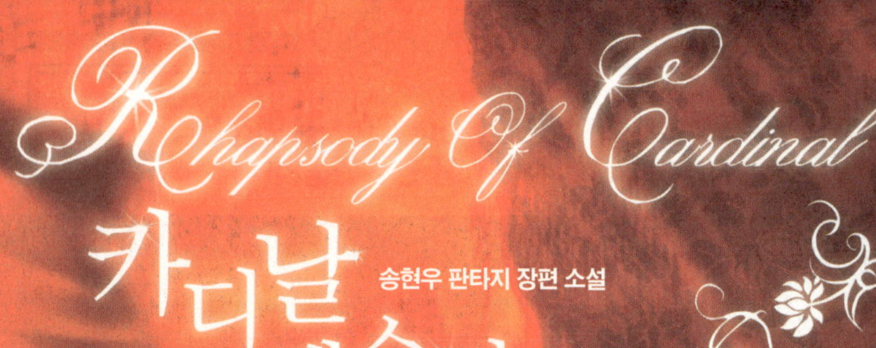

놀라운 경험(the enormous experience)!
He created a completely new world.
It is a place who have never known and where never been able to imagine.
This splendid world will introduce the enormous experience for the
person only who reads.
그 누구에게도 알려진 것이 없으며 상상조차 할 수 없었던 새로운 세계를
작가는 완벽하게 창조해내었다.
이 멋진 세계는 독자들만이 체험할 수 있는 놀라운 경험으로 인도할 것이다.

판타지는 허구다? 아니다. 판타지는 일상이다.
우리의 삶은 연속된 판타지의 연장선상에 놓여 있고,
상상은 우리의 일상을 더욱 살찌운다.
『카디날 랩소디(Rhapsody of Cardinal)』를 경험하는 독자들은
더욱 풍부한 일상 속에서 새로운 삶을 경험할 것이다.
멋진 만남! 흥미로운 경험! 이것이 『카디날 랩소디』가 가진 장점이며,
작가 송현우가 독자들에게 바라는 꿈이다.

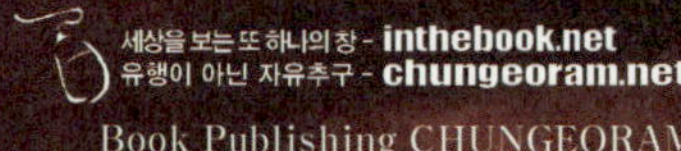
세상을 보는 또 하나의 창 - inthebook.net
유행이 아닌 자유추구 - chungeoram.net
Book Publishing CHUNGEORAM